MINGUO TONGSU XIAOSHUO
DIANCANG WENKU

金屋泪痕

民国通俗小说典藏文库·冯玉奇卷

冯玉奇◎著

中国文史出版社

目　　录

第一回

冒雨抱不平　黑暗层层含冤入地狱

　　天空黑魆魆的，满布着浓密的水云。空气是非常沉闷，简直连一些风都没有。草屋子里面本来已经够潮湿得令人难受的了，兼之五月里黄梅天气，一会儿落雨，一会儿出太阳，把人们的心头更会沉闷得好像镇压了一块铅质那么笨重的东西一样不舒服。

　　坐在窗口旁的那个盛璞姑，她低了头，静静地只管干着手中的活针。在她的感觉中，眼前映现着的那块雪白的料子愈显愈灰色起来。忽然从窗外吹进来一阵狂风，把她鬓边的头发都一丝丝地飘飞起来。因为是骤然之间的，她惊得微抬了粉脸，明眸望到窗外天空中已黑了一大半，只有西边的一角还亮着白茫茫的天空，她把手抬上去掠着散乱的云发，方才意识到般地自言自语地说道：

　　"天爷又要落大雨了，唉，我的爸爸还没有回来呢。"

　　随了她这两句话，风又是紧吹了两阵，接着听到一阵洒洒的声音，天空中黄豆般大的雨点已是倾盆样地倒翻下来了。璞姑蹙了眉尖，放下手中的活针，站起身子，把窗门去关上了。只听卧病在床上的母亲带了颤抖的口吻低低地问道：

　　"璞姑，雨下得大吧？你爸爸这一下子又淋得不成样儿的了。"

　　"妈，也许爸爸会在人家屋檐下躲避一会儿的。"

　　璞姑的心头虽然同样地感到十二分的忧愁，不过为了年老卧病的母亲着想，不得不向她柔声儿地安慰。

1

谁知这时候，却听一阵嘻嘻哈哈的声音笑进来。璞姑回眸去望，见是她的哥哥阿狗。不知怎么的，一见了阿狗，她心头就会感到一阵莫名的悲哀。阿狗虽然已是二十岁的年纪了，但是由于他先天不足的缘故，竟是傻头傻脑的，仿佛是个十二三岁的小孩子一样。这时候他手里拿了一根竹竿子，在竿子的顶头系了一根绳，下面吊着一只小小的乌龟，他高兴得什么似的，一面笑，一面指着乌龟骂道：

　　"他妈的！你这个小乌龟，今天被我吊着了。"

　　璞姑见了哥哥这一个情景，她心头有些生气，遂白了他一眼，娇嗔似的说道：

　　"哥哥，你也给我少发一些傻劲了。妈是卧病在床上，爸又辛苦在外面，天下了这么大的雨，你心中不担一些忧愁倒也罢了，还这么地高兴着胡闹，我问你心肝到底有没有啦？"

　　"妹妹，你别……生气，我没有胡闹呀！"

　　阿狗被妹妹这么地责问，他停止了笑声，显出那副尴尬的脸孔，急急地辩解着。璞姑雪白的牙齿微咬着殷红的嘴唇皮子，有些怨恨的表情，说道：

　　"那么你还不快给我把乌龟去丢了吗？你该明白你已经是一个二十岁的青年了。成天地做着这些小孩子的事情，给爸妈知道了不是叫他们老人家心中生气吗？"

　　"可是我把这小乌龟捉住了要报仇呀，我如何能把它放走呢？好妹妹，你就让我把这小乌龟杀了吧。"

　　阿狗却显出很认真的神气，话声带有些央求的成分。璞姑听他这么地说，倒不禁为之愕然，一时又好气又好笑地啐了他一口，逗给他一个娇嗔，说道：

　　"你还要满嘴里胡说吗？唉，你真也太不争气了。"

　　"妹妹，你不要冤枉我吧，我何尝说过一句谎，我真的要报仇，非把这只小乌龟杀死了不可的。"

　　阿狗一面说着话，一面把竹竿上吊着的乌龟在地上一阵子乱甩，

2

大有恨声不绝的样子。璞姑见他的举动虽憨，却似乎含有些作用般的，这就凝眸含颦地问道：

"哥哥，我不懂你这是什么意思，为什么要这样地恼恨着小乌龟呢？"

阿狗这才抬头望了她一眼，怒气冲冲地说道：

"妹妹，你不知道吗？李大妈的儿子真是个小王八！小乌龟！他自己的娘偷了汉子，做了小乌龟，还骂我矮子傻子！他妈的！我捶他，他的势力又大，一叫就来十多个，把我围住了。我恨得什么似的，没了办法，今天给我捉到了一只小乌龟，所以我要报仇，把它摔死了，出了我心头这一口怨气。"

说到这里，把他的脚还在地上的乌龟连踏了两脚。璞姑听他絮絮地说了这么一大套的话，心头才算明白他的意思了，一时在无限哀怨之中，不免也感到了他一些可怜的成分，摇了摇头，轻轻地叹了一口气，说道：

"李大妈的儿子人家还是一个十三岁的孩子，本来你已经二十岁了的人，为什么和他小孩子要厮混在一处呢？哥哥你千万别当着人家面前骂小乌龟，被人家量耳刮子你可不要叫冤枉，回头吵得爸妈的身上又叫他们生气。哥哥，你就给我安静一些在家里住住吧。"

璞姑话还没有说完，忽然哗啦啦的一声响雷，把个阿狗吓得竭声地大叫起来。璞姑芳心里也吃了一惊，但她慌忙走到床沿边去，拍着盛老太的身子，安慰她道：

"妈，你不要害怕，这是天气闷得太厉害的缘故，所以响起雷来了。"

"孩子，我没有害怕，阿狗傻得这一份样儿，叫我太心痛一些了。"

盛老太摇了摇头，握住了女儿的手，低低地说。她想到兄妹两人聪明和呆笨的差别，心头有些难受，眼角旁不禁涌上一颗热泪来。璞姑见她伤心的神情，芳心里自然也有些悲酸的意味，眼皮一红，轻轻地叹了一口气，拿着手指去抹她颊上的泪水，用了温和的口吻，低低地道：

"妈，你不要伤心了，哥哥也是一种病，在他本身上说，确实是已够可怜的了。你老人家也别生他的气了。"

"唉！他本身固然可怜，我们又何尝不可怜？照理，他也有二十岁的年纪了，正应该帮助爸爸做一些工作。如今成天地痴痴癫癫，我们还不是白辛苦了一场吗？"

盛老太很心灰地说到这里，眼泪又扑簌簌地滚了下来。璞姑除了陪着母亲淌泪之外，她再也安慰不出一句什么话来。这时候外面风狂雨暴，偶尔似万马奔腾，偶尔似千军哭喊，且雷声不绝于耳，电光闪烁不停，令人心惊胆寒，身子不期然地会瑟瑟发抖。正在这个时候，忽然听得外面叩门甚急，且又人声嘈杂，连喊阿狗、璞姑开门。盛老太听得清楚，忙急急地说道：

"孩子，准是你爸爸回家来了，快去开门吧！"

璞姑三脚两步地奔到草堂，只见阿狗已开了门，外面拥进四五个男子，他们抱着一个满身沾着污泥的老者。仔细一瞧，那还不是爸爸吗？璞姑心头这一吃惊，真是非同小可，"啊哟"了一声，奔了上去，叫道：

"爸爸！爸爸！你怎么啦？你怎么啦？"

这时四五个男子中有个名叫金志毅的，他是个二十五岁的青年，生得高高的个子，挺结实的身材。他的手中原抱着盛老实的人，今见璞姑一面问，一面已是哭出声音来了，这就告诉她道：

"璞姑，你爸爸被张三爷厂内的卡车撞倒了，快给他先躺一会儿吧。"

璞姑听了这话，真急得什么似的，立刻引导他们进内。房里上下首原有两张板床，上首是盛老太和璞姑睡的，下首是盛老实和阿狗睡的。这时金志毅把老实放到下首的床上，回头向璞姑望了一眼，说道：

"你且不要哭，先拧把脸水来给你爸爸擦个面孔吧。"

璞姑见床上的爸爸，全面孔都是泥水，且嘴角旁尚沾有鲜血，混合在一处的情景，使人更感到十分害怕，今听金大哥这么地说，遂点头匆匆地拿面盆盛水去。可怜盛老太在病中得此噩耗，心头一阵剧痛，脸色已变成了死灰。她竭力挣扎着，猛可地坐起身子，叫道：

"天哪！你太残忍了，怎么老实被卡车撞伤了吗？"

金志毅回头去望，见盛老太的身子又巍巍然地倒下床去，于是忙到床边，向她安慰着说道：

"老太太，你不要着急，你是有病的人，快别这个样子吧。老伯伯虽然是撞伤了，但生命还不至于十分危险，你放心好了。"

盛老太一见了志毅，也不知打哪儿来的一股子气力，她身子又从床上坐了起来。这回她一把将金志毅的手臂攀住了，含了满颊的泪水，急急地叫道：

"金大哥，老实如何会被卡车撞倒的？他要不要紧？唉！我们一家是全靠他的呀！天啊！你难道把我们穷人要活活地逼到死路上去吗？"

"老太太，你安静些躺下吧，老伯伯不要紧的，你放心好了。"

金志毅听了这几句话，心头也激起了无限的沉痛，含了一眶子热泪，一面向她柔和地安慰，一面把她身子扶到床上躺下了。盛老太气喘吁吁，也自觉再也支撑不住，她倒在枕上，泪水像泉涌般地直滚了下来。金志毅遂又走到老实的床边，见璞姑拿了盆水已给他拭净了脸，含了泪水向他叫着爸爸。盛老实微睁眼睛，他见了志毅站在床边，遂点了点头，表示感激的意思。志毅忙问道：

"老伯伯，你哪儿撞伤了？"

"我……我……这儿痛得很！"

盛老实把手捂着腰肢，断断续续地回答，紧锁了他稀疏的眉毛，泪水涟涟地落下了两颊。金志毅明白他是内部受了重伤，觉得生命

5

十分危险，若不送到医院去急救，恐怕是难以活命的了。他痛恨着这些土豪劣绅仗势欺人，撞伤了人家贫民，还骂人家瞎了眼睛，该死的东西！唉！穷人的性命难道真的比狗还不如吗？他愤然地说道：

"璞姑，你不要哭，我们立刻到张三爷那里去理论，叫他拿医药费出来给老伯伯送医院去急救，你们赞成吗？"

志毅说到后面，又向旁边四个村民问了一句。他们也激起了心头的公愤，遂齐声地说好，大家回身匆匆地走了。这时阿狗见爸爸伤得这么厉害，心头也十分地痛伤，听金大哥都这么地代抱不平，于是也恨恨地说道：

"大哥，我也跟你们一同去，他妈的！现在是什么世界？就给他们横行吗？"

盛老实虽然受伤很重，不过他的人还非常清楚。他耳听着窗外发狂般的风雨之声，他心头觉得很过意不去，遂颤抖地叫道：

"金大哥，你……你……回来。"

璞姑听爸爸这么地叫，遂忙站起身子，也喊道：

"金大哥，你回来，我爸爸喊你。"

"老伯伯，你有什么话跟我说吗？"

金志毅被她喊住，遂又走近床边来，望了老实一眼，低低地问他。

盛老实把手指了指窗外，摇了摇头，低声地道：

"金大哥，外面的风雨太大了，你们也要顾着自己的身子。且待雨小一些，再去和他们理论吧。因为我虽然是受了伤，但还不觉得怎么样，大概睡一两天会好起来的。"

金志毅见他说着话，皱了双眉，把身子向上挺了挺，那种神情显然很痛苦的表示。他知道老实的伤是很厉害的，其所以这么地说，无非顾虑我们被雨淋湿罢了，于是连忙说道：

"老伯伯，你不用顾虑我们的，因为这事情很要紧，早些问他要医药费，可以早些到医院里去医治呀。璞姑，你好生看护着爸爸，我们去一会儿就回来的。"

璞姑见他一面说着话，一面把身子又向房外走了。因为他这样热心仗义，心头真有说不出的感激，情不自禁地把身子跟着走出，低低叫声金大哥。志毅回过头来，见璞姑泪眼盈盈地已站在身旁，这神情是令人感到了楚楚可怜的，遂说道：

"璞姑，你有什么话对我说吗？"

"金大哥，我太感激你了。"

璞姑说着话，泪水也跟着淌下来。

"璞姑，你别这么地说，我们是邻居，我们应该有互助的义务。你等着，我们立刻就回来的。"

金志毅安慰了她几句，身子又向大门外走了。志毅带了阿狗等众人冒了大雨前进，匆匆地到了新民纱厂的门口。只见两扇大铁门关得紧紧的，于是揿了电铃。不多一会儿，那扇偏门上就开了一个小圆洞，里面探出一个凶狠的脸来。他见这几个淋得落汤鸡那么的人，遂瞪着眼，喝问道：

"你们这些人到这儿来做什么的？"

志毅听问，遂走了上去，叫了一声阿根哥，说道：

"我们是找你们经理张三爷谈几句话，因为有些事情跟他要求。"

阿根和志毅是认识的，因为志毅在过去也曾经到厂里做过工作，后来和张三爷闹了意见，所以他辞职告退。阿根此刻瞧清楚是志毅，遂开了门，给他们走进里面，问道：

"金先生，这么大的雨，你有什么要紧的事情来和我们经理要求呀？"

志毅遂把来意向他告诉了，并且说道：

"人家盛老实是个可怜的耕夫，且家里人全都靠他过活的，所以这事情可不是儿戏的。"

"金先生，那么你一个人进内去见经理吧，因为这许多人进去，怕张三爷心里就会不高兴的。他的脾气，你总也该知道。"

阿根见他们的身子湿淋淋的，生怕弄脏了经理室，张三爷要责怪自己，所以向他微笑着说。志毅听了，也觉不错，遂向阿狗等众人说道：

"你们等在这儿，就是我一个人进去也好。"

他一面说，一面把头上那顶呢帽甩了甩雨水，遂跟着阿根走进经理室去。张三爷是个三十二岁的男子，生得短小精明，平日待人十分刻薄。他此刻坐在经理室内的写字台旁，耳听着风雨之声，口里吸着一截雪茄默默地出神。忽然见阿根领进一个全身稀湿的男子，定睛一瞧，却是从前辞职的职员金志毅，心头暗想：难道又来要求复职了吗？但天下没有这么容易的事情，心里虽这么地想，表面上还显出伪笑，说道：

"我道是谁，原来是金先生，听说你这儿告退后，近来很得意吧，今日到来，不知有什么贵干吗？"

"也不见得这么得意，不过也没有饿死。张先生，今天到来，我是向你请求一件事情的。"

金志毅听出他这几句话中至少是包含了一些讽刺的成分，遂淡淡地一笑，他老实不客气地把湿淋淋的身子就在沙发上一屁股坐了下去。张三爷心里虽然有些肉疼着这簇新的沙发套子，不过他既然坐了下去，也奈何他不得，皱了眉毛，把雪茄拦到烟缸上去，问道：

"是件什么事情？不过我声明在先，如今我对于无论什么事情都不管闲账的了。"

"我知道，不过这是关于张先生厂内发生乱子的事情，你不管也得管的。"

金志毅见他预先声明，不禁冷笑了一声。他在沙发旁的茶几上烟罐子里取了一支烟卷，一面划了火柴，燃着了吸烟。张三爷见他这一种态度，心里有些愤怒，不过听了他这几句话，心头也有些吃惊，忙慌张地问道：

"你说的什么？我厂里发生什么乱子的事情了？"

金志毅道：

"你们厂内的卡车，把我家的邻居盛老实撞倒了，现在受伤很重，恐怕生命十分危险。盛老实是个很可怜的耕夫，且家中全靠他过活的，所以我来要求你，承认负责他的医药费，把他立刻送到医院里去急救，这件事情你应该得负责管一管的吧？"

"哦？有这一种事情吗？不过我们厂内开卡车的车夫都经过相当的训练，所以照我的猜测，他们绝不会闯祸撞伤人的。你也许弄错了，这一定不是我们厂内的卡车。"

张三爷蹙了双眉，他把雪茄又衔在嘴里吸了一口，慢条斯理地回答，表示毫不相干的意思。金志毅听他这么地回答，气得猛可地跳起身子来，瞪了他一眼，把手中的烟卷丢了，说道：

"张先生，并不是我说话无礼貌，你这样回答，简直是放屁之至！你可以保险你们车夫不闯祸吗？我可以给你一个证据，你们车上还有工头汤大彪坐着，他这奴才还骂人家瞎了眼睛，该死的东西！照此说来，你们有钱的可以横行不法了吗？"

张三爷被他这一顿教训，倒是弄得哑口无言，脸一阵红一阵青的。不过他还镇静了态度，喷出了一口烟卷，淡淡地说道：

"阿根，你把大彪去喊了来，问过了他，我才相信。金先生，你不用出口伤人，且坐下来等着吧。"

金志毅听他这话也说得有理，遂点了点头，把身子又在沙发上坐下了。站在旁边的阿根，听经理这么地吩咐，遂匆匆地退出。不多一会儿，阿根领进一个矮大块头的男子走进来，这人就是汤大彪，生得一脸横肉，他是张三爷唯一的爪牙。当时走进室内，向张三爷鞠了一躬，小心地说道：

"三爷，你叫我有什么事情吗？"

"金先生说你坐了卡车把一个什么叫作盛老实的撞倒了吗？这件事可是实在的吗？因为他要我们赔偿医药费，假使没有这一回事的话，那我们不是无名损失吗？"

张三爷把手指了指旁边坐着的志毅，向大彪很认真的样子说。汤大彪走进来的时候倒没有注意沙发上坐的什么人，此刻听了三爷的话，遂回眸向志毅望了一眼。因为两人刚才在路上已经多了口角，此刻仗了主人的势力，自然不肯认错的，遂冷笑了一声，说道：

"你这小子分明是敲诈来的，他这个老东西自己撞上来送死，这和我又有什么关系啊？车夫阿六还连连地揿过喇叭的呢！"

金志毅在路上的时候，因为大彪是坐在车厢内的，要和他争论也是无济于事。此刻人已站在自己的面前，于是他这一股子怒火再也忍熬不住了，猛可地又站起身子，走上一步，把手一扬，只听啪的一声响亮，大彪的颊上早已着了他一记挺结实的耳刮子。志毅又怒气冲冲地骂道：

"他妈的！我打你这个心肝全无的走狗！人家性命不值钱，是送上来寻死的吗？你这狗蛋！真气死我了！"

老实地说，大彪在平日只有把手掌落在别个小工的颊上，想不到今日自己也尝一尝五支雪茄烟的滋味，因为自己一个矮大块头，平日气力也不算小，可是被志毅这一下子耳光，他身子也会被打得倒退两步。虽然他很想有个还手的举动，不过在张三爷的面前，他就觉得不敢放肆。他知道三爷是个爱面子的人，打我等于打三爷一样，三爷自然有颜色给他瞧的。所以大彪把手按住了颊上，连喊好好，说道：

"你敢动手打人，你……好，好！你真有胆量！"

"金志毅，你太没有礼貌，你在我的室内，胆敢打我手下的工人，那你简直是岂有此理极了。就说我们卡车撞了人，与你又有什么相干？他可不是你的老子呀！老实地说，这是没有凭据的事情，你别在我这儿敲诈钱财。识趣的，你快给我滚出去。要不然，哼！可怨不得我没有情分的了。"

张三爷见志毅动手打人，他心头也勃然大怒，遂猛可地站起身子，把手向门外一指，对他声色俱厉地怒喝着。金志毅想不到张三爷也会说出这种天良全没的话来，他心头这一气愤，把脸变成了铁青的颜色。因为是过分愤怒的缘故，他已顾不得一切的礼貌，因为他明白在这个时代，武力就是公理。他猛可地奔到写字台旁，伸手一把抓住他的西服领带，左右噼啪一阵子响声，打得三爷呆呆地怔住了。志毅骂道：

"你们这些吃人不吐骨的恶魔！简直是个杀害贫民的刽子手！我今日非打死你这个奴才不可！"

汤大彪见三爷也受他的侮辱，于是走到他的身后扑上来捶打，金志毅慌忙放了三爷，一个回身，和大彪扭住了大打起来。阿根见事情不妙，遂立刻翻身走到外面去报告警察。这里志毅和大彪在经理室内打得一个落花流水，把写字台上所有的物件，以及壁上悬着的镜框子，都纷纷地在室中乱飞。张三爷躲在写字台下面，又害怕又痛恨。不料正在这个时候，阿根早已领着两名警察到来。他们各执盒子炮，喝命住手。张三爷也从写字台下爬出来，他满脸怒容地向警察道：

"这个人是前来抢劫财物的，快快把他带到局子里去重办。"

"放你的臭屁！我金志毅岂是抢劫财物的人？你们两人不要误会，他们仗势把卡车撞伤了人还行凶！"

志毅听了，慌忙向警察急急地辩解。

"胡说，分明是你上门来行凶，你还诬人吗？这儿不是你声明的时候，到了局里，你再和局长说吧。"

那警察却不由分说把志毅押着就走，志毅冷笑了一声，点头说道：

"好，我们走！"

那两个警察见他倒也爽快，遂和张三爷点了点头，押着志毅一同走出厂门口去。阿狗和众人见了这个情景，都吃了一惊，遂走上来拉了志毅的手，叫道：

"金大哥，这……这……是怎么的一回事呀？你又没有什么罪，为什么要押到局子里去呀？"

志毅哈哈地笑道：

"这就是有钱人的世界呀！不过公理是只有一条的，你们大家跟我一同到局子里去走一趟吧，我想局长当然不会把好百姓当作罪犯看待的。"

"好，我们大家一块儿走，你若有罪，我们大家也一同办罪好了。"

众人齐口同声地说，显然，他们的神情是这一份儿的愤激。风是呼呼地狂刮，雨是倒坍样地狂落着。电光闪闪，雷声隆隆，天是有些变了的样子。除了两个警察身上披着雨衣和雨帽，金志毅和阿狗等一行人都是落汤鸡般地清淋着，远远地在雨缝中消失了他们的影子。

到了警察局，局长沉着脸，很严肃地问明了警察对于志毅所犯何罪。志毅听了警察的报告，当然竭力地口称冤枉。局长遂问道：

"那么你到新民纱厂找经理是做什么去的？"

志毅听了，遂把新民厂里的载货卡车撞伤盛老实，自己因为邻居关系，激起义愤之心，故而前去请求他们负责医治的话，向局长告诉了一遍，并且说道：

"不料他们毫没心肝，不但不肯承认负责医治，而且还笑盛老实自来送死。小民一时愤怒，动手打了他们几下耳光，这是事实。至于抢劫财物，完全诬告良民。"

"你这些话可都是真实的情形吗？"

局长见他脸无惧色，滔滔而谈，知道他说的定是事实，遂故意又这么地追问了一句。

"局长，金志毅说的完全是事实，他是一个有侠义的好公民。"

众人在旁听厅里站着，不待志毅的回答，就异口同声地给他辩白。阿狗这时倒也聪明起来，他走到公堂前来，向局长跪了下去，大声哭起来，说道：

"局长，被撞伤的是我的爸爸，可怜他年纪已老，实在伤得很厉害，你发发慈悲心，救救我的爸爸吧！"

局长被他这么地一哭，倒也动了恻隐之心，遂吩咐把他拉起，皱了眉尖，说道：

"你且别哭，是否事实，跟他到家里……"

"调查"两字还没有说出，忽然案前电话铃丁零零地响起来。局长伸手接过，放在耳边，唔唔响了两声。一会儿笑，一会儿点头，一会儿又说了两声别客气，他放下听筒的时候，立刻把脸变换了，显出一副骇人的凶相，冷笑道：

"你们这班无业游民，分明到此敲诈钱财，花言巧语，尚敢相欺本局长吗？来！把他扣押起来，明天再审。"

志毅见局长突然地变卦，心头早已明白个中的秘密，这就一阵子哈哈地大笑，仰天长叹道：

"今天是落着雨呀，黑魆魆的，我们在这个环境之下再也见不到光明的了。"

"局长，金大哥是冤枉的，他是好人哪！"

阿狗哭丧着脸，向局长低低地哀求，他尚希望局长的垂怜。但局长因了这一个电话，他的意志已决，头也不回地自管退到局长休息室内去了。他的那颗心暂时只好像块冰铁了。阿狗在无限失望之余，又见警察押着志毅走了，他急得奔了上去，抱住志毅的身子，哭出声音来叫道：

"金大哥，为了我们，不是太委屈你了吗？"

金志毅被他这一抱住，也由不得一阵痛伤，把他扶起身子，抚着他的湿淋淋头发，含泪沉痛地说道：

"阿狗弟，你不要哭，他们不会来同情你的淌泪，因为他们的心不是血和肉混合成的。我倒并不伤心我的入狱，因为佛氏云：我不入地狱，谁入地狱？但我伤心的是你的爸爸，可怜他的生命是被恶魔硬生生地夺去了。唉！我们大家都太穷了，假使我有金钱的话，我不必再去向他狼心狗肺的人请求，立刻可以把你爸爸送到医院去急救。现在我已失去了帮助你的能力，我再不能可以救你的爸爸不死了。天哪！这是我们的穷人命该如此吗？"

金志毅这几句沉痛的话，把其余四个村民也激动得淌下眼泪来。阿狗抱住了志毅的身子，兀是呜咽着哭泣。志毅也由不得流泪道：

"阿狗弟，你快快地回去吧，请这四位大哥帮助一下，设法把老伯伯送到医院里去是正经。"

阿狗再要向志毅说话，被警察狠命地踢开了。阿狗跌倒在地上，眼瞧着志毅被他们押着远去了，他不禁又放声大哭起来。

这四个村民把阿狗劝住了，他们无限愤怒地走出了警察局的大门。大家在大雨缝中匆匆地回到阿狗的家里，阿狗一脚跨进卧房，只听妹妹伏在床上痛哭之声，令人心碎肠断。他吃了一惊，奔了上去，惨痛地叫道：

"妹妹，爸爸死了吗？爸爸死了吗？"

第二回

热心做说客　甜语蜜蜜笑里藏尖刀

天空是暗沉沉得可怕，室中像地狱那么凄惨。璞姑送着金志毅等走后，她匆匆地依然回到房中。盛老太在上首床上向她急急地说道：

"孩子，你爸老是呻吟着，你问他什么地方疼痛，可要喝一口开水吗？"

"爸爸，你要喝开水吗？你哪儿疼痛？我给你抚摸一会儿好吗？"

璞姑听妈这么地说，遂悄悄地挨近床边，俯了身子，含泪颤抖地问他。盛老实虽然感到腰肢像折断那么地疼痛，不过他为了安慰病中的老妻起见，还是竭力忍熬住疼痛，摇头低低地说道：

"我没有什么疼痛，我也不想喝开水，给我静静地躺一会儿，就会好的。璞姑，你妈现在热度可曾退了吗？你去安慰她，叫她放心，我没有什么危险，她自己身子保重要紧。"

璞姑听爸妈互相这么地关怀着，也不知为什么缘故，她心头只觉无限的悲酸，因此把满眶子里的眼泪，再也忍熬不住扑簌簌地落了下来。她移着沉重的步子，又走到母亲的床边，勉强忍住了泪水，说道：

"妈妈，爸安慰你不要伤心，他静静地躺一会儿就会好起来的。你此刻热度怎么样了？"

璞姑一面说，一面伸手按到她的额角上去。经此一按，不由得

15

芳心大吃一惊，原来火炭般的一团，比早晨更要烫手万分。她"哟"了一声，正欲说话，却见妈对自己摇了摇手，这当然是关照自己别声张的意思。璞姑心头是疼痛极了，她含了泪水，只好说道：

"爸，妈的热度已退得多了，你也放心养息吧。"

璞姑话声是在颤抖，她感到自己的心有针在刺，她的泪又沾了整个的脸颊。盛老太明白女儿心头的痛苦，她也已经老泪纵横的了。室中是沉寂得死过去了一样凄凉，只有窗外的风雨之声，像发狂似的怒吼。盛老太似乎感到室中益发黑暗下来了，她眼前幻象出许多可怕的情景，向璞姑低声地说道：

"孩子，天已夜了？为什么黑暗得这个模样儿？你快亮了油灯吧，我心里有些感到害怕。"

"妈……你害怕什么？"

璞姑被母亲这么地一说，她身子一阵抖动，心头也激起了莫名的恐怖，一面问她，一面已亮了床边桌子上的那盏豆火样的油灯。在豆火样油灯的光芒下，瞧着室中那些家具更显得分外寥落和凄凉。璞姑不相信这是所谓人住的卧房，她感觉到自己置身已在荒凉的坟墓里一样悲惨难受了。忽然盛老太似乎听到了什么似的，指着门外叫道：

"璞姑，你听，这不是你哥哥叫的声音吗？他和金大哥等一定回来了。"

外面的风和雨实在落得很大，璞姑没有听清楚这个叫声，因为母亲既然这么说，那当然是不会错的。她在黑暗中仿佛眼前又展现了一线光明，心头欢喜得什么似的，她一面急急地奔出去，一面还连声喊着："哥哥！你回来了吗？"不料璞姑走到草堂里的时候，瞥见到大门是半开着，这才意识到自己刚才送他们走后，并不曾把大门关上过。失望像一枚尖锐的利箭，立刻又刺穿了她的芳心。她知道母亲心中因为记挂哥哥和金大哥的缘故，这完全是她的心理作用，其实他们是并没有回来呀。璞姑一面想，一面走到门口探首去张望一下。外面街道上是黑魆魆的，风刮得紧，雨也下得大。因为是静悄悄的一个路人都没有，在她那颗脆弱善感的芳心中自然也更激起了无限的凄凉。忽然地听到一阵洒洒的划水声音，隐隐地触送到耳鼓，不知怎么的，听到了这个阴森森的声音，她心头一阵吃惊，顿时毛发悚然，全身不寒而栗，慌忙翻身又走到房中来，一面壮着自己的胆量，一连地咳嗽了两声，叫道：

"妈，你听错了，哥哥和金大哥并没有回来呀！"

谁知说到这里突然瞥见床上的爸爸，两手两脚慢慢地伸长直了起来。璞姑这一害怕和吃惊，她立刻奔了上去，高声地叫道：

"爸爸！爸爸！你怎么啦？你怎么啦？"

"孩子，没有什么……"

"璞姑，你爸爸怎么了？你快来扶我起床和你爸爸说几句话呀！"

盛老太见璞姑向爸爸这么叫喊，她明白老实伤势是万分惨重，说不定他已到最危险的时候了吗？所以她再也顾不得自己身子的热度是这么盛，她终于挣扎着坐起身子来，急急地说。璞姑见爸爸虽然微睁了眼睛尚对自己这么地安慰，不过他的神色是十分不好，心中也忧愁到爸爸是个垂死的人了，她觉得母亲这几句话当然也包含了一些诀别的意思。虽然芳心是片片地碎了，柔肠是寸寸地断了，不过她没有办法，只好扶了母亲颤抖抖的身子，走到父亲的床边来。

盛老太是个上了年纪的人，她当然比璞姑多知道一些，遂先用手去摸他的额角，因为并没有十分异样的感觉，所以她才稍微放下了一些心。但盛老实的感觉却相当灵敏，他把盛老太的手握住了，说道：

"你……你……身上的热度依然高得很呀！怎么你能起身呢？唉！你快去床上躺着吧！我没有什么的……"

"老实，你别管我，你身上现在哪一处疼痛？唉！我们穷人的命太苦一些了。"

盛老太见他很清楚，因为他能辨别自己手有热度，于是坐到床

17

边，靠在璞姑的身上，望着老实的脸，一面说着话，一面眼泪已扑簌簌地滚了下来。

盛老实见妻子哭，他的泪也像泉涌，摇了摇头，说道：

"别说这些话了，我们也不知道前生做了什么孽，所以今生才有这么悲惨痛苦的遭遇。唉！穷人就是比狗比猪仔更不及的呀！璞姑，你扶妈仍旧去躺着吧，有病的人怎么可以久坐？你也想明白一些，生死大数，谁逃得过呢？"

其实老实很明白自己已是不救的了，所以在后面这几句话，就是劝慰妻子别为他死而伤心的意思。

"妈，你就听从爸的话，去躺着吧。"

璞姑含了泪水，也向盛老太低低地劝慰。盛老太因为自己虽然坐在床边，而全身却完全靠在璞姑的怀里，可知自己病得确实连坐都支撑不住了，因此也只好仍由璞姑扶到上首床上去躺下了，望了她一眼，低低地道：

"孩子，你好生去看护着爸爸吧。"

璞姑点头答应，遂又走到爸爸的床边坐下。只见爸闭上了眼皮，紧锁了眉毛，似乎痛苦得十分而又不敢呻吟的样子。她芳心里悲哀极了，遂低低地叫声爸爸。盛老实微睁开眼睛，望了女儿一眼，只见女儿带雨海棠那么的粉脸，倍加楚楚可怜，便颤抖地问道：

"孩子，金大哥还没有回来吗？"

"爸，金大哥就可以回来的了。"

璞姑点了点头，泪水在她粉颊上纵横地交流。

"可是……我也许是等不及他回来了。"

盛老实沉吟了一会儿，才抖动地继续说出了这一句话来。他"哎哟"了一声，腰肢似乎欲断下了的样子。

"爸，你怎么啦？你为什么要说这些令人难受的话呢？"

璞姑伏下身子去，她几乎已经要哭出声音来了。盛老实摇了摇头，苦笑了一下，说道：

"孩子，你别哭呀，爸今年已是五十六岁的人了，照理，原也将死的人。常言道，人生五十非为夭，那我也不算短命吧。只不过我今日的死，未免太惨一些罢了……"

璞姑听他说到这里，有些上气不接下气的光景，沉痛的悲哀像江潮似的澎湃，泣血的伤心像山瀑般地倾泻。她的心是碎了，她的肠是断了，呜咽着说道：

"爸，你快不要说这些话了，金大哥回来还要把你送到医院里去救治呢。"

"只怕不中用了吧，孩子，我死之后，这一份家庭的负担，可怜竟要负到你的身上了，因为你哥哥是个废人呀！唉！我怎么能忍心？你是个仅仅十八岁的女孩子呀！思想起来，真叫我有些死不得啊！不过我伤已无挽救的办法，唉……"

盛老实痛心疾首地说到这里，他紧锁眉毛，一阵子摇头，眼皮又合上来了。

璞姑以为他已咽气了，急得边哭边叫道：

"爸！爸！你去不得呀！你不能去呀！"

上首床上的盛老太听了女儿这两句话，她已猛可地坐起身子，叫道：

"璞姑，你爸……完了吗？"

才问了一句，她的身子已从床上直跌到地板上来了。璞姑因为发觉爸爸已经气绝身死，她惨痛得再也没有理会上首床上的母亲已经跌落地下了，她伏在盛老实的尸身上已号啕地大哭起来。

窗外的风并没有停止，雨也依然倒泻般地落，老天也在替他们做不平鸣吗？

璞姑正在惨痛欲绝地哭泣着，忽然一阵脚步声奔进房中来，听哥哥的口吻惨痛地问道：

"妹妹，爸爸死了吗？爸爸死了吗？"

于是连忙回身叫道：

"哥哥，爸爸已经死了，金大哥呢？你们可曾向张三爷拿了医药费来吗？"

阿狗因为回答不出什么话来，他猛可伏到老实的尸身上去，也失声地痛哭起来。璞姑这时一眼瞥见到母亲竟已跌在地上昏厥过去了，于是她已管不得已死的爸爸，急忙奔到母亲的身旁，把她抱到床上，靠在自己的怀内，只见母亲口眼紧闭，手脚冰冷。因为她急糊涂了的缘故，以为母亲也已气绝死了，这就抱着她的身子，忍不住也撞撞颠颠地哭泣起来。

盛老太原是一时昏厥的缘故，经过璞姑这一阵子撞颠的哭泣之后，倒把她悠悠地醒转来了。盛老太既然醒回，她向璞姑问了一声"你爸真的死了吗"，她也放声痛哭起来。这时四个村民见盛老实已死，盛老太又昏厥了，他们也觉得这是悲惨到了极点，因此站在房中，除了淌泪之外，却默默地再也说不出什么话来可以安慰她们。

过了一会儿，璞姑把母亲躺到床上。她见四人中有一个是林大哥，遂拭了泪痕，向他们急急地问道：

"林大哥，金大哥怎么没有回来呀？"

林大哥长叹了一声，顿足恨道：

"这个世界再没有光明的日子了，盛姑娘，可怜金大哥被张三爷关到局子里去了。"

"什么？什么？金大哥有什么罪？张三爷凭什么要把他关到局子里去？难道青天白日之下的局子里也灭绝公理了吗？"

璞姑突然听到这个消息，她气得全身有些发抖，在万分惨痛之余，不禁倒竖了柳眉，圆睁了凤目，眼睛里几乎要冒出火星来的神气。

"公理？哈哈！这个时代，这个世界，还谈得到'公理'两个字吗？"

林大哥听她这么地说，他含了眼泪，忍不住痛心地大笑起来了。盛老太在床上似乎也听到了这个消息，她大声地叫道：

"金大哥犯了什么罪？他要受这样的委屈？我们穷人没有活命的资格，我们全家就死到张三爷的家里去吧！"

璞姑见母亲有些疯狂的样子，因为她是有病的人，所以忙又把她身子按到床上，含泪安慰她道：

"妈，你快不要这个样子，你是有病的人，爸爸已经死了，你老人家若再有一长两短，叫我女儿孤零零一个人还能再活得下去吗？妈，穷人虽然命苦，但到底同样是大地上的人类，谁不是十月怀胎而养下的呢？我们凭什么要死到他家里去？环境愈恶，我们应该更奋斗着活下去，活下去！"

"是的，我们穷人若没有活下去的资格，那么何必要生长到大地上来？璞姑，我们在水火煎熬中活下去吧！"

盛老太点了点头，她说到后面这一句，又不禁为之声泪俱坠了，接着向林大哥等四人说道：

"为了我家的事情，累各位奔波淋雨辛苦，叫我们心头感激不尽。此刻时已不早，你们家里也都有事，所以请各位自便吧。"

林大哥道：

"老太太，你别这么地说，我们谊属邻居，理应尽个互助的义务，不过所可惜的心有余而力不足罢了。现在且暂过一宵，明天我们大家再来商量料理老伯的后事吧。"

盛老太和璞姑听了，含泪称谢。林大哥等又把阿狗劝住了哭泣，方才各自匆匆地回家去了。这里璞姑把一条干毛巾盖到爸爸的脸上去，想到爸爸横遭惨死，以为后事如何料理？往后怎么地生活？金大哥为了我们含冤入狱，如何对得住他？种种的事情，觉得无一不是伤心的资料，因此伏在床边忍不住又惨痛地哭泣起来。

盛老太在一度痛哭之后，觉得事到如此，徒然悲伤也是没有用的，于是向阿狗叫道：

"你快把妹妹劝住了吧，因为哭伤了身子，明天还得做事情哩。"

"妹妹，你别哭了，妈在叫你有话对你说哩。"

阿狗听了，遂含泪把璞姑身子推了推，低低地劝告。璞姑听妈有话对自己说，遂只好收束了眼泪，一同走到妈的床边去，问道：

　　"妈，你有什么话跟我说吗？"

　　盛老太拉了女儿的手，逗了她一瞥可怜的目光，低低地说道：

　　"事到如此，伤心也没有什么用了。既然我们还得活下去，那么你们也该做晚饭了，饿坏了身子不是更受痛苦吗？"

　　璞姑叹了一口气，说道：

　　"我如何吃得下饭呢？哥哥，你详细地告诉我，金大哥和你到张三爷那儿去的经过情形是怎么样的？他们不答应也就完了，如何把金大哥还捉到局子里去？这到底是什么道理？"

　　阿狗听了，遂把到新民纱厂去的情形告诉了她，并且说道：

　　"当时我们等在门房间的门口，过了一会儿，只见门役急急地出来喊警察，说金大哥在里面行抢打人，所以把他捉到局里去了。在局里我们也向局长保证金大哥是好人，不料局长毫无心肝地却说金大哥是无业游民，心存敲诈，所以把他扣押起来。"

　　"唉！那真是我们害他的了，叫我们心头如何对得住他呢？"

　　璞姑听了这些话，深深地叹了一口气，泪水又滚滚地落了下来。盛老太眼睛里也含满了泪水，说道：

　　"不过我们总要设法把他去保释出来才是的，社会上好的人太好，歹的人太歹，苦的人太苦，乐的人太乐。为什么一样是个人，就有这样天壤的差别呢？"

　　娘儿俩只管伤心着，阿狗却有些饿得受不住了，遂向璞姑低低地道：

　　"妹妹，你给我烧饭去吧，我实在饿得厉害呢！"

　　盛老太觉得儿子到底是傻骏的，不过也怨不了他，遂向璞姑催道：

　　"你就给他烧饭去吧。吃不下，稍许吃些，不吃也是不好的。"

　　璞姑听母亲这么地说，遂也走到外面烧饭去了。这一晚上，阿狗和璞姑当然都没有睡，但在十二点钟的时候，阿狗伏在桌子上却呼噜呼噜地睡去了。璞姑没有去叫醒他，因为明天还要做事情，也由他睡熟了一会子。这时候四周是万籁俱寂，可说一丝声息都没有。因为天空中的雨已停止，风也息了。璞姑见母亲闭了眼睛，两颊绯红，神情是十分昏沉，可见病势又加重了许多。她心头是多么悲痛，想到明天爸爸入殓的一笔费用，以及妈妈瞧大夫的钱，一时又焦急又伤心，暗暗地忍不住又啜泣了一会子。

第二天早晨，这出乎璞姑的意料之外，天气却分外晴朗，太阳光由地平线上升了起来。她想和母亲商量如何料理爸爸的后事，不料母亲病得昏昏糊糊，却有些人事不省的样子。正在无可奈何的时候，忽然听阿狗在草堂外叫道：

"妹妹，金宝姊姊来瞧望你了。"

璞姑一听，慌忙匆匆地迎了出去。金宝原来就是汤大彪的妹妹，今年二十一岁，生得也有七八分的姿容。她是在新民纱厂内做女工的头，这一半固然是大彪的力量，而大半还是全靠自己牺牲了色相所得的代价。昨天听大彪告诉卡车撞了盛老实的话，因为自己和璞姑原是闺中腻友，所以第二天一早，她就来探望璞姑了。当时金宝见璞姑两眼红肿，脸沾泪痕，遂拉了她的手，显出很惊讶的样子，问道：

"妹妹，你怎么哭过吗？伯伯撞伤了，今天可好一些了吗？"

"姊姊，你还问好了吗？爸爸是已经死了呢！"

璞姑听她这么问，心中一阵痛伤，泪水忍不住又滚了下来。

"什么？伯伯已经死了吗？他尸身现在什么地方？你预备怎么办呢？"

金宝想不到盛老实已经死了，她忍不住也大吃了一惊，遂急急地问她。璞姑把嘴向房内努了努，淌泪告诉道：

"今天正预备给爸爸入殓呀！可是妈又病得厉害，此刻昏昏沉沉地人事不省，所以真叫我又痛心又焦急，恨不得立刻也死去了干净哩!"

说完了这几句话,不禁掩着脸呜咽不止。金宝被她哭得伤心,眼皮一红,泪水也夺眶而出,遂安慰她道:

"妹妹,你快不要说死的话,事情到了这个地步,总得一件一件地办舒齐不可。第一,你把爸爸先入殓了;第二,再请大夫给你妈诊治。"

"话虽这么地说,不过妹妹的环境,你是明白的,一时叫我哪里来这许多的钱呢?"

璞姑停住了哭泣,向她红着脸低低地说,接着又道:

"姊姊,你怎么知道我爸爸被卡车撞伤了?哦,莫非你在厂内昨天就知道了吗?可恨那个张三爷,他非但不承认,而且还把金大哥捉到局里冤枉他敲诈呢!你想,有钱的人也不是太不讲理了吗?"

金宝对于这件事情的曲折,她是在哥哥那儿知道得很详细的了,因为自己和璞姑是朋友,所以曾经埋怨哥哥太无人道一些。大彪说当时撞倒的并不知道就是盛老实,后来和金志毅彼此有了气恨,因此也就闹翻了。这时金宝听璞姑又无限愤恨地告诉,遂对她说道:

"妹妹,你也不要完全怨张三爷不好,因为金大哥也有错处,他竟动手打三爷的耳光。你想,三爷是个何等样身份的人?他肯受这个委屈吗?我知道三爷这个人的脾气是吃软不吃硬的,所以你应该和他好好儿地说,他如何会不承认吗?"

"哼!金大哥总不会一到厂内就打他耳光的,因为他不肯承认,金大哥才动了怒的。所以金大哥没有错,他无非仗势欺压贫民罢了。"

璞姑听她的语气尚有庇护三爷的意思,一时心头颇不以为然,冷笑一声,遂恨恨地抢白她。金宝却并不因她的抢白而生了气,仍旧笑了一笑,说道:

"不过在这里还有一个原因,你总该知道金大哥也在新民厂内做过事情,而且又因多嘴而告退的。两人心意不合地见了面,彼此还有好话说出来吗？所以我的意思，此刻我伴你一同亲自去向三爷要求，叫他帮些忙，把伯伯成殓结果了，三爷一定会答应的。"

"不过老实地说，我爸爸等于死在他手里一样的，他就是我杀父的仇人，我如何再肯去要他的垂怜？所以姊姊这一份儿的美意，我是只有表示心领谢谢，不能前去再讨他的没趣了。"

璞姑听她这么地说，虽然很感激她的代为着想，但自己到底摇了摇头，婉言拒绝了她。金宝把她手握了一阵，说道：

"妹妹这话虽然说得有志气，但是你完全错了。你爸爸被卡车撞死，与三爷根本没有什么关系呀，如何能把三爷当作仇人看待呢？因为这是车夫的不小心，以命运而说，也是你爸爸劫数难逃。所以你也只好想明白一些的，你若不去问他拿一些钱，那么你怎么把伯伯成殓呢？况且以后的问题可多着，你妈瞧大夫固然也要钱，你们的生活又怎样地办？所以你去和三爷一说，也许他还会给你们兄妹俩的工作做，这是关于你们一家生活问题的事情，你应该加以郑重地考虑才好。我和妹妹因为彼此知己，所以完全一片好意，没有一些捉弄你的意思。"

璞姑听了她这一篇话，由不得暗暗地沉思了一会儿，心想：说三爷杀了我爸爸，这话原属有些过分。因为他无非是新民厂的经理，卡车撞死我爸爸，岂能怨到经理身上去？不过自己恨他，也无非因为他把金大哥捉到局里去罢了。但是他们两人因为有私仇，所以闹僵的，也许他真的肯帮我一些忙吗？璞姑这样想着，觉得自己需要他帮助的地方正多，于是把金宝的手也握了一阵，很亲热的样子说道：

"姊姊，我虽然很愚笨，但总也不会把你你这一份儿好意猜作恶意的。不过你话虽这么地说，我们去要求三爷帮忙，他是否能够答应，这还是一个问题呢。"

"只要你肯去要求他，我倒可以担保三爷会答应你的。"

金宝听她这话分明已有情愿的意思，遂很认真地对她说。璞姑十分感动地和她握了一阵手，秋波逗了她一瞥感激的目光，说道：

"姊姊，你这样热心地帮助我，叫我拿什么来报答你才好？"

金宝摇了摇头，说道：

"妹妹，你别说这些报答的话，我是因为伯伯死得太可怜太悲惨一些了，而且又知道妹妹的环境太恶劣一些，自己能力又薄弱，所以我陪你去恳求张三爷。这也无非聊尽人类互助的义务，岂望你报答的吗？"

"不过我心里总记着姊姊的恩典是了。"

璞姑感动地回答她。金宝道：

"那么妹妹此刻就跟我一块儿去吧。"

璞姑点头说好，遂向阿狗叮嘱道：

"我跟姊姊去一会儿就来的，你好生看守着在家里。妈回头醒来，你告诉她，说我到厂内向三爷求帮助去，你知道吗？"

"我知道的，那么你请三爷给我也找个事情做做。唉，现在爸爸没有了，还有谁来养活我呢？"

阿狗一面点头，一面淌着眼泪向妹妹关照。璞姑听了，倒又暗暗地欢喜，想不到爸爸一死，哥哥倒脑子清醒一些过来了。遂答应了一声，和金宝一同到新民厂里去求见张三爷了。

金宝对于她今天的来意，倒确实是一片好心，不过在她无非是个女工的头，如何有把握肯定张三爷会答应帮助璞姑呢？在这里当然有个曲折的缘故。原来金宝当初由大彪介绍进厂，也只不过是个女工而已。后来被张三爷发现了，觉得在女工之中，金宝实在可以说是鹤立鸡群，因此便另眼相待，立刻把她升为女工的头，并且时常约她出去游玩。反正张三爷有自备汽车，来回都市里去游玩，也是极便当的事情。金宝对于三爷的另眼相待，芳心里岂有不明白的道理？因为三爷是个经理的身份，他肯爱上自己，这还不是天大的造化吗？金宝既然有意，那么这自不必说，她是做了三爷伴眠的人了。金宝今日带璞姑去见张三爷，在她是做一件好事情，不过她没

26

有理会到张三爷是个色眯眯的人，而璞姑又是个国色天香的姑娘，因此在下面又引出一段可歌可泣的悲惨故事来。

两人到了厂里，金宝叫璞姑先在经理室门口等一等，她悄悄地推门进内。只见张三爷坐在沙发上吸雪茄，茶几上还放着一杯热气腾腾的牛奶。他见了金宝，遂笑嘻嘻地向她招了招手，说道：

"你来得正好，我有一件事情跟你谈谈。"

"是件什么事情？"

金宝走到他的身旁，秋波斜乜了他一眼，低低地问。

"是这一件好事情……"

张三爷拉了她的手，故意要她弯了身子，凑在她耳边说话。不料金宝凑过粉脸去的时候，张三爷却在她小嘴儿上唧地吻了一下，笑嘻嘻地说出了这一句话，金宝方知上了他的当，这就"嗯"了一声，逗给他一个妩媚的娇嗔。张三爷还要抱了她身子去摸索，金宝摇了摇手，低低地道：

"你别闹，你别闹，我今天带来了一个人，请你发个慈悲心，帮助她一下，因为她实在是太可怜的了。"

"你说的是谁？他在什么地方？要我怎么样帮助他呢？"

张三爷生平最不爱听的就是要自己帮助人家，不过在金宝的面前，他还不敢立刻表示拒绝的意思，一面放下她的手，一面皱了那两条眉毛，向她低低地问。金宝道：

"人就在室门口等着，只要你答应了，我就可以叫她进来见你的。"

张三爷见她回身就要去叫的神气，他急得连连地摇手，说道：

"慢着，慢着，你好歹也给我说一个明白，这到底是怎么的一回事情呢？"

"喔哟，你何必急得这一份模样？她也不是什么强盗绑匪，难道一见了她的面，就会把你架走了不成？妹妹，你进来吧！"

金宝撇了撇嘴，俏皮地说。说到"妹妹"两字，声音是特别地提高，她伸手已去拉开经理室的门，这是叫璞姑进内的意思。张三爷听她喊了一声妹妹，方知她带来的是一个姑娘，心里这才缓和了许多，暗想：我倒要瞧瞧她到底是个怎么样的人才呢。因此对于金宝的拉门，是没有再去阻止她。就在这个当儿，只见外面步入一个身材适中的姑娘。金宝道：

"这位就是经理张三爷，三爷，这是盛璞姑姑娘。"

璞姑听她已经介绍了，这就向他行了一个四十五度的鞠躬礼，低低地叫声张三爷。张三爷在璞姑走进来的时候，因为她是低着头，所以只见到她的身材，而不见到她的粉脸。虽然是没有瞧到她的粉脸，但他脑海里就有这么一个感觉，"修短合度"这四个字那姑娘可以当之无愧。如今璞姑向他抬头低低地招呼，三爷自然也把她瞧了一个仔细，这就暗暗地叫了一声：好一个秀丽的姑娘！虽然璞姑是乱头粗布，而且眼皮红肿，不过那一股子妩媚的风韵自然地显露出来，和金宝相较，更觉美丽十分。他心里荡漾了一下，但他还是摆出一副经理的架子，略为一点头，把手一摆，说道：

"盛姑娘，你请坐吧。金宝，你给我代为招待招待。"

金宝见他瞧到了璞姑之后，虽没有惊喜欲狂的举动，不过他脸上已堆了微微的笑容，忽然想到了他是个色中饿鬼，一时倒有些懊悔不该多事了。但事情已到这个地步，且也不必再顾虑这些了，遂向璞姑低低地道：

"妹妹，张三爷请你坐下，你只管坐吧。"

一面说，一面又给她倒了一杯茶。张三爷见璞姑虽然在对过沙发上坐下了，不过她的表情还显出娇羞万状的样子，于是开口低低地问道：

"盛姑娘，你今日到来见我，不知有什么贵干吗？"

璞姑还以为金宝已经和张三爷说明白了，想不到他还问我缘故，这就向金宝望了一眼。金宝把小嘴儿努了一努，这是叫她说话的意思。璞姑知道还没有说明来意，于是她显出洒脱的态度，说道：

"三爷，昨天你们厂内的卡车把我爸爸撞倒了，当时有个姓金的邻居前来向你请求给我爸爸负责医治，不料你不但没有答应，反而把金大哥捉到了局里去。现在我的爸爸已经死了，我今日到来，虽然不是向你敲诈来的，不过却有个小小的要求。因为我家太贫穷了，第一，没有钱给爸爸入殓；第二，请你给我们兄妹俩介绍一些工作做做。假使你有人类同情心的话，那么你就答应我的要求，否则，我立刻可以告退的。"

金宝听璞姑说话倒很不老实，一时不免替她捏了一把汗。可是万不料张三爷却一些也没有生气的意思，脸上只显出惊讶的神色，忙说道：

"盛姑娘，你千万不要听了一面之词，以为我是个这么蛮不讲理的人吗？你快瞧瞧四壁的镜框上的玻璃片，不是全被金志毅打碎了吗？他到这儿来原是有意和我捣蛋的，对于令尊受伤的事情，他倒并没有十分地提起，我见他借故敲诈，所以我把他捉到警察局里去的。盛姑娘，想不到你的爸爸会伤重而逝了吗？唉！太可惜！太可怜了！照情理上说，确实在我们厂内是应该负完全的责任，不过车夫当然也并非故意喜欢闯祸撞死人的，这实在是一件非常遗憾的恨事。如今事情已到如此的局面，别的挽救也没有，对于姑娘这两个要求，我一定可以完全地答应你。那么盛姑娘府上一共还有几个人呀？"

张三爷一面说着话，一面已站起身子，坐到写字台的旁边去了。璞姑想不到他这一篇话却说得仁义道德，显然是个很豪爽的个性，这就情不自禁地愣住了一会子。抬头见壁上的镜框子，真的玻璃都没有了，心头由不得暗想：难道金大哥借了我们的事情真的故意向他捣蛋吵事吗？一面想，一面口里答道：

"我家里还有一个妈、一个哥哥，别的没有什么人。既承张三爷热心帮助了我们，那当然使我们十分感激。"

"你也不用说那些感激的话，因为我觉得你们的家庭确实是太可怜一些了。就是你爸爸并非我们厂内车子撞死的，那我也应该尽个人类互助的义务呢，何况又是我们厂内车夫闯的祸，所以这一件遗恨的事情，我还感到相当抱歉。这是五百元钞票，你先拿了去给你爸爸料理后事。至于要找工作做，这是一件再容易也没有的事情，待你一切舒齐之后，你们兄妹俩只管到我这儿来好了。"

张三爷听她居然感激自己，一时心头真快乐得了不得，不过他表面上还是显出一本正经的样子，一面抽开抽屉一面取了五叠钞票，放到桌角旁去，很和善地说着。金宝觉得一钱如命的张三爷，也只有在女人的面前肯情情愿愿地把钞票拿出来，于是给璞姑代为拿过钞票，交到她的手里去，笑道：

"妹妹，你听到了没有？那么你就谢谢张三爷吧！"

张三爷不待璞姑回答，就连忙正经地说道：

"不用谢，不用谢，这是理所应该的事情，而且我只有抱无限的遗恨。唉，可怜他老人家真的被卡车撞死了。不过人死不能复生，徒然伤心于死者固然无益，且亦有伤身子。况你尚有老母在堂，更应该顺变节哀，以慰老母之心才好。"

璞姑见他慷慨赠送五百金，而且又听他这么表示同情的样子安慰自己，一时把刚才从家中走出的那一股子怨恨的意思渐渐地消失了。她含了一眶子悲哀的热泪，脉脉地又逗了他一瞥感激的目光，点头说道：

"张三爷，我很感激你的安慰，我一定听从你的话，不再伤心了。现在我尚有一个不情之请的恳求，不知你能够答应我吗？"

张三爷听她肯从自己的话，心里有些喜悦的意味，遂忙含了微笑，说道：

"盛姑娘，你太客气，怎么说是不情之请呢？你只管说出来，我若能够办得到的，当然可以答应你的。"

"这件事情只要你肯答应，当然是很能够办得到的。就是请你向警察局里去说一声，把金志毅放了出来吧。虽然他和张三爷心中原

30

有私怨，不过昨天被捉的原因，说起来总是为了我们而起的，所以我心中感到极度不安。张三爷若能饶恕他这一遭，那我情愿向你叩个头的。"

璞姑这才平静了脸色，向他低低地诉说。张三爷听了她这一篇话，不禁把脸上的笑容渐渐地收束了。他心中暗想：莫非他们两人已发生了爱情吗？否则，金志毅昨天为什么这样赤胆忠心给她代为请求，而今天她又代为给金志毅这么关切地求情呢？经过这一阵子细想，他把一肚子的欢喜都消散了，遂沉吟了一会儿，皱了眉尖，低低地说道：

"盛姑娘，并不是我不肯答应你，因为这小子昨天委实太放肆了，我被他行凶侮辱，若不早刻鸣警到来，几遭他的毒手呢！现在既捉到局里，局里自有审判，我也无权过问。所以这件事情我真的办不到，请盛姑娘原谅我才好。"

璞姑听他这么地说，知道没有挽救的余地，虽然芳心里未免有些怨恨的意思，但是也没有什么办法，轻轻地叹了一口气，却是沉默了一会子，方才站起身来，向张三爷又鞠了一个躬，说道：

"那么我得回家去料理爸爸的后事，我们明儿再见了。"

张三爷点了点头，说"我不送你了"。金宝偷偷地向张三爷噘了噘嘴，逗给他一个娇嗔，遂含笑送着璞姑走出了经理室的门口。在走到厂门口的时候，璞姑回身握住了金宝的手，很诚恳地说道：

"姊姊，全仗你热心互助，使妹妹解决了今日的难关，我心里感激着你是了。如今你别送我了，你不是也得工作去了吗？"

金宝点头说"别客气，你一路走好，那么我也不送你了"。璞姑于是和她握手分别，匆匆地自管回家。到了家里，只见林大哥等四个人正等着自己同去，说道：

"盛姑娘，我们四个人昨夜回家，尽力设法，只凑成了一百元钱，聊尽互助的义务，请你收下吧。"

璞姑听了，不免感激涕零，遂向他们再三道谢，并且说道：

"承蒙相助之情，真是刻骨铭心，不过现在我已有了五百元钱，足够给爸爸料理后事了。诸位大哥也都是贫苦的环境，所以请你们不必再客气了。"

　　林大哥等听了这话，都惊问璞姑哪里来这一笔巨款。璞姑遂把汤金宝姊姊带自己到新民纱厂亲自求张三爷帮忙的话诉说了一遍，并且说道：

　　"不过现在还得请各位大家帮助的是出一些气力，购办衣衾棺椁的东西。"

　　林大哥等听了，一面答应，一面都不胜奇怪，想不到张三爷竟会大发慈悲心来了，但也无暇追究思忖，大家拿了钞票匆匆前去购办衣衾棺椁了。天下的事情，只要有了钱，就没有不解决的问题。所以到了这天晚上的时候，盛老实不但已入了殓，而且已择地安葬了。璞姑向林大哥等几个帮忙的人再三道谢，他们也都各自回家。这里璞姑、阿狗因一夜没睡，颇觉精神疲倦，因为母亲昏沉睡着，所以也不惊动她，各自脱衣就寝。

第三回

腐败家庭　兄妹各做无耻事

"妹妹，你给我烫些酒，我今夜倒很想喝两杯。"

汤大彪和妹妹金宝从厂内回家，金宝在院子里做饭，大彪含笑走出来向她低低地说。金宝在油灯光芒下绕过媚意的俏眼儿，向他逗了一瞥怨恨的娇嗔，说道：

"你喝了酒，可不是又想到李大妈家里去了吗？哥哥，村子里的人全都知道了，他们窃窃私议的，多难听呢！"

"管他妈的！现在这个年头儿，谁管得了谁？况且民国法律，寡妇有自主权呀！"

大彪在红过了一阵脸之后，却装出并不介意的样子，低低地驳辩。金宝扑哧地一笑，抿嘴笑道：

"那么你打算娶李大妈给我做嫂子了吗？可是人家的孩子也有十三岁了，明天给人家叫起油瓶来，你受得了吗？"

"娶她做妻子这当然是不可能的事，我今年三十岁，她比我大五年哩。不过你的嫂子死了之后，我这两年来实在太寂寞了，也无非暂时维持维持罢了。"

大彪听妹妹这么地说，摇了摇头，一面回答，一面忍不住微微地叹了一口气，表示很伤感妻子死的神气。金宝道：

"话虽这么地说，不过嫂子死后，你原该娶一个续弦才是。这样子一年两年搁下来，也不是一个道理。万一李大妈得了身孕，这更是糟透的事。再说……我也不能够一辈子给你帮着料理家务的呀!"

说到这里,粉颊上不免飞过了一阵红,似乎有些难为情,把身子别过去瞧锅子里烧着的饭菜了。

大彪听妹妹这么地说,心里当然明白她的意思,且锁住了眉尖的表情,大有哀怨的意态,遂笑道:

"我当然不能为了自己,而叫妹子一辈子搁在家中住下去的。我不是早已跟你说过了吗?只要三爷肯娶你回家,我是没有不答应的道理。"

金宝笑了一笑,却没有作答。大彪走近一步,继续地问道:

"妹妹,你干吗不回答我?难道心中还怨恨着我吗?"

"谁怨恨着你?不过你总也该先娶了嫂子之后,我心里才放心安慰呀。"

金宝这才回眸斜瞟了他一眼,赧赧然地笑了。大彪点了点头,说道:

"我很感激妹妹的意思,不过一时里找相当的人才也是很不容易的,往后我当托人随时留心着吧。"

"只怕被李大妈迷住了,又忘记娶嫂子了,还以为自己已经有了妻子的人了。"

金宝撇了撇嘴,低声儿俏皮着回答。

大彪忙笑道:

"你放心好了,这是绝不会的。"

金宝道:

"其实我也为了哥终身幸福着想,才这么说的。因为你不是也有三十岁的年纪了吗?到现在还没有一个孩子,老来靠傍谁过活呢?"

大彪点头道:

"可不是?我也明白妹妹是完全为了我一片好心。"

兄妹俩一面说着话,一面已把饭菜烧好。两人一同端到屋子里,放在桌子上,大彪把酒壶握来,在杯子内满斟了两杯,笑道:

"妹妹，你也陪我喝一杯吧，两人一同喝，兴致好哩！"

金宝摇了摇头，瞟了他一眼，说道：

"你兴致好，我可没有兴致哩。回头你去快乐，我一个人孤单单地留在家里，喝了酒心头不是更会感到难受吗？"

大彪细细回味她这几句话，觉得二十一岁的妹妹实在也很需要异性慰藉的了，这就扑哧地一笑，说道：

"妹妹，你也不会孤单单的，今天我听三爷说晚饭也在厂内吃，不回公馆里吃了，凭他这一个举动，我就明白他今夜也许有来找你的意思。所以回头我走了之后，你们不是也成双可以谈心了吗？"

金宝自己说出了这两句话之后，她心中已经感到很有些难为情了。如今被哥哥这么地一说，她益发羞得绯红了两颊，向他啐了一口，忍不住又低头笑起来。不过她在羞涩之中，到底也有些喜悦的成分，于是抬头又低声地故意逗他一句说道：

"哥哥，你自己心里高兴，别拿我开什么玩笑。他是个有名的怕老婆，敢不回家去吃晚饭吗？"

"妹妹，你真傻了，一个男子怕老婆，其实都是外表的。见了老婆的面他就怕起来，若一转身，就绝不会怕的了。我没骗你，你只管喝着酒等待着吧，三爷保险今夜会来瞧望你的。"

大彪自己一面连连地喝酒，一面笑嘻嘻地回答，表示内心这一份得意的神气。

金宝雪白的牙齿微咬了殷红的嘴唇皮子，逗给他一个妖媚的娇嗔。虽然没有再说什么话，不过她握了个酒杯，真的陪着大彪也慢慢地喝酒了。

兄妹俩喝完酒吃毕饭，大彪连面孔都来不及揩，他就向妹妹说声再见，匆匆地走了。金宝在给他关上屋子门的时候，心头不免感到孤独的凄凉，情不自禁地叹了一口气。不料这一口气没有叹完，忽然门外又有人笃笃地敲起来。金宝怨恨地道：

"哥哥，你真太忙了，又是什么东西忘记带了呀？"

"我的心肝儿！因为你那个樱桃似的小嘴，我没有带在身旁，特地来问你要的呀！"

这是出乎金宝的意料之外，开门进来的不是哥哥，却是心头正记惦的张三爷。他边说边笑，一脚跨进屋子，就抱住了金宝的身子，在她软软的樱唇上接了一个甜吻。

金宝那颗芳心中自然有说不出的惊喜，尤其在微醉之后，她对于三爷这一吻，全身每个细胞中全都充满着无限的快感，于是抵起了脚尖，也就给他温存了一会儿，方才推开他的身子，逗了他一瞥又怨恨又娇嗔的白眼，很快地走到门房，先把门关上了。

张三爷见她脸庞白里透红，仿佛出水芙蓉一般，令人感到十二分的醉心，这就走上去把她手拉住了，望了她一眼，笑道：

"为什么给我白眼看？我在门口先碰见你的哥哥，他说你很需要我来和你做伴吗？"

"呸！我真不需要你，你听哥哥的胡说。"

金宝听了，方知他们在门口是碰见过的，遂啐了他一口，笑盈盈地说。但她立刻又涨红了娇容，挣脱了他的手，拿了桌子上的油灯，先逃进自己卧房里去了。

张三爷暗自叫声真可人心意的，遂摸索着跟到她的卧房。见她握了热水瓶在倒茶，遂走到她的背后，搭着她的肩胛，低头在她脖子上吻香，笑道：

"你不要口硬骨头酥，李大妈需要你哥哥去做伴，那么你就需要我来做伴的，这是一定的道理，你还赖什么呢？好妹妹，我真想死你了。"

"好三爷，你喝过了多少酒？为什么一见了面就这么地胡闹？快喝杯茶吧，坐下来正经地谈谈。"

金宝回头过来的时候，嗅到他嘴里吹出来的一股子酒气，方知他今夜在厂中也喝了很多的酒，大概是因为醉了的缘故，所以他便显得格外涎脸了。于是含了满脸的媚笑，一面拉到床边坐下，一面茶杯交到他的手里，柔情蜜意地说。

张三爷这时正感口渴，遂牛饮似的喝完了，放到桌子上去，把金宝拉到怀里，笑嘻嘻地道：

"好妹妹，你不是也喝过酒了吗？大家都喝过了酒，兴趣浓厚一些，我们就早些睡吧。"

"不，我不要，时候早哩，你性急什么？我得问你一句话，你今夜到我这里是做什么来的？"

金宝鼓着红红的小腮子，忸怩了一下腰肢，撒娇的神情问他。

"那还用说的？当然是因为多天不曾和你相聚，你也记挂，我也想念呀！"

张三爷见她妩媚得可爱，遂把手覆到她的胸部上去，偎着她的娇容，笑嘻嘻地回答。

"那么除了这个，还有另外其他的作用吗？"

金宝并不拒绝他手的顽皮，把身子更紧偎住了他，秋波逗了他一瞥神秘的目光，俏皮地问。张三爷再也想不到金宝这姑娘却像鬼灵精似的会说到自己的心眼儿上去，因为自己今天的来意，果然尚有另外的作用，所以一时里倒不禁愕了一会子，但立刻又笑着反问她道：

"照你猜想，难道我尚有其他的用意不成？"

"何必问我？反正死人肚子里自己明白。"

金宝见他这表情大有给自己猜中了的样子，一时心头不免又感到无限的怨恨，冷笑了一声，把身子离开了他的胸怀，坐到床沿上去，大有生气的意态。

"金宝，你这话说得太令人莫名其妙了，我明白什么呢？一个人生气总要有一个道理，你到底为什么又怨恨我了？好歹不是也该给我说一个详细吗？"

张三爷故作不了解的样子，把她肩胛又去扳过来，认真地问她。金宝噘了噘嘴，逗给他一个白眼，说道：

"我问你，你今天见了盛璞姑之后，是不是你又想爱上她，叫我来给你做帮手吗？"

"咦？你这话奇怪了，这又不是我去叫她来的，都是你自己把她带来的呀！我因为瞧在你的分儿上，所以帮她一些忙，你怎么倒又向我喝起这一罐子醋来了呀？"

张三爷听了这话，心头暗吃了一惊，不过他还镇静了脸，向她笑嘻嘻地责问。金宝被他这么一问，倒是回答不出一个所以然来，暗想：这真是我自己多事，好心反害了自己。于是娇嗔地道：

"不过我并没有叫你去爱上她呀！"

"可是我原没有爱她呀，况且就是我爱上了她，这与你也不会有什么损失的呀。"

张三爷拉了她的手，慢慢地吐露出自己的意思来了。金宝听了这话，猛可挣扎了他的手，冷笑了一声，说道：

"凭你这一句话，就明白你有爱上她的意思。虽然你爱上她，这也算不了什么稀奇，不过你前儿答应娶我回去组织小公馆的话，为什么还不肯实行？我知道你们大爷的脾气，见一个爱一个，不是有了璞姑之后，便想把我抛丢了吗？"

说到这里，一股子悲酸触鼻，女人唯一的法宝就是眼泪，这就倒在床上忍不住呜呜咽咽地哭泣起来了。张三爷被她一哭，这就急了，遂忙也在床上歪倒了，和她躺在一头说道：

"好妹妹，你这个真的太会多心了，我若有把你抛弃的意思，那么我一定不会好死的。我念了这么的重誓，你难道还不相信我吗？"

金宝听他念了重誓，虽然不再哭泣了，但是还塞塞窣窣地抽噎着，泪眼盈盈地斜乜了他一眼，低低地道：

"反正你抛弃了我，我也会立刻自杀的。"

"好妹妹，别说自杀的话，我爱你的呀！"

张三爷见她楚楚可怜的神情，心头有些感动，遂拿手指去抹她颊上的泪水，同时把一条腿搁到她的腰肢上去，一面凑过嘴，又在她的樱口上默默地吮吻了一会儿。金宝趁势把身子也偎了上去，给他温存了一会儿。她要在柔媚的手腕中克服他，达到她胜利的目的。过了一会儿，她微仰了脸，哀怨地道：

"那么你几时给我组织小公馆？只要你和我实行了同居的生活，你就是再娶再讨别人家做小老婆，那也不关我什么事情的了。"

"你倒情愿给我做个小？"

张三爷笑嘻嘻地问她。

"我不情愿我为什么身子交给了你？哼！你说这些话，你真没有良心！"

金宝听他问了这句话，心头又有些怨恨，说到末了的时候，眼泪忍不住又淌了下来。张三爷忙把她身子紧紧搂住了，吻着她的脸，笑道：

"你不要冤枉我，我是最有良心的了。好妹妹，快不要哭了，你若信不过我，我可以把这枚钻戒给你做担保的。明天我叫人去租了房子，立刻请你去做太太，再不用到厂内辛苦了。"

"三爷，你这话是真的吗？"

金宝听他这么地说，方才破涕为笑，惊喜万分的样子问他。

"当然真的，不过我也要有一个条件……"

张三爷点了点头，他把自己手中那枚钻戒脱下了，在将套到金宝指上去的时候，又低低地要求。

金宝见了这一枚钻戒，把她眼睛已照耀得明亮的了。因为在还没有套到自己的手指上，芳心里是多么迫切和难受，遂情不自禁地说道：

"好三爷，你快说吧，不要说一个条件，就是一百个条件，我也可以答应你的。"

"这个条件，就是要你给我做个帮手，把璞姑也拥到我的怀抱里来。"

张三爷支吾了一会儿，方才在她耳边低低地说了出来。

"哼！果然不出我之所料，你们这班男子真是我们女性的魔星呢！人家璞姑还只有十八岁的一个姑娘，况且平日为人幽静温文，恐怕不会答应你的吧！"

金宝听了这个条件，心头酸溜溜的未免有些不受用，遂白了他一眼，冷笑着摇了摇头，表示给他一个绝望的意思。

谁知三爷听璞姑还是一个十八岁的姑娘，他心头自然愈加要想她非到手不可了，于是把这枚钻戒先在她的手指上套了，一面向她身子上不停地顽皮，笑道：

"我的好太太，我爱璞姑这对你原没有一些损失的。只要你肯帮忙，玉成了我这个美事，我不但不会忘记你，而且更把你当作亲娘一般地孝敬哩！"

金宝被他扰得肉痒，一面弯了腰肢味味地笑，一面噘着嘴说道：

"你此刻说得好，回头我把璞姑给你弄上了手，你还会想到我这个人了吗？因为我自己明白及不来她美丽年轻的。"

"好太太，这分明是你的多心，我若有了她忘了你，绝不会好死了。"

张三爷急起来，他只好又向金宝念誓。金宝"嗯"了一声，故意把手在他嘴上一按，说道：

"我不许你再说死活的话，你又来了这一套，反叫我心里感到难受的。"

张三爷笑道：

"你难受做什么？只要我不忘记你，当然不会死的。好太太，那么你到底肯答应我这个要求吗？"

金宝心头暗想：我若不答应他，他也未必肯终止他的野心，一样要被他弄到了手，那我也乐得做一个人情。于是点头道：

"我也早向你说过，只要你和我同居了，你就是再去爱上别的女子也不关我的事了，不过这我要问明白你的，就是你把璞姑弄得了之后，将她怎么样地安排呢？"

张三爷沉吟了一会儿，方才附了她的耳朵，低低地说了一阵。金宝微蹙了眉尖，秋波逗了他一瞥怨恨的目光，说道：

"虽然我很赞成，不过我也有些害怕……"

"奇怪了，你害怕做什么？"

张三爷把手去松她的小衣，不解似的问她。

"我怕这么地一来，我就会得不到你的爱了。"

金宝并不拒绝他的进行，她正要预备设法把张三爷屈服到她的手腕下来。

"这是绝不会的，我左拥右抱，只有增加爱你的心，如何会把你冷了吗？你若不相信，我又要念誓了。"

张三爷的手已觉得柔若无骨、滑凝如脂那么可爱了。

"不，我相信你，三爷！"

酒后的金宝，心头的热情也爆发出来了。室中的灯光是熄灭了，夜是黑魖魖的，沉默在四周的寂寞中。

第二天早晨，金宝服侍三爷吃毕点心，向他说道：

"璞姑今天把爹入殓下葬，而且她的娘又病得很厉害，所以她这几天未必会到厂里来工作。今天我想不到厂内工作去，到她家中去望望，安慰安慰她好吗？"

张三爷点头道：

"你这个意思再好也没有，本来你快要做太太的人了，还上厂内做工去干吗？我给你这块牌子取消了，你从此不必上厂了。"

金宝听了这话，心里真有些说不出的欢喜，抿嘴嫣然地一笑，秋波却又逗给他一个妩媚的白眼。这里金宝送三爷走后，她知道哥哥是直接由李大妈家里到厂中开工去了，所以也不用等他，把门关上，匆匆地走到盛璞姑家中去。到了盛家，见阿狗在草堂上吃早饭，遂低低地问道：

"阿狗弟，你妹妹在家里吗？"

阿狗见了金宝，忙起身相迎，说道：

"妹妹请大夫去了，因为妈的病势很厉害。金宝姊，你早饭吃过吗？快请坐一会儿吧。"

金宝道：

"你自管吃饭，不用客气，我到房中去瞧瞧你的妈。"

她一面说着话，一面把身子已走到卧房内去了。

不多一会儿，金宝走出来，说道：

"你妈此刻倒睡得很熟，所以我不敢惊动她。你妹妹去了多少时候？昨天把你爸爸入殓后，还多着几元钱？"

阿狗匆匆已吃毕饭，他倒了一杯茶送到金宝坐着的桌上，说道：

"妹妹才去了不多一会儿，昨天入殓下葬的费用，一共用去四百六十多元，大概还剩了四十元钱吧。金宝姊，昨天的事情，多亏你帮助了我们，真叫我们心头感激得很，听说三爷已答应我们到厂内去做工，不知什么时候可以进厂呢？"

金宝微欠了身子，向他道声谢谢，一面说道：

"这是随便你们的，你们预备哪一天进厂去工作，就哪一天好了。三爷既然答应了你们，这倒不成什么问题的。"

阿狗点了点头，站在金宝的旁边，憨然地傻笑了一会儿。忽然他端了一把椅子，在她的身旁坐了下来，望着金宝涂过一圆圈胭脂的粉脸，低低地道：

"金宝姊，你今天不上工厂里去做工吗？"

金宝见他贼秃嘻嘻的样子，这举动好像含有些什么作用的神气，一颗芳心由不得暗暗地好笑，秋波斜乜了他一眼，点头道：

"是的，阿狗弟，你今年也有二十岁了，为什么还不娶个妻子呀？"

金宝这几句话原是故意逗他开玩笑，不料听到阿狗的耳里，心头倒是跳动了一下，情不自禁把她的手去拉过来，说道：

"金宝姊，你想，像我这样的人谁肯嫁给我做妻子呢？假使金宝姊肯爱上我的话……嘻嘻……"

说到这里，耸了耸肩膀，他已忍不住笑出声音来了。金宝见了他这一副傻头傻脑的模样，心里又好气又好笑，暗想：那真是癞蛤蟆想吃天鹅肉了。不过她表面上还显出难为情的样子，有意吊吊他的胃口，笑道：

　　"阿狗弟，你真的爱上我吗？别动手拉拉扯扯的，回头你妹妹回家瞧见了，不是很不好意思的吗？"

　　"我当然真心地爱上你，金宝姊，我觉得你真的太美丽了。妹妹此刻还不会回家，我们亲热一会儿没有关系。好姊姊，你肯不肯嫁给我呢？"

　　阿狗虽然傻得很，不过到底也有二十岁的年纪了，他似乎也懂得男女间的事情。这是因为生理上的变化，使他也感到非有个异性安慰不可了。他握了金宝白嫩的纤手，怎么舍得放下，含了满面的微笑，自不量力地向她求起婚来。金宝听了这些话，真有些忍俊不置，遂把秋波水盈盈地斜也他一眼，扭怩了一下腰肢，羞人答答地笑道：

　　"阿狗弟，这叫我一个女孩儿家如何好意思回答你呀？"

　　"那也没有什么要紧的，反正此刻家里又没有第三个人。好姊姊，你答应我吧！"

　　阿狗见她这么地说，还以为她心里已经情愿，只不过害着难为情罢了，所以他心头是充满了甜蜜的滋味，拉了她的手，话声是包含了央求的成分。金宝见他竟真的大发起傻劲来，这就弄得没了办法，暗想：我真悔不该跟他说笑话了。阿狗见她只管沉吟着不作声，他便向她跪在脚旁，说道：

　　"金宝姊，我听人家说，男子向女子求婚要跪下的，莫非你怨我没有向你跪下吗？现在我给你跪下叩头，你总可以答应我的了。"

　　"阿狗弟，你快起来吧，我就答应了你可好？"

　　金宝被他这么一来，不禁哧哧地好笑起来。因为生恐璞姑回家瞧见，所以姑且答应了他，低低地说。

阿狗心里这一快乐，把昨天爸爸惨死的伤心也忘记了。他一面爬起身子，一面要去抱金宝的身子，笑道：

"好姊姊，你既然答应了我，那么你快给我亲一个嘴吧！"

说到这里，把他露了那排焦黄牙齿的嘴凑了上去。不料就在这时，忽听啪的一记响亮，金宝的手掌早已落到阿狗的嘴巴上去。这一下子打，把阿狗心中大吃一惊，身子竟跌倒地上了，怔怔地问道：

"金宝姊，为什么你又不爱我了吗？干吗打我呀？"

金宝既打着了他，倒又妩媚地笑起来，说道：

"阿狗弟，你不懂得男女的爱情吗？我这一下子打你，就是表示心中爱你的意思，你知道吗？快起来，你再给打两记耳光，这表示我心头更爱你了。"

金宝的心倒也真狠的，她一面说着话，一面扬了手，老实不客气地又在他颊上连掌了两记。她站起身子，笑道：

"阿狗弟，我走了，回头再来瞧望你的妹妹吧。"

阿狗被她打得这么两记耳光，可怜他心中还感到甜蜜的，真有说不出的喜悦。不过听到她要走了的话，这才急得从地上爬起，正欲伸手去拉住她的衣角，忽然见妹妹已经请了大夫回家了。她一见金宝，慌忙走上来，亲热地叫道：

"姊姊，你多早晚来的？真对不起你，为了我们的事情，又累你忙碌了。"

"才来了不多一会儿，妹妹，你快把大夫伴进房去给老太太诊治了，我们再谈话吧。"

金宝点了点头，一面告诉她，一面催她伴大夫进房。璞姑于是引导王大夫到房中，金宝也一同跟入。璞姑走到床边，低低先叫了一声妈，盛老太轻微地答应了一声，却没睁开眼睛来。璞姑端了椅子，给王大夫在床边坐下，蹙了翠眉，低声地道：

"你瞧我妈好像很昏沉的样子。"

王大夫点了一下头，把盛老太按过脉息，又叫璞姑把她嘴开了，看过舌苔，他问了一会儿病情，遂坐到桌子旁去开药方。璞姑轻轻地问道：

"王大夫，我妈这病不知道要紧吗？"

王大夫道：

"她的病不是一种原因，又湿瘟，又是心脏衰弱，况且平日因操劳过度，而营养不足，所以病情确实是很危险，且瞧她吃了这一帖药再说吧。"

璞姑听了这话，心头是非常难受，她觉得母亲的病实在是很危险的了，遂微微地叹了一口气，也只有暗暗伤心而已。这里王大夫开好方子，璞姑送他出门之后，遂叫阿狗到街上配药去。金宝见她脸有泪痕，似乎十分悲伤的神气，遂拉了她的手，悄悄地走到外面一间，安慰她说道：

"妹妹，你快不要伤心了，老太太这病，吉人天相，自然慢慢地会好起来的。只不过最要紧的是钱，我刚才听阿狗弟说，昨天一共用去四百六十多元的钱，那么所剩又是不多的了。所以我得向三爷去恳求，他一定会再帮你的忙的。"

璞姑把手背揉擦了一下眼皮，秋波逗了她一瞥无限感激的目光，说道：

"姊姊，你这一份情义对待我，这叫我心头真是感激万分的。不过三爷已经承他的情分帮了我一次的忙，第二次当然难以向人家开口的了。所以我的意思，请你先带我哥哥去见三爷，就在厂中给他做一个工人。至于我因为妈病得很厉害，家里总要有一个人照顾她的，所以我就缓一步进厂去工作，只要姊姊肯帮助我这一下子，我已经是很欢喜的了。"

"那是很容易的事情，保险在我的身上，妹妹只管放心好了。不过你千万别太伤心，自己身子保重一些要紧。"

金宝握着她的手，频频地点了一点头，很认真地答应她。璞姑除了感激之外，拉了她手，也表示十二分亲热的意思。不多一会儿，阿狗匆匆地配药回来了。璞姑于是忙着拢旺了炭炉子，把药包一味一味地透在药罐子里，搁到炭炉子上去煎药。金宝道：

"我走了，那么你叫阿狗明天到厂里来找我的哥哥好了，我会向哥哥关照的，因为这两天我是请着假没有上工去。"

璞姑因为心里只管忧愁着母亲的病，一时也没有心思去留住她，点了点头，道声"谢谢你，烦你的神了"，随她走了。阿狗见金宝走出门口去，他便追着跟出，在大门口拉住了金宝，低低地问道：

"金宝姊，你到底答应嫁给我吗？"

"答应嫁给你的，今天晚上，你到我家里来向我哥哥求婚好了。只要我哥哥也瞧中意了你，那当然什么问题都没有的了。"

金宝怕被他缠绕不过，遂心生一计，向他笑盈盈地回答，一面转了身子，便匆匆地走了。阿狗满心欢喜，他瞧着金宝窈窕的情影消失了后，方才含笑回到屋子里来。璞姑望了他一眼，低低地问道：

"哥哥，你追出去跟她说些什么话呀？"

"没有说什么，我问她明天什么时候到厂里去找她的哥哥，她说早晨八点钟光景。"

阿狗不好意思把这些话告诉妹妹，他虽然傻，但倒也会圆一个谎，含笑回答。璞姑听了这话，心中好生惊讶，想不到哥哥现在真的会这么细心起来了，遂点了点头说道：

"哥哥，现在爸爸是没有了，你应该努力奋斗一下，非好好儿做一个人不可哩！"

"妹妹，我知道的，你放心，我一定会好好儿做一个人的。"

阿狗点着头回答，表示很认真的神气。璞姑觉得爸爸死后，哥哥换了一个人的样子，她在无限悲伤之余，总算也得到一些安慰。兄妹俩谈了一会儿话，药已煎好，璞姑把药汁逼出碗内，端到母亲的卧房里去。这时盛老太已睡醒过来了，她见床前站着的璞姑，遂低低地问道：

"孩子，你爸爸真的已经死了吗？"

璞姑听母亲问出这一句话，心中一阵悲酸，泪水早已夺眶而出，一时也不知道怎么地回答才好。愣住了一会子之后，方才低声叫道：

"妈，你也不要去想这些悲哀的事情了，爸爸不幸死了，这也没有办法的事。现在你自己病得这么厉害，总要好好儿地休养才是。妈，我已给你煎好了药，我服侍你喝下了好吗？"

"你已煎好了药？我难道已经瞧过大夫了吗？那么钱从哪儿来的？孩子，你爸爸还躺在下首的床上吗？"

盛老太心中似乎感到十分惊异的样子，低声儿问她。璞姑听妈这么地问，可见昨天她是昏糊到那一份的地步，遂含了眼泪，把昨天金宝陪伴自己去见张三爷的话，向她告诉了一遍，并且在床边坐下了，一手挽住她的脖子，一手拿了药碗，凑在她的嘴边，服侍她喝药。

盛老太这才明白了的神气，愣住了一会儿，说道：

"那么从此以后，再也见不到你爸爸脸的了。"

说到这里，不禁老泪纵横，呜咽哭泣起来。璞姑也引逗得泪如雨下，遂只好向她劝慰了一会儿，把药汁服侍她喝完，方才放倒她的脖子，叫她静静地躺一会儿。

兄妹俩吃午饭的时候，璞姑心中不免又想起了这个为我们而受累入狱的金大哥。她觉得不管金大哥和张三爷有没有私怨，这次的入狱，到底是为了我们而起的原因，在我们心中当然有无限的抱歉。我若不去瞧望他一次，这在良心上实在太说不过去。于是对阿狗说道：

"哥哥，我饭后要到局里去探望金大哥一次，不知把他怎么样的判决？你给我好生看管在家，别到外面去乱逛，妈要茶要水的时候，你该好好儿地服侍她，我一会儿就回家的。"

阿狗听了，点头答应，说道：

"妹妹，你这话很不错，金大哥是世界上第一个热心的人，他为我们入狱受苦，我们若不去瞧望他一次，这我们还能算是一个人吗?"

　　璞姑于是匆匆饭毕，收拾碗筷，倒了一盆脸水，对镜略事修饰，然后又到母亲房中去望了望，见母亲仍是安静地睡熟，并不敢惊动，向阿狗再三叮嘱两句，这才匆匆地赶到局里探望金大哥去。

第四回

破碎心灵　父母十日竟俱亡

　　金志毅坐在一间湿闷得令人有些作呕的狱室里，他手托了两颊，望着眼前这一堆龌龊的稻草，心头真有说不出的愤恨。他觉得社会是太黑暗了，永远见不到一些光明的，紧握了铁一般结实的拳头，恨恨地在自己手上猛击了一下。然而在这一个时候，真所谓英雄无用武之地，他忍不住深长地叹了一口气。

　　"金大哥！金大哥！"

　　突然一阵颤抖而软和的呼声触送到志毅的耳朵里来，使他惊奇得连忙抬头望去，只见铁栅子外已站着一个修短合度的姑娘，这是盛璞姑呀！他心中有了这么一个感觉之后，又喜欢又惊心地站起身子，猛可地走了上去，叫道：

　　"璞姑，你爸爸怎么了？"

　　"我爸爸已经在前天晚上死了。"

　　璞姑低声儿告诉了这一句话，她已经声泪俱落。但当她秋波掠到志毅脸颊上的时候，使她不禁失声地叫了起来。原来志毅的颊上是一轮一轮的印着青红色的伤痕，她"啊哟"着道：

　　"金大哥……你……"

　　说到这里，她好似已明白了一切，这就痛到心头地呜咽地哭泣起来。金志毅当然明白她是因为发现自己脸部的伤痕而所以哭泣的，虽然很感激她的意思，但心头是一万分的沉痛。他脸上兀是含了刚

49

强的微笑，说道：

"璞姑，你不要哭，哭绝不能驱逐我们四周的黑暗。我们失掉法律保障的穷人，我们是只有受这个委屈和痛苦的。然而我相信不久之后，会把世界上的穷富强弱一股脑儿同归于尽的。璞姑，你爸爸死后，你把他老人家怎么地入殓呢？唉，你太可怜了。"

璞姑虽然是停止了哭，不过她却并没有回答他对于爸爸入殓的话。她把手从铁栅子外伸到里面去摸志毅被鞭过的脸颊，她的手是在发抖，泪眼盈盈地凝望了他的可怕的脸庞，哽咽着道：

"金大哥，你太受一些委屈了，为了我们，使你挨了这个痛苦，这叫我心中如何地对得住你？天哪！金大哥犯了什么罪？他要遭这样的苦刑呢？难道世界就这么黑暗，一些没有公理了吗？"

璞姑说到这里，伏在铁档子上，忍不住又哭泣起来。金志毅对于璞姑这个举动，在万分沉痛之余，似乎也得到了一些安慰，遂把她纤手握住了一会儿，安慰她说道：

"璞姑，你别这么地说，这是我们穷人的命运。钱能通神，在这一个世界这一个时代中，根本就谈不到什么'公理'两个字呀！"

说到这里，又把手去抬她一下巴，接着又道：

"我倒并不伤心我的被打，因为我记得，这是张三爷赐给我的恩典，总有一天，我也会有痛快狂歌的时候。只是你的爸爸死得太冤枉了，太可怜了。璞姑，你别哭了，你该告诉我，你怎么给你爸爸入殓呢？"

璞姑这才抬起泪眼盈盈的粉脸，微蹙了眉毛，叹道：

"昨天早晨，汤家的金宝姊伴我亲自去恳求张三爷，他才帮助我五百元钱，给爸爸入殓下葬的。"

"汤家金宝姊？她不是大彪的妹妹吗？"

金志毅听了这话，他想到大彪那种助纣为虐走狗的行为，使他疑惑到金宝的慈悲恐怕是含有了一些不良的作用，因此情不自禁地向她急急地追问了一句。

"是的，金宝姊并且要求张三爷，给我们兄妹俩介绍到厂内去工作，张三爷也答应我们了，我求三爷设法放了你，但是他不答应，说你和他是有私怨的，唉！我竟没有能力可以救你出狱，那叫我怎么好呢？"

璞姑听他这么地问，方才又低低地告诉他。志毅听了这话，他没有作答，呆若木鸡似的出了一会子神，忽然"啊呀"了一声，把璞姑的手握住了，说道：

"璞姑，你明白你站着的地位危险吗？"

"怎么啦？金大哥，你这话我太不明白了。"

璞姑骤然听了这话，顿时吃了一惊，粉脸失色地向他急问。但志毅听了，却又支吾了一会儿，没有说话，良久方才说道：

"璞姑，这不是我的多疑，我觉得……对你这一份的热心，绝不是真正的热心，一定有着恶意的作用。璞姑，你是一个很聪敏的女子，你该明白张三爷是个一钱如命的奴才，他会慷慨帮助你五百元钱，我想他是不怀好意的，你千万地要留心才好。"

璞姑听了这话，心头也是别别地一跳，暗想：这话倒也说得有理。不过仔细一想张三爷是个经理的身份，难道会看中我一个贫穷的姑娘吗？这当然因为志毅和他怨仇，所以猜疑到这一层上面去了。不过志毅为我而关心，这总是使我感激的一回事情，遂点头说道：

"金大哥，你放心，我绝不会上人家当的。那么你什么时候可以出狱呢？"

志毅冷笑了一声，说道：

"什么时候出狱？昨天他们竟判决我六个月的徒刑，哈哈！这不是太公道了吗？"

志毅说到这里，忍不住发狂地大笑起来。但是璞姑却又暗暗地落下眼泪来，她明眸充满了无限抱歉的目光，凝望着志毅的脸，说道：

"金大哥，那是我害苦你的了。在这六个月的日子中，叫我心头能够一日安吗？唉！难道我们没有办法起来相抗的吗？"

"当然会有这么的日子，不过在光明未来临之前，我们是只有在黑暗中熬煎着痛苦。璞姑，你不用为我而难受。好在我没有爸妈，也没有兄弟姊妹，本来就是这么孤零零的一个人，把监狱当作了家也是很好的。"

志毅的脸上始终是含了果决的微笑，用了真挚的语气，向她低低地安慰。璞姑在万分感动之余，又感到他的可怜，拉了他的手又哭泣起来，说道：

"金大哥，你为了我们挨受这六个月的痛苦，我总不会忘记你的情义。"

志毅被她这么地一说，倒也激起了一些儿女之情，遂把她纤手抚摸了一会儿，心头感到了一阵莫名的悲哀，说道：

"璞姑，你别说什么情义的话。你现在是只有一个母亲的姑娘，而且你母亲又病在床上，哥哥是个傻骏的人，所以今后你的负担是更重了。我希望你从艰苦中挣扎着一条光明的生路，千万不要受人的愚弄，而步入了灭亡的道路才好。"

"我知道，在我们四周的环境虽恶，但我们应该图光明的前途。金大哥，你真是我的知己，因为我妈病得实在厉害，万一母亲不幸的话，这叫我真不知如何是好了呢！"

璞姑一面说，一面眼泪又扑簌簌地滚了下来。志毅被她哭得伤心，眼角旁也展现了晶莹莹的一颗，安慰她道：

"你别伤心，想伯母吉人天相，定会病占勿药……即使不幸的话，你可以把我家中的物件全都卖去，以应急难。然而我们总希望她老人家能够好起来。"

"是的，金大哥，我太感激你了。"

璞姑感无可感，泪又泉涌。志毅情不自禁地把手指去抹她颊上的泪水，然而他自己的眼泪也夺眶而出了。两人正在互相安慰互相伤心，法警前来催促了，志毅见她尚有依恋之情，遂也嘱她小心回去。璞姑在无可奈何之下，含了泪水也只好移步跨出了地狱的大门，怀了一颗痛伤的心灵，懒懒地回到了自己的家。阿狗问道：

"妹妹，金大哥碰见了没有？他什么时候可以出难呢？"

璞姑叹了一口气，说道：

"这实在太岂有此理了，金大哥竟被判处徒刑六个月呢，你想，这个世界还成什么世界呢？"

"那真是可恶之至，金大哥为我们挨受这个痛苦，那不是太委屈了他吗？"

阿狗听了这个消息，不禁把脚一顿，也表示无限痛恨的样子。璞姑没有回答什么，泪水又扑簌簌地落了下来。她跟前又浮现了志毅脸颊上一条一条的伤痕，她对于张三爷开始有了怨恨的意思，她觉得三爷是太以残忍一些了。过了一会儿，方才向阿狗问道：

"妈有醒来过没有？她可曾问起我这个人吗？"

"她醒来要喝茶，我倒给她喝，她问我你到什么地方去了，我告诉了她，她忍不住又暗暗地淌了一会儿眼泪。"

阿狗点了点头，遂低低地告诉她。璞姑叹了一声，瞧时钟已三点多了，于是收束了眼泪，慌忙给母亲去煎二汁的药。煎好了药，亲自拿到床边，低低叫声妈。盛老妈回眸见了璞姑，便问道：

"孩子，你回来了吗？金大哥怎么了？"

"金大哥没有怎么，他……他……大概就可以出狱的。"

璞姑见母亲问了这两句话，同时泪水也淌了下来。她为了生恐母亲得知金大哥受屈的消息，更会伤心增加病体的，所以她竭力忍熬住痛心，含泪低低地安慰她。

"唉！金大哥太热心太仗义了，反而累害了他自己，叫我们怎么能够对得他住呢？"

盛老太深深地叹了一口气，她心头是感到无限抱歉。

璞姑拿手帕给她拭了泪水，用了温和的语气，说道：

"妈，你别伤心了，你是有病的人，应该好好儿地保重自己才好，我给你服侍喝药吧。"

盛老太点点头，璞姑于是挽了她的脖子，又给她喝完了药汁，用开水给她过了嘴，然后把她扶倒床上，问道：

"妈，你肚子饿了吗？这两天就没有好好儿吃过一些东西。"

"可是我却吃不下什么，胸口好像有什么东西塞住着似的。"

盛老太摇头回答，忽然她又想到了什么般的，说道：

"金宝这姑娘真也难为了她，张三爷想不到很听从她的话吗？这真是强盗放出良心来了。那么明天你们兄妹两不是都可以上厂里做工作去了吗？"

"是的，刚才金宝姊又来瞧望过妈，因为妈睡熟着，所以没有惊醒你。我已向她说过，叫哥哥先去上工，我缓一步，因为妈在病中，不是也得有个人服侍才好的吗？"

璞姑一面按了她一下额角，一面把毯子给她盖盖好，悄声儿回答。盛老太却没有作答，她似乎又欲睡熟了的样子。璞姑暗想：喝过了药，原该睡熟了一会儿的。于是同阿狗轻步地退到房外去。晚上吃过了饭，阿狗想到了金宝说的话，他心里是甜蜜十分，遂对璞姑说道：

"妹妹，我到外面去散一会儿步，一会儿就回来的。"

璞姑怨恨地道：

"妈病得这么的，就在家里安静地睡了吧。"

"今夜月色很明亮，我在家里闷得慌哩！"

阿狗却不肯听从妹妹的话，一骨碌转身，已奔到外面去了。璞姑喊他不住，因此也只好由他，不禁深深地叹了一口气。阿狗走出了家门，一口气奔到金宝的家里，遂笃笃地敲了两下门，开出门来正是金宝自己。阿狗乐得什么似的，笑嘻嘻地问道：

"金宝姊，你哥哥在家中吗？"

"咦！你此刻来做什么啦？不是关照过你，叫你明天早晨到厂里找我哥哥去吗？"

金宝突然见了阿狗，倒是愕住了一会子。原来金宝下午曾到厂内去玩过，张三爷说今天晚上仍旧睡到她的家里来。金宝心中自然十分欢喜，所以和大彪说明三爷真的要娶自己做妾的话。大彪知道张三爷和妹妹正在热恋头上，自己识趣，所以今天放工后，就到李大妈家中吃饭去了。金宝此刻听了敲门之声，以为三爷来了，万不料却是阿狗，她心头有些失望，一时还以为他是问职业来的，遂向他很讨厌地说出了这两句话。

阿狗听了这话，也是怔住了一会儿，说道：

"金宝姊，你这话奇怪了，你临走的时候，不是自己叫我晚上来向你哥哥求亲的吗？"

其实金宝对于这句话原是为了脱身之计，说过早已忘记了，此刻被他一提，这才明白了，忍不住好笑道：

"不过今天晚上哥哥出去了，你明天晚上再来吧。"

"汤大哥出去了吗？那么这真是一个好机会呀，金宝姊，我们不是可以谈谈爱情了吗？"

阿狗听了这话，心里反而更加地喜欢起来，他一面说着话，一面给金宝代为关上了门。金宝想到三爷回头要来，一颗芳心不免急得了不得，意欲向他翻脸，骂他出去，但转念一想，这个屈死，我何不开他一个玩笑，也好叫他知道我的手段。于是立刻含了媚笑，拉了阿狗的手，说道：

"你要和我谈爱情吗？很好，我一个人正寂寞哩。阿狗弟，来，我们到房中去坐吧。"

阿狗听了这话，惊喜万分的样子。他到底还有些胆怯，说道：

"金宝姊，我能到你房中去坐吗？回头汤大哥回来，会不会骂我的吗？我的意思，就在草堂上谈爱情也可以的呀。"

凭他这两句话，就知道阿狗所谓谈爱情，并没有什么野心的企图，因为他原是一个忠厚的人。金宝因为要实行她玩弄的计划，所以她还把阿狗手握紧了一些，笑道：

"傻孩子，谈爱情当然是到卧房里去谈开心呀。反正哥哥此刻不会回家的，就是回家了，我也可以设法叫你逃跑的。不要害怕，快跟我到房中来吧。"

阿狗是个二十岁的年纪了，他听了金宝这两句诱惑的话，因此把他一颗寂寞的心也说到活起来了，于是跟她到了卧房，只见房中的家具比自己家中要好得多。阿狗心里想，这是大姑娘的闺房呀！他乐得拉开了嘴只管笑，觉得自己是幸福极了。

金宝见他站在房中只管呆若木鸡般地傻笑着，一时觉得他到底是个骏子，芳心也由不得暗暗地有趣，遂笑道：

"阿狗弟，你坐呀，为什么老是出神干吗？"

阿狗听了，这才点了点头，遂把身子坐到桌旁椅上去，笑嘻嘻地道：

"金宝姊，你的卧房真清洁真好啊！假使给我们作为新房，那叫我心不知乐得如何是好呢！"

金宝扑地一笑，说道：

"照你这么地说，不是我嫁给你，竟是你嫁给我了。"

阿狗红了脸，支吾了一会儿，方才问道：

"那么我能够嫁给你吗？假使能够的话，我就嫁给你也不要紧。因为我的家不及你家好，你若嫁给我，你如何住得惯呢？"

"你嫁给我也可以，不过你得叫我丈夫了呀！"

金宝觉得和这个骏子谈话有趣，一面回答，一面忍不住哧哧笑起来了。阿狗似乎也觉得男人家做妻子，这是一件难为情的事，因此也红了脸却没有回答，呆呆地出了一会子神。金宝停止了笑，遂问他又道：

"阿狗弟，你和别的女人可曾谈过爱情吗？"

"没有，我和金宝姊谈爱情是第一次。"

阿狗这才羞涩地望了她一眼，低低地回答。

"那么没有和别的女人发生过……关系吗？"

金宝忍不住又扑哧地笑起来，她厚着脸皮，终于向他问出了这一句话。

"什么关系？怎样发生的？我没有知道呀！"

阿狗似乎不解其意，望着她怔怔地愕住了。这两句话听到金宝的耳里，益发大笑起来。阿狗被她这么地一笑，也更弄得莫名其妙，遂皱了眉毛问道：

"金宝姊，你为什么这样好笑？"

金宝这才停止了笑，把手帕拭了拭眼皮，说道：

"我知道你大概还是一个童子货吧，你既然连发生关系都不知道，那你如何能够和我谈爱情呢？"

阿狗道：

"我和你现在不是坐着谈爱情吗？照你说，要如何的样子才能够算谈谈爱情呀？金宝姊，你告诉我吧！"

金宝见他傻得这个程度，遂不再跟他多缠绕，芳心暗想：这傻子倒还是一个处男哩！可怜我被张三爷玷污，他又不是一个处男，那么我这一辈子就永远没有尝到处男的滋味了。想到这里，一颗芳心倒由不得怦然一动。但转念一想，我会在一个傻子的身上转念头，这不是也痴得太以可怜了吗？阿狗见她蹙了眉尖，做个沉思的样子，遂又问道：

"金宝姊，你为什么不回答我呀？"

金宝正欲说句什么，忽然听得门外又有人敲门的声音，她明白三爷来了，这就故作惊慌的神情，低低地道：

"啊呀！不好了，你听，我哥哥回家来了。"

"真的，你哥哥回来了，那可怎么好呢？他会愤怒吗？"

阿狗似乎也发觉了敲门的声音，他猛可站起身子，急得脸有些灰白的颜色。

"他当然会愤怒的，你千万见不得他，否则，他会把你送到局子里去枪毙的。"

金宝也装出害怕的神气，认真地告诉他。

阿狗听了这话，吓得心胆俱碎，全身不禁瑟瑟地发起抖来，这就扑的一声，向金宝跪倒在地，苦苦哀求道：

"好姊姊，你是爱我的，你可怜我，快些救救我吧！"

"阿狗弟，你别这个样子，快些起来。哦，有了，你还是向床后的窗口跳出去吧，这样子我哥哥就不知道了。"

金宝一面把他拉起身子，一面指了指窗口，急急地说。同时把身子已奔到窗口旁，把窗户推开。阿狗一时急慌了，也就管不得许多的危险，就把身子向窗口跳了出去。

在阿狗跳出窗子去的时候，金宝听到扑通的一声，她明白自己的计划是成功了，遂抿嘴一笑，立刻把窗户关上。她取过一只脚盆放在床边，又把热水瓶的水倒在脚盆内，然后方才匆匆出去开门。进来的当然是张三爷，他带了埋怨的口吻，说道：

"敲了这么半天的门，你还只有现在听到吗？你在干什么？莫非在偷和尚了？"

张三爷后面这句话原是和她开玩笑的意思，不料听到金宝的耳朵，心头由不得暗暗地吃了一惊，遂故作娇嗔的神气，恨恨地白了他一眼，说道：

"我偷和尚？要么偷你的娘哩！"

一面说，一面关上房门，遂回身走了。

"好太太，我和你说句玩笑话，你认什么真的？那么你在房中做什么呢？"

张三爷见她生了气，遂赶上一步，拉了她的手，用了央求的口吻，向她求饶。

"我在房中做什么？你自己进去瞧好了。别人家等了大半天，你不来，我要洗脚了，你偏又来了。还说我偷和尚，叫我生气不生气？"

金宝拉了他一同步进房中，一面絮絮地说，一面恨恨地逗给他一个妩媚的娇嗔。张三爷见房中果然放了一只脚盆，里面还倒了热气腾腾的水，这才明白她是预备洗脚了，遂笑嘻嘻地道：

"我原冤枉了你，现在我给你洗脚好不好？那你总可以不用生气了。"

张三爷说着话，却把她拉到床边去，是要服待她洗脚的意思。金宝听了这话，粉颊上立刻浮现了一朵玫瑰的色彩。她把手指划到他的颊上去，噘了噘嘴儿，笑道：

"亏你说得出，难为情怕吗？我想三爷在家里一定常常侍候太太洗脚的，所以在我的面前也闹这一套把戏了，是不是？"

"你这话正说到我的心眼儿上去，我不但给太太洗脚，而且还给太太洗屁股哩！好太太，今天我也给你洗一洗吧！"

张三爷贼秃嘻嘻地笑着回答，他把手去抬金宝的腿，同时把她的丝袜已褪了下去。金宝被他这么一来，不免又羞又急，涨红了两颊，一面挣扎，一面推开他的身子，"嗯"了一声，笑道：

"你给我少涎脸吧！一个男子汉，给女人家洗脚，你还会发财了吗？"

张三爷笑道：

"你这话错了，我今天有做经理的地位，全靠天天给太太洗屁股洗出来的呀！俗语道：怕老婆会发财，越怕越发。所以我倒挺愿意给你洗脚的。"

"得啦得啦！照你这么地说，那班银行经理、公司经理，也和你工厂经理一样，专门给太太洗屁股才有这个地位的吗？"

金宝边说边笑，说到后来，几乎笑得花枝乱抖起来了。张三爷也笑道：

"当然啦！哪一个经理不是全靠给太太洗屁股洗出来的？好太太，来来，我给你洗吧，不会生硬的，因我已经毕业的了。"

"那你把做经理的人也瞧得太不值一个钱了……三爷，你别闹了，正经的，我给你洗一洗脚吧，昨天晚上我就发觉你脚怪臭的。"

金宝这才停止了笑，很正经地向他说。不过她既说出了口，又有些难为情的样子，红晕了娇容嫣然地笑。

　　张三爷点了点头，把她抱住了，亲了一个嘴，说道：

　　"好金宝，你待我真好，所以我要一心爱你哩。"

　　金宝却撇了撇嘴，白了他一眼，她蹲下身子来，给三爷脱去了鞋子洗脚，说道：

　　"你也知道我待你好吗？那么只要你良心放在当中，不要忘记我也就罢了。"

　　"你放心吧，我到死也不会忘记你的恩情哩。金宝，你的哥哥到什么地方去了？"

　　张三爷见她脸部有些哀怨的表情，遂含了笑容安慰她。

　　金宝握了他的脚正给他放在盆水里洗濯着，听他说死，遂把手在他脚底心里抓了一下。张三爷怕痒，把脚一跳，那水就溅了金宝一面孔，金宝回头向他连吐了几口唾沫，恨恨地白了他一眼，笑道：

　　"你真要死了，溅了一嘴巴，多腥龊的。"

　　张三爷忍不住咯咯地一阵子笑，说道：

　　"谁叫你的手抓我脚底的，人家肉痒嘛。金宝，这味儿鲜不鲜？"

　　"你还说这些话，我拧你……"

　　金宝啐了他一口，把手拧他的小腿肚。张三爷叫痛，只好连连地求饶。金宝才放了手，匆匆地给他洗毕干净，方才把盆水端到外面去倒了。待金宝回到房内，见他已脱去了西服西裤，只穿了一件汗背心短裤，仰天躺在床上出神，遂问他道：

　　"你要喝茶吗？"

　　"我不要喝茶，你走到床边来坐着，我跟你说话。"

　　张三爷回过头来，向她招了招手，低低地说。金宝坐到床边去，张三爷拉住她的手，问道：

　　"我娶你做姨太太，你对大彪说过了吗？"

　　"说过了，哥哥是没有不赞成的道理，因为他知道你今夜又要睡到这儿来，所以他也避你而睡到李大妈家中去了。"

金宝红晕了两颊，有些难为情的样子回答。

张三爷笑道：

"这是他在你妹子面前乐得放交情的话，其实他自己何尝不喜欢睡到李大妈家中去呢？金宝，你说这话对不对？"

一面说，一面把她身子向自己怀里拖下去。金宝笑了一笑，却没有作答，把身子趁势歪倒，和他并头躺在一起。张三爷问道：

"为什么不答我？难道我这句话说得不对吗？"

"我不知道，反正问你们男子自己是了。"

金宝明眸逗给他一个白眼，摇了摇头微笑着回答。

"问我们男子自己？那么你们难道也不爱这个吗？"

张三爷扑地一笑，把她的手捉放到自己的身上去。金宝慌忙把手缩回，不料张三爷却捉住了她，按着不放松，笑道：

"金宝，这是你的宝贝，你不喜欢吗？"

"你再胡闹，我索性把你摔断了。"

金宝红晕了两颊，她厚着脸皮，哧哧地笑。

"只怕你舍不得……"

张三爷抱住她的身子，吮吻她的嘴，同时他的手伸下去，插进她的腰肢里去。金宝在这情形之下，她给张三爷又来了一套人上人的把戏。

次日早起，金宝问他道：

"你叫人租定了房子没有？我到底什么时候可以进新屋做太太去呢？"

张三爷道：

"在一星期之内，准给你住新屋子是了。那么对于璞姑的事情你千万要给我玉成了美事才好的呀！"

金宝逗给他一瞥怨恨的目光，说道：

"我和璞姑同样是一个女人，为什么你有了我，一定还想璞姑呢？唉，你们男子真的也太贪得无厌的了。"

"虽然同样是个女人，不过滋味完全是有分别的。有的像生梨，爽快无比；有的像蜜橘，酸中带甜，令人回味。好金宝，你就帮帮我的忙吧！"

张三爷听了，却涎皮嬉脸地回答。金宝伸手向他一扬，做个要打的姿势，但不知有个什么感觉，她红了两颊，笑着又逃到房外去了。不多一会儿，她端了一碗点心进房，放到桌子上，说道：

"三爷，我正经地对你说，你若一定要爱上璞姑，那么你可不要肉疼着金钱。因为璞姑这两天为了母亲的病，请医撮药，正在闹着没有金银，所以你快些给我再拿三百元钱来，去接济璞姑的需要，那么好叫璞姑心里感激你呀。"

张三爷虽然一钱如命，不过在女人身上花钱，这是再情愿也没有的事情。当时在皮匣子里取出三叠钞票，放到桌子上，点头笑道：

"三百元钱算得了什么？金宝，你给我代为送过去，假使以后还短少钱用，我可以再给她的。"

金宝听他这么地说，芳心里至少也带有些酸素作用的，遂噘了噘嘴儿，说道：

"在璞姑身上你就把钱视作粪土了，在我那儿可曾花你千儿八百的大钱吗？"

"金宝，你如今已做我太太的人了，还向我吃这个醋，这也太没有意思的了。往后你的就是我的，我的就是你的，难道还有什么分别吗？你想，昨夜我把这枚最心爱的钻戒也交给了你，你还要向璞姑妒忌，这你也太量窄的了。金宝，好太太，你要钞票，三千五千我都会给你哩，何况是三百五百吗？"

张三爷听她这么说，遂把她身子拉到怀里，一面向她肉麻地温存，一面低低地说。

金宝听了这才满心欢喜，逗给他一个白眼，嫣然地笑了。三爷吃毕点心，方才匆匆地回厂内去。这儿金宝收拾舒齐，把三百元钱藏入怀内，也到璞姑家里去了。到了璞姑的家，只见璞姑愁眉苦脸地坐在草堂上发呆，于是低声问道：

"妹妹，你妈可曾好些了吗？"

"姊姊，我妈也不见什么大好，但我哥哥却又病倒了。唉，这叫我真不知如何是好呢！"

璞姑见了金宝，慌忙站起身来相迎，蹙了眉尖告诉着，她眼角上已涌上一颗晶莹的眼泪。

"你哥哥怎么也病起来了？那么今天又不能上厂里工作了呀！"

金宝心头暗吃了一惊，她有些懊悔，不该把他开这个玩笑的。同时她又有些焦急，生恐这个傻子从实说出来。

"昨天晚上，他说要出去散步，我劝他不住，谁知不到一个钟点，他就沾了满身粪汁回来了，说他一不小心，落在便缸里了。姊姊，你想，又臭又脏，当时真叫我没了法儿。好容易把他洗净了，换了衣服，谁知今天早晨全身也发热了，叫我心中急不急呢？"

璞姑这才又怨恨又好笑地告诉出来，但她免不得又轻轻地叹了一口气。金宝听阿狗并没有把实情说出，心头这才落了一块大石。虽然感到有趣而几乎要笑出声音来，不过见了璞姑挂着眼泪那种悲伤的神情，所以只好竭力忍住了笑，握住了她的手，很表同情的样子，安慰她道：

"妹妹，你快不要伤心了。唉，你哥哥真的也太淘气了，现在总得请大夫给他诊治才好呀。"

"不过家中的钱又……唉，在这样的环境之下，我觉得真的再也活不下去的了。"

璞姑想到自己的处境，她伤心地伏在金宝的肩胛上哭泣起来。

"事到如此，哭也无益。妹妹，我这儿有三百元钱，现在暂时没有什么用处，你就拿着用吧，待你将来有钱的时候，再归还我好了。"

金宝一面说，一面摸出三百元钞票，交到她的手里去。璞姑见金宝这样对待自己，心里感激得不知如何是好，眼泪盈盈地望着她，说道：

"姊姊，你自己不是也要用的吗？我怎么好意思借你这许多钱用呢？"

金宝道：

"没有关系，我不是说这些钱没有用处吗？你只管拿着用，我和你像姊妹一样，你不用客气了。"

"那么三百元也太多，拿一百元先用一用，将来不够，再问你要好了。因为借了你这许多，怕往后归还不出，反叫我为难了。"

璞姑把两百元钱交给她说。金宝道：

"你怕什么，你有钱就还给我，没有钱，我也不会逼着要你还的。妹妹，你只管大了胆子拿着用好了。此刻我尚有事情，过两天再来望你。"

"姊姊，你待我这么好，叫我拿什么来报答你才是？"

璞姑感动极了，拉了金宝的手，眼泪又簌簌地落了下来。金宝把她又安慰了一会儿，方才自管走了。这里璞姑收束了泪痕，忙着又去请大夫给妈和哥哥诊治，可怜她一个人真也够忙碌的了。

光阴像电光般地闪去，转眼之间，已过去了一星期。在这一星期中的日子，阿狗的病是完全好了，只不过盛老太太的病却一天一天地加重起来。璞姑觉得妈的病是已到了垂危的地步，她除了暗暗哭泣之外，又有什么办法呢？这天阿狗从外面回来，却哇的一声哭了。璞姑正在忧愁母亲的病情，忽然见哥哥这个情景，心头倒吃了一惊，遂连忙问道：

"哥哥，你干吗哭了？受了谁的欺侮吗？"

阿狗抽噎了一会儿方才含泪告诉道：

"金宝姊姊被张三爷娶去做姨太太了。"

璞姑"哦"了一声，遂奇怪地又问道：

"金宝姊给张三爷娶去做姨太太，与你什么相干？你怎么哭起来了呀？"

"她……她原本是答应嫁给我的呀……"

阿狗把手擦了擦眼皮，说到这里，忍不住又伤心地哭了。璞姑暗想：这是怎么的一回事？哥哥又在发傻劲了。遂怔怔地问道：

"你这是什么话？金宝姊答应过嫁给你的吗？"

阿狗这才停止了哭泣，把前天自己向金宝求婚的话，告诉了一遍，并且说道：

"金宝姊说，她自己可以答应我，不过叫我再向她哥哥去求婚，只要汤大哥答应，就什么问题都没有了。不料我竟病了一星期，今天向汤大哥去求亲，谁知他告诉我，他妹妹早已在三天前嫁给张三爷做姨太太去了。你想，这不是叫我太痛心了一些吗？"

诉到这里，忍不住放声大哭起来。璞姑听了这话又好气又好笑，而且又感到怨恨，遂忙把他嘴扣住了，叫他不许放声大哭，说道：

"哥哥，你这人真在做梦呢！金宝姊是个怎么样的人？她会情愿嫁给你做妻子吗？因为被你缠不过，所以故意和你开玩笑的呀！你这人真也无赖极了，妈病得这么厉害，你心里一些不伤心倒也罢了，还为了这些事情而哭起来，我问你，你对得住妈吗？你有没有心肝的吗？"

阿狗被妹妹这一顿责骂，他也觉自己太不应该一些了，遂停止了哭泣，收束了泪痕，低低地道：

"妹妹，是的，我错了，我不敢再为这些事而伤心了。"

不料正在这个时候，忽然听得哗啦的一声响亮，仿佛在母亲的房中。璞姑不知母亲怎么了，慌忙奔进房中，却是静悄悄地没有一些动静，母亲直挺挺地躺在床上。璞姑突然有了一个恐怖的感觉之后，顿时大吃了一惊，不禁冷水浇头，一阵寒意砭骨，毛发悚然。立刻奔到床边，伸手一摸母亲鼻子，已有凉意，这就哭道：

"妈！妈！你快瞧瞧你的女儿吧！"

这时阿狗也走到床边，连问："妈怎么了？妈怎么了？"璞姑见母亲已经死过去了的样子，她痛到心头地忍不住放声大哭。阿狗听妹妹哭，他也哭起来。盛老太被两人这么一哭，她微微地睁开眼睛，已失去了光芒地向他们逗了一瞥，泪水也从眼角旁像蛇行似的流了下来。璞姑摇撼着她的肩胛，叫道：

"妈！你去不得，你万万也去不得！叫我一个孤苦无依的女孩子怎么过活好呢？"

盛老太是非常清楚，虽然她也不忍心抛下这两个儿女死去，然而她再也支撑不住了，她合上了眼皮，就在喘气吁吁声中完了她最后的一口气。璞姑想到十日之内，父母竟双双地惨亡。她痛心极了，她叫了一声天哪，身子已仰天跌倒地下去了。阿狗瞧此情景，又急又伤心，一面哭，一面抱了妹妹连连叫喊。就在这个时候，忽然房外走进一个很摩登的女子来，她惊慌地叫道：

"哎哟！阿狗弟，怎么啦？怎么啦？"

第五回

误认是知音　从此造成恶命运

阿狗见妹妹哭得昏厥倒地，心中正在无限焦急，抱住了璞姑的身子，连声地叫喊。忽然房外走来一个摩登的女子，回眸仔细一望，原来却是金宝，这就急急地叫道：

"金宝姊，我妈死了，妹妹哭昏哩！"

金宝听了这话，粉脸显出慌张的样子，立刻奔了上去，把璞姑抱在怀里，一面把手指按住她的人中，一面向阿狗说道：

"你快倒杯开水来吧！"

阿狗听了，遂忙着去倒茶，交到金宝的手里。这时璞姑经金宝按住了人中之后，也就哇的一声哭了出来。金宝这才落了一块大石，把茶杯凑在她的嘴边，低低地叫道：

"妹妹，你快些定定心，别伤悲了，自己身子保重着吧！"

"姊姊，妹子的命太苦了，我的妈又死了，还叫我做什么人好呢？"

璞姑睁眼见自己躺在金宝的怀内，遂叫了一声姊姊，一面告诉，一面又呜呜咽咽地哭泣起来。金宝被她哭得伤心，眼皮一红，由不得也流下泪来，说道：

"妹妹，但事到如此，又有什么办法呢？还不是料理她老人家后事要紧吗？你且起来吧，我们好好儿地商量。"

说着话，把她身子从地上扶起，拉到房外，低低地又道：

"妹妹，我这儿尚有五百元钱，你拿着料理老太太的后事吧。这里叫阿狗弟去请几个人来帮助帮助，否则，你们兄妹俩如何忙得过来呢？"

璞姑当初也不及打量金宝的服饰，此刻两人相对站着，当然瞧得非常清楚。金宝头上是烫着卷曲的长发，身上是穿着软绸的旗袍，脚上一双白鹿皮的皮鞋，一时暗想：从这一点子看，可见金宝是真的嫁给张三爷做姨太太的了。于是握住她的手，感激流涕地道：

"姊姊，你这一份情义对待我，叫我怎么好意思接受下去？"

"妹妹，你假使认我是你姊姊的话，那么你就千万不要这么地说。一个人少不得有患难的时候，在我尽个互助的义务，我也应该的事情呀。"

金宝拭着她的眼泪，很真挚的情意向她温和地说。

"姊姊，我心里记着你的恩典是了。"

璞姑感动地握了她一下手，和她表示无限亲热的样子。一面叫阿狗去请林大哥等到来帮忙，一面又请金宝坐下，问她今天怎么凑巧地会到我们家里来。金宝附着她耳朵，低声地道：

"你知道没有？我已嫁给张三爷做小了。妹妹，为了要吃饭，那也没有什么办法。我心里记挂着你妈的病，所以特地又来瞧望你一次，哪里料到你妈已经……唉，做人真的太空虚了。"

"可不是吗……"

璞姑回答了一句话，眼泪又扑簌簌地落了下来，接着又说道：

"姊姊，你别那么说，只要彼此有真心的爱，做大做小原没有什么分别的，所以你不用难受。"

金宝听她这么说，以为她并不嫌做人家小而感到可耻，这样觉得往后的事情就好办得多了，所以心中暗暗地欢喜。把她又安慰了一番，说尚有别的事情，她先匆匆地走了。

自从盛老太死后，金宝就把她们兄妹介绍厂内去做工，这样有了一个月光景。时候已到盛夏的季节，天气是非常火热。这日放工，璞姑一路从工厂间走出，一路低头想着金大哥足足在狱中受苦近四十天光景了吧，唉，可怜他如何想得到我母亲又会死了呢？这一个月来，也不知忙些什么，竟没有第二次到监狱中去探望他，这在他心中当然感到有些怨恨了吧？想到这里，觉得今天回家，洗了洗后，一定要买些东西去瞧望他一次了。不料正在想时，忽然有人在她肩上拍了一下，低低笑道：

"妹妹，你低了头在想什么心事？怎么我走到你的身旁，你还没有发觉我吗？"

璞姑冷不防之间，倒是吃了一惊，抬头见是金宝，方才满堆笑脸地叫道：

"姊姊，好多天不见了，你今天怎么倒有空上厂内来玩呀？"

"妹妹，这一个月来，你真瘦削得多了，我今天到厂里来，特地请你上我家去吃晚饭的。因为我家你还不曾去玩过，再说今天烧了几样好小菜，所以请妹妹大家叙一叙，不知妹妹肯赏光吗？"

金宝握住她的纤手，笑盈盈地回答她。璞姑笑道：

"姊姊，你还说肯赏光的话，那真叫我心中不好意思极了。姊姊这么地抬爱我，原该从命叨扰，不过这里也有个不方便。一则我身上这么寒酸，你家如今可比不了在娘家的时候了，仆人众多了，见了我这么一个客人，不是会笑话吗？再则张三爷在家中，我也很不好意思见他。"

金宝听了这话，忍不住笑出声音来了，笑道：

"妹妹，你别傻了，我家中也只有一个老婆子徐妈，她是仆妇，管得了你吗？至于三爷，今天开董事会，大概今夜要迟些回家，而且他也许今夜要上妻子那儿去呢。妹妹，你别闹客气了，快些和我一同走吧。"

金宝一面说，一面也不征求她的同意，拉了她的手，匆匆地走出了厂内。见外面停着一辆汽车，车夫见两人走出，遂拉开车厢，叫太太，这当然请两人坐上车子的意思。金宝点了点头，先请璞姑跳上，然后自己坐了上去，一关上车厢。车夫阿三拨动机件，遂开到张三爷的小公馆里去了。在车厢里，璞姑见金宝身穿一件湖色乔其纱的旗袍，一双湖色的高跟皮鞋，俨然是个少奶奶的身份，和自己相较，真有天壤之别。觉得和她坐在一个车厢里，做她的丫头，恐怕还够不到这个资格吧。想到这里，两颊浮上了一层娇羞的红晕，低下头，却默默地出了一会子神。

金宝却亲热地拉了她的手，低低地笑道：

"妹妹，你为什么呆住着不说话？好像有什么心事般的。"

璞姑在她伸过手来的时候，见她指甲是修得尖尖的，还涂上了一层紫红的指甲油，益发显得她手白嫩得可爱。而且无名指上还戴着一枚亮晶晶的钻戒，闪人眼目的，于是情不自禁地把她手也握了一阵，秋波望了她一眼，说道：

"我想一个人的环境变化起来，真也令人不可捉摸的。比方说我本来是父母俱全的人，哪料到不上两个月后的现在，却连一个大人都没有了呢？唉！"

金宝听她这么地说，心里想到自己，本来是个贫穷人家的姑娘，现在也这么华贵起来。因了璞姑环境的恶劣，使自己心头更感到得意的喜悦，遂含笑安慰她道：

"妹妹，你也不要难受了，我想像你这么一个姑娘，当然也会有好日子过的。"

"不过我倒也并不希望再有什么好日子过，能够不再遭到什么意外悲惨的打击，我也很满足的了。"

璞姑听她这话中，似乎误会自己有羡慕她的意思，遂摇了摇头，低低地回答。但说到末了的时候，忍不住又深长地叹了一口气。金宝笑道：

"妹妹，你还只有十八岁的姑娘哩，别抱这么悲哀的观念吧。"

说着话，汽车已到张三爷的小公馆，阿三把车门拉开，两人匆匆地跳下。璞姑见是个小小的楼房，四周围着一个院子，里面植有树木花卉，因为是夏的季节，所以树叶儿颇为茂盛。金宝在铁栅子门上的电铃里按了一下，不多一会儿，徐妈匆匆地出来开门。她含笑叫道：

"太太回来了吗？"

"嗯，徐妈，这位是盛小姐。"

金宝拉了璞姑跨进门槛子，向她低低地介绍。徐妈忙向璞姑弯了弯腰，叫声盛小姐。璞姑也含笑点点头，这儿金宝先陪她到客室，里面全都红木家具，真是古色古香、纤尘不染的。金宝道：

"我们到楼上坐吧。"

说时，把璞姑又拉着走到楼上，只见一排三间卧室，外面一间有些房摆设的样子。正中一间里面全都西式家生。金宝请她坐下，说道：

"这便是我的卧房了，妹妹，你坐吧，别客气的。"

这时徐妈跟着上来，倒了两杯冷开水后，方才悄悄地下去。璞姑见室中的家生真是富丽堂皇，考究得了不得，这就望了金宝一眼，微笑道：

"这屋子全是你一个人住着吗？你真好福气的。"

金宝凭她这句好福气的话，觉得在她这回至少是包含了一些羡慕的成分，于是在她身旁坐下，笑道：

"妹妹，你还说好福气，有时候我一个人真冷清呢！假使我有妹妹那么一个人做伴的话，这才快乐哩！"

璞姑听了这话，芳心也由不得跳动了一下，遂扑地笑道：

"姊姊，你怎么说一个人呢？难道三爷不是人吗？"

金宝红晕了两颊，轻轻打了她一下子手背，笑道：

"他也不能天天伴在我这儿，到他那口子这边不是也要去签到的吗？"

璞姑秋波逗了她一瞥神秘的媚眼，也忍不住微微地笑了，很表同情地说道：

"这么大的屋子，一个人住着，确实也太冷清一些。不过姊姊明儿有了孩子之后，也会感到热闹起来的。"

"不过我也许是养不出的。"

金宝赧赧然地笑着。

"明儿肚子大了，我才问你嘴硬。"

璞姑也咮地笑了。

"太太，晚饭开到楼上来吃，还是在楼下吃呀？"

两人正在说笑，徐妈走来问她。金宝道：

"又没有什么人，你就开到楼上来吃。不过此刻时候尚早，你且先烧些水，给盛小姐就在我这儿洗一个浴吧。"

"不，吃好了晚饭，我回家去洗吧。"

璞姑听金宝这么地说，慌忙急急地谢绝着。但徐妈答应了一声，却已匆匆地走下去了。金宝笑道：

"妹妹，你急什么？我这儿备有浴缸，洗个浴多爽快，难道在姊姊面前还怕什么难为情吗？"

"倒并不是怕难为情，因为我又不曾带着衣衫，洗好浴，不换衣衫，也是怪不舒服的，所以还是回家去洗的好。"

璞姑微红了两颊，方才告诉出这个原因来。

金宝"哦"了一声，笑道：

"这个是不成问题的，我的短衫裤和旗袍都多着，你不能暂时穿着换个身的吗？"

一面说，一面站起身子，走到大橱旁边，拉开橱门，取了一套粉红小纺的衫裤，并一件月白麻纱的旗袍，回头又道：

"我和你个子差不多高，你穿起来，一定是很合身的。"

"不过姊姊忘记我是个戴孝的人了吗？如何能穿这个衣服呢？况且这样新的衣服，我也不舍得给你穿上的。"

璞姑笑着摇了摇头，低低地回答。

金宝听了这话，不禁"啊哟"了一声，笑道：

"可不是？我这人真糊涂极了。不过我也有素短衫裤的。"

说着，把粉红小纺衫裤换了一套雪白洋纱的小衫裤，拿到她的面前，说道：

"妹妹，这些麻纱洋纱的料子，你是可以穿的。"

璞姑对于这些雪白簇新的衣服，可说从未上过身子的，今日见了，心头自然十分喜欢，不过她兀是谢绝道：

"姊姊的衣服，我怎好意思穿呢？再说弄脏了多可惜。"

"妹妹，你别给我说什么傻话了，衣服穿龌龊了，不是总可以洗濯的吗？况且这一套衣服算得了什么？我自嫁三爷后，就做了许多衣服，老实说，一个人穿，也穿不了这许多，所以妹妹若配身的话，我就送给你穿，你不用还我的了。"

金宝却很爽快的样子，向她这么地说着。

璞姑听了这些话，真是感到了意外的惊喜。她情不自禁地猛可抱住了金宝的身子，但既抱住了后，却又立刻放开了手。金宝倒有些莫名其妙的，忙问道：

"妹妹，你为什么呀？"

"我怕脏了你的衣服，姊姊，你待我太好了，叫我拿什么来报答你才好？况且我还拿着你八百元钱，一个月来没有还你一元钱哩！"

璞姑望了望自己沾着污渍的衣服，低低地说。她把明眸充满了热情的目光，向她感激万分地凝望。

金宝笑道：

"这些钱我也不要你还了，你瞧我现在难道还短少钱用吗？至于报答的话，可惜我不是一个男子，否则一定娶你做个太太的。"

璞姑听她取笑自己，不禁羞红了两颊，"嗯"了一声，秋波逗给她一个妩媚的娇嗔之后，也不禁赧赧然地笑起来了。正在这时，徐妈上来道：

"太太，我已把热水放在浴缸里了，请盛小姐可以洗身去了。"

"妹妹，你来，我伴你到浴室内去吧。"

金宝听了遂拉着她站起身子，一同到浴室内。见里面热气腾腾，浴缸内已放满了热水，金宝道：

"这里香皂香水都有着，妹妹，你自管洗浴，回头我把衣裤袜子会送来的。"

"姊姊，可是真累忙了你的了。"

璞姑见她已退到室外去，遂含笑点了点头，一面感激地说，一面把浴室的门也就关上了。

金宝很得意地回到房中，谁知张三爷却笑嘻嘻地坐在沙发上吸烟，这就白了他一眼，急急地道：

"咦！我叫你晚上九时后来，怎么此刻就来了？回头事情弄不成，那我可不管。"

"好太太，我是来应一个回音的，瞧瞧她有没有在家里。徐妈告诉我说盛小姐已在洗浴了，所以我才大胆走上来的。你别生气，我一会儿仍旧要走的。"

张三爷眉飞色舞的神情，一面站起身子向她鞠躬赔错，一面已挨近到她身旁来拉她的手。金宝秋波逗给他一个怨恨的娇嗔，说道：

"我事情给你成功了，你可不能有了新人丢旧人，否则，我会气得自杀的。"

"你放心，你放心，我是绝不会忘记你的恩情。好太太，我是多么地爱你啊！"

张三爷把她拉到怀里来，挽着她的脖子，连连地亲嘴。金宝冷笑了一声，说道：

"你爱我？既然爱我，也不会再瞧中璞姑的了。"

张三爷笑道：

"也无非换换口味罢了。"

金宝听了这话，恨恨地拧着他耳朵，骂道：

"放屁！你把我们女子当作什么？可以吃的东西吗？"

"不！不！好太太，我跟你说句玩话，你快别生气，放手饶了我吧!"

张三爷半侧着脸,闭了一只眼睛,却不敢挣扎向她低低地求饶。

"没有这么容易,你得给我跪下来叩头。"

金宝因受宠而渐渐放肆,起初她对三爷只有一味地奉迎,现在她是要爬到三爷的头上来了。张三爷笑道:

"你当真要我跪下叩头吗?"

金宝道:

"自然真的,难道还有假的吗?"

张三爷见她拧了耳朵不放手,这就把手直伸到她的胯下去,一把摸住了,笑道:

"你到底放不放?"

金宝肉痒,放了他耳朵,一骨碌转身,便咯咯地笑着逃到床边去了。

"好太太,你虽然厉害,但到底挡不住我这个海底捞月的解数。"

张三爷见她逃到床边去,遂十分得意地笑着说。

"好的,你不肯跪我,我也有办法,今夜你就休想尝天鹅肉的滋味。"

金宝在床边坐下了,噘了小嘴儿,逗给他一个娇嗔,她便转着乌圆眸珠放起刁来了。

张三爷听了这话,心中倒是焦急了,遂慌忙走到床边,向她端端整整地跪了下去,笑道:

"好太太,我并非不肯跪你,因为玉皇大帝当初没有坐定,现在既已坐定,那么我理应行三跪九叩之礼了。"

"哼!我问你,你到底跪的是哪个?"

金宝见他直挺挺地跪在自己的面前,她竭力忍熬住了好笑,兀是一脸娇嗔的神情,向他冷笑着问。

"跪你这个玉皇大帝呀!"

张三爷仰望着她的粉脸,嘻嘻地笑。

"省省吧！只怕跪的是璞姑，不是我吧！起来，起来，我是不会记你情的。"

金宝呸了他一声，连连地挥手，是叫他别再跪着的意思。张三爷笑道：

"好太太，你的心肠也太硬了，我跪了你这许多时候，膝踝上实在疼得要命。你要我起身，好歹也搀扶我一下子呢。"

金宝听他这么地说，心头也有些不忍，遂俯下腰肢去，扶他的身子。万不料张三爷猛可地爬起来，两手环住了她的腰肢，一把抱住。金宝冷不防被他这么一来，身子几向床上仰天翻倒。张三爷是压在她的身上，对准她的小嘴儿吻了一个够，笑道：

"好太太，你要不要先收了头回？免得你心里又酸溜溜地不受用。"

"你不要给我发什么精神病！回头徐妈上来瞧见了，像个什么样子？快起来吧！大热的天，人家累嘛！"

金宝秋波白了他一眼，手推着他的身子似笑似嗔地说。

"累什么？累了就会快乐呀！"

张三爷见她不答应，因此愈加装出要实行的样子。其实他哪儿肯把宝贵的精神此刻先用到金宝的身上去？也无非假惺惺罢了。金宝见他手不安静地顽皮，遂焦急起来，说道：

"你疯了吗？把衣服都揉皱了，回头璞姑问起来，叫我怎么地回答？你再不走，我可恼了。"

"我走，我走，那么我九点钟准到，你千万不要使我失望才好。"

张三爷这才放了她身子，站在床边，一面向她叮嘱，一面把身子要走出房外去的样子。金宝也从床边坐起，伸手理了一下云发，怨恨地逗给他一个娇嗔，说道：

"晓得，晓得，你别多啰唆。人家差不多要洗好浴了呢，她还没有衣服换身哩。"

说着话，把刚才拣出的旗袍短衫裤并一双湖色纱袜拿在手里，

76

走到浴室门口去。

张三爷跟着到浴室门口，金宝向他挥手，是叫他步下楼去的意思。但张三爷此刻却有些想入非非，低声笑道：

"给我张望张望美人沐浴的镜头。"

他说着话，把身子矮了半截，把眼睛凑在门拉手下的钥匙洞里去偷窥。

金宝心里又酸又恨，拉他衣袖子，说道：

"你这人……还不快……"

张三爷眼睛正在大吃冰淇淋的时候，心中怎舍得就离开了，于是还偷窥着不休。金宝恨极，伸手在他头上打了一下子。张三爷没有防备，把头撞在门板上，砰的一声，只听里面璞姑问道：

"姊姊，是你吗？"

"是的，妹妹，你洗好了没有？我送衣服给你来了。"

金宝一面含笑回答，一面白了他一眼，向他又连连地挥手。

张三爷眼睛虽然很满足，不过头也撞得很疼痛，因此摸着额角，向金宝苦笑了一下，身子一溜烟似的向楼下走了。

"姊姊，我正洗好了浴，谢谢你，又累忙了你。"

璞姑在里面含笑回答，她扭开了浴室的门，只空了一条缝，在空缝里伸出一只雪白的纤手，当然她是接衣服的意思。金宝于是把衣服交到她手里，说道：

"妹妹，穿好衣服快到房中来，我等着你。"

璞姑"哦"了一声，她把旗袍先放在身上依了一下长短，觉得也不长也不短，心里不免十分喜悦，遂先套上小衣小裤，然后披上旗袍，穿了袜子鞋子，匆匆地走到金宝的卧室。金宝这间卧房是朝南的，此刻日影已斜，暮色笼罩了大地，气候的火热较之日中自然阴凉了许多。璞姑一脚跨入房中，就有一阵凉风吹在身子上，颇觉精神焕发，遍体皆爽。因为浴后的缘故，更感到无限的轻松。金宝把那张百灵桌子移到落地窗口的旁边，外边是阳台，阳台上放了几盆西洋草本，血红挺大的花朵，衬着绿油油的叶瓣，是显得分外的美丽。她坐在桌子旁，手托香腮，乘风凉，似乎还在想什么心事般的样子，回眸一见璞姑，只觉眼前一亮，好像换了一个人的样儿，她站起身子，"哟"了一声笑道：

"妹妹，你经这么一打扮，真个是像仙子凌波一样美丽了。"

"姊姊，你又和我开玩笑了，我不依，嗯！"

璞姑把腰肢一扭，掀着媚人的酒窝儿，逗给她一个娇嗔。但她在"嗯"的一声之后，由不得也抹嘴笑起来，接着又问道：

"姊姊，正经的，我穿了你的衣服还觉得合身吗？"

"嗯，再合身也没有的了，可见妹妹和我仿佛就是一个人。"

金宝点了点头，忍不住扑地笑了。因为她这话正有些妙语双敲的，可惜璞姑是没有理会到这许多的。

璞姑见她侧了粉脸，望着自己大有出神的样子，这就走了上来，噘着小嘴儿，说道：

"姊姊，你痴了，难道你和我初次见面吗？"

"你倒有些像新娘娘，脸庞白里透红，好像吹弹得破的样子。妹妹，我已给你预备了脸盆水，你再好好儿梳洗一会儿，这就更美丽了。"

金宝一面说，一面拉着她走到梳妆台旁，叫她在锦凳上坐下了。

璞姑心里真是喜欢得了不得，遂羞涩地向她瞟了一眼，自管地梳洗了。金宝站在旁边，忽然拿过一瓶喷壶式的香水，在她头上就喷了一个够。璞姑忙道：

"姊姊，你快不要浪费了，多可惜的。"

"怎么说浪费呢？妹妹今天做新嫁娘了，还不该化妆得香喷喷的美丽一些吗？"

金宝一面咯咯地笑。璞姑的粉脸益发像玫瑰花般地娇红起来，站起身子，笑道：

"我嫁给谁？姊姊要我吗？"

金宝走上去，拉她的手，笑道：

"只要你肯嫁给我，我会不要吗?"

璞姑向她啐了一口，把手指在她颊上一划，忍不住哧哧地笑起来了。

金宝见她妩媚得可爱，遂笑道：

"妹妹，你再涂上一圈儿胭脂，抹上一些嘴唇膏，那一定会更美丽的了。来，我给你打扮吧。"

"不，姊姊，这个我是从没有涂抹过。"

璞姑摇了摇头，表示不要涂胭脂抹唇的意思。金宝道：

"今天偶然高兴，涂一次也不要紧，难道真怕我会看中你吗?"

璞姑道：

"不是那么地说，因为我有重孝在身，觉得不忍心涂胭脂呀。"

金宝这才想到了，遂点了点头，不再相强，笑道：

"你真是一个好女儿……"

正说时，徐妈拿上两瓶冰汽水，倒在两只玻璃杯子内，向金宝道：

"太太，吃饭还太早吗?"

金宝一瞧手表，已经七点四十分了，遂说道：

"你把冷盘先拿上来，我们把酒慢慢喝起来，也就差不多的了。"

说着，把璞姑拉到桌子旁坐下，又道：

"妹妹，我和你这么坐着一面吹风，一面喝酒吃菜，那不是很有个意思吗?"

"可惜我不是你的三爷。"

璞姑也怪淘气，一面俏皮地说，一面抿嘴哧哧地笑。金宝见她风流妩媚的意态，使她心动意动，遂笑道：

"三爷今夜不会到我这儿来睡的，我正苦寂寞，那么妹妹就给我做个三爷的代表可好?"

璞姑把手指划在颊上羞她，脱口笑道：

"我可没有这个资格做你的三爷。"

金宝是个解风情的女子，她乌圆眸珠一转，扑哧地一笑，说道：

"哦，是了，你是少了一样要紧东西，所以不配做三爷代表的，除非你在三爷那儿可以做我的代表。"

璞姑听了这话，急得连耳根子都羞红了，把手向她一扬，做个要打的姿势，笑嗔道：

"姊姊，你胡说，我可捶你！"

金宝一面笑，一面把那杯冰汽水送过去，求饶道：

"好妹妹，说句玩话认什么真？快些喝汽水吧。"

璞姑把手去摸玻杯，觉其凉若冰，遂忙道：

"冰过的吗？太凉了，我不喝。"

金宝笑道：

"那为什么？是夏天的季节，不是愈凉愈爽快吗？"

"但我不大喝冷饮的，怕会肚子痛。"

璞姑毫不介意地回答。

"哦，我明白了，你这几天来了女孩儿特种病吗？"

金宝微蹙了眉尖，低低地问。

"没有……你又胡猜。"

璞姑秋波斜乜了她一眼，有些赧赧然的神气。

"既然没有，为什么怕喝了肚子痛？"

金宝见她娇羞万状的意态，暗想：这可糟了，该是三爷没有这个艳福。不过她还要向她探听一个明白，可知道事情的确实。

"真的没有，你又不是男子，我还怕你干吗？因为我小心一些，所以虽然盛夏季节，我连冷开水也不敢喝的。"

璞姑红晕了娇容，向她正经地解释。

"那你也太小心一些了。我是不管这许多的。妹妹，稍许喝些没有关系……有了，我给你镶和一些葡萄酒上去好不好？"

金宝这才把忧愁又打消了，她说到这里，忽然又有一个主意，遂笑盈盈地问她。璞姑点头道：

"也好，光喝酒我也受不了，因为我是一些不会喝酒的。"

金宝站起身子，在五斗橱上取过一瓶葡萄酒，开了瓶塞，叫她先把汽水喝去了些，然后和上了葡萄酒。那雪白的汽水，经此一和，也就鲜美得好看了，遂笑道：

"我也不喝黄酒了，这样香喷喷的，可口得多。"

于是在自己杯子上也和满了。这时徐妈端上一只盘子，里面搬出四只冷盘，有油鸡，有烧肉，有皮蛋，有熏鱼，都是下酒的好小菜。金宝见她把酒壶也取出了，遂道：

"我们不喝黄酒了，你带下去吧。"

徐妈见她们杯中红红的颜色，知道是葡萄酒，遂把酒壶仍旧带回到厨下去。这里金宝拿玻杯向她举了一举，一面握了银制的筷子，在四只冷盘上指了指，说道：

"妹妹，你不用做客，我们只有两个人，不用受一些拘束，随意地吃吧！"

说一句可怜的话，这几年来，对于这么精美的小菜，璞姑是从没有上过嘴。今日居然握了香喷喷甜蜜蜜的葡萄酒，吃着鲜美的佳肴，而且还坐在这样凉快幽静的环境里，这在璞姑的心中，好像是在做一个梦。她简直有些不相信，自己享受的竟是实在的事情。不过她喝的是甜的酒，吃的是鲜味的鱼肉，这完全是事实。因为这是事实的缘故，使她想到父母在日时的苦况，她几乎有些食不能下咽的神气。

金宝见她喝过了酒后，粉脸是益发娇红了，眼睛水汪汪的，显出诱人的春情。在她以为璞姑一定是十分喜悦，可是出乎意外的，忽然她放下杯子，微微地叹了一口气，明眸中水汪汪的成分，却是凝成了露珠那么地滚下来了。金宝心中当然是不胜地骇异，遂连忙低低地道：

"妹妹，你怎么啦?"

璞姑被她一问，因为已有些微醉的缘故，所以那眼泪益发扑簌簌地直抛了下来。金宝忙把手帕递了过去，说道：

"妹妹，好没意思的，欢欢喜喜地喝着酒，你干吗又伤心起来了？"

璞姑虽然有些微醉，不过心头还很清楚，觉得这是别人的家里，我始终不好意思就这么地伤心起来，于是慌忙拭揩了泪水，微微地一笑，说道：

"我没有伤心，姊姊，因为我想到现在和姊姊同吃同喝的舒服，使我也想到过去的情形，所以我觉得有些难受的滋味。唉！我的爸妈真命苦。"

"妹妹，你也别傻了，过去的事还伤心做什么？你自己身子这么娇弱，应该保重才好。达人知命，所以你应该抱乐观一些的。"

金宝用了劝慰而又带嗔怪的口吻，向她低低地说，接着把酒瓶又在她杯中倒满了，笑道：

"今天是我的小生日，你别哭呀，我要你向我说几句吉利的好话。"

璞姑虽然不晓得今日是否是她的生日，然而她心中的意思，就是叫我再不要淌泪水，于是忙道：

"呀！原来今天是姊姊的生日，那我还没有送寿礼，如何倒可以来喝寿酒了呢？姊姊，我这人笨得很，说不来什么吉利的话，愿姊姊寿比南山，多福多子，将来五代见面吧！"

璞姑说到这里，连自己也破涕嫣然地笑起来。

金宝哧哧地笑道：

"妹妹，你还说笨呢！凭你这几句话，已经是说得够好的了。姊姊愿你和我一样多福多寿多男子吧！"

璞姑有些难为情，秋波斜乜了她一眼，却是含笑不作答。金宝把酒杯举起，她递过来还和金宝握着的杯子碰了一下，在叮的一声响亮中，两人一仰脖子地喝了一个干净。金宝点头笑道：

"这样子喝酒，我觉得痛快极了。妹妹，我们再来两杯。"

说着，把酒瓶又在她杯中倒满了。这时徐妈把热炒端上，一盘是鳝糊笋丝，一盘是虾腰三片。璞姑道：

"姊姊，你太客气，还烧热菜哩。我们喝完了这杯酒，大家吃饭了好吗？"

"忙什么？连中三元，我们非喝三杯不可的。"

金宝一面说着话，一面把酒杯又举起来。璞姑不忍拒绝她，因为葡萄酒是香甜的，所以她就把第二杯酒也一饮而干了。金宝给她倒第三杯酒的时候，璞姑道：

"这一杯酒我们不要一口喝完了，就慢慢地喝着好吗？否则，我真会受不了。"

金宝点头道：

"也好，我们吃菜吧。"

璞姑于是把筷子向盘子里去夹菜吃了。葡萄酒这样东西，喝的时候引人，因为这是有些甜味的缘故。不过在不善饮酒的璞姑心中感觉，热菜一下肚子后，那酒性也会立刻发作起来。而且喝急酒比较更容易醉人一些，所以在经过十五分钟之后，璞姑全身的血液都膨胀起来，顿时头疼脑涨，大有摇摇欲倒的样子，遂忙道：

"姊姊，我有些醉了，这半杯喝不下去了。"

金宝见她粉脸如笼烟芍药，若牡丹含春，知道她确实有些醉了，遂叫徐妈盛饭，并叫端上一只红烧全鸡。璞姑虽然觉得菜是精美到了极点，但自己酒后的饭量会减少一半的，所以她匆匆地只吃了一碗饭，遂坐到沙发上去靠着了。

璞姑靠到沙发上的时候，她的眼睛却花糊起来。这时室中已亮了灯，徐妈给她倒上一杯茶，叫道：

"盛小姐，你喝茶吧。"

金宝见她不作答，闭了眼儿养神，遂也匆匆饭毕，洗过了脸，笑道：

"妹妹，你洗过了脸没有？"

璞姑道：

"洗过了。"

金宝拧了一把手巾，坐到她的身旁，笑道：

"你真醉了，谁给你洗过脸的？怎么说洗过了呢？"

璞姑这才睁开了明眸，望了她一眼，笑道：

"是的，我没有洗过脸，好姊姊，你给我揩一把好吗？"

"你真像个小妹妹了，也好，你别动。"

金宝笑着，把手巾透开了，按住她粉脸上轻轻地擦了一会儿。她把璞姑擦过了脸后，遂将手巾掷到徐妈的手里去，徐妈一面接过，一面笑嘻嘻地端了盆水走下去。

璞姑这时头脑更昏涨了，她靠在金宝的怀里，有些难以自支的模样，低低地道：

"姊姊，我睡在你的怀中好吗？"

"好的，妹妹，你是我的爱妻，我喜欢你。"

酒后金宝的神情也有些异样，虽然她是并没有醉，不过她抱住了璞姑的身子，却在她粉颊上连连地吻香。

璞姑尽让她抱着默默地温存，她脑海里浮上了一个挺英俊的脸，老是含了微笑的脸。但她忽然见这个脸，一会儿变成伤痕条条的很可怕的脸了。她芳心里的悲哀，像江潮般地奔腾着。起初还竭力地忍熬着，但愈想愈伤心，愈想愈难受，胸口上好像重重地镇压着一块石铁那么的东西，于是她情不自禁地终于呜呜咽咽地哭泣起来。

金宝知道她确实已醉了，心里虽然很喜欢，不过也感到她的可怜，遂搂住她的腰肢，偎着她的粉脸，低低地道：

"妹妹，你怎么哭了？别伤心，我伴你到床上去躺一会儿吧。"

璞姑被她带扶带抱地拉到床边，真也奇怪，她已忘记了这是什么所在，她糊里糊涂地会把身子躺到床上去。她这时的心头完全被悲哀占据了，所以她唯一的希望就是哭，唯一的需要也是哭，因此抽抽噎噎地真是哭得非常伤心。

金宝见她这个样子，心里又好笑又可怜，遂把她那双鞋子脱去了。给她盖上一条细毯的时候，却被璞姑一个拉住了，说道：

"姊姊，你别离开我，你应该陪伴我睡呀，否则，我太害怕了。"

"你害怕什么？妹妹，我就陪伴你躺一会儿。"

金宝没有办法，遂只好脱了自己的皮鞋，也和她并头躺倒，低声儿安慰着她。璞姑紧紧地抱住了她的身子，似乎放心了许多。不过她还没有停止她的呜咽，依然很伤心地哭着。金宝拍着她的肩胛，笑道：

"你别闹孩子气了，姊姊不是伴在你的身旁吗？你还哭什么？安静地睡一会子吧。"

"姊姊，你说，我命苦吗？"

璞姑不听她的话，哭着问她。

"你命苦什么？将来总有好日子过的。"

金宝忍不住笑出声音来回答。

"姊姊，你为什么不说我命苦？我死了爸妈，又累害了金大哥，我命还不苦吗？姊姊，你要说，我真命苦。"

金宝被她缠不过，只好拍着她的身子，偎住她热辣的粉脸，低低地依从了她回答。

"那么姊姊你同情我吗？你可怜我吗？"

璞姑也偎紧她的胸怀，又淌着泪水问。

"我同情你的，我也可怜你的。妹妹，你别多说了，静静地躺一会儿，那酒就会醒来的。"

金宝知道她的啰唆完全是为了酒醉的缘故，所以她是要她睡去的意思。

"姊姊，我也知道只有你才是我的知音……我苦命哪……"

璞姑说着，她又呜呜咽咽地哭个不停。金宝听她这么说，又见她哭得这样悲酸，一时良心发现，忍不住泪水也滚落下来，这就哽咽着道：

"妹妹，我知道，我明白，你的命运确实太苦了……"

说到这里，她想不再做三爷的帮手，去摧残人家姑娘的身子。然而梳妆台上的钟已鸣九下了，璞姑又醉得那么厉害，自己悔恨也已来不及，因此抱着她身子，也落了一会儿眼泪。不料就在这时候，金宝发现张三爷的身子已站在房门口了，于是抽出一只手来，向他连连地挥了两下。三爷也听到璞姑呜呜咽咽地哭泣，只好含笑把身子又退出去了。璞姑在金宝身怀里哭泣了一会儿之后，也就糊里糊涂地熟睡了去。

也不知经过了多少的时候，璞姑又悠悠地醒回来了。她全身只觉得软无气力，眼前显得一片漆黑的，因为是初醒的缘故，她还有些昏沉的知觉。经过三分钟之后，忽然她意识到自己身上已没有旗袍，把手一摸到胸部，连小衣都松散着。她吃了一惊，伸手再一摸到下身，她顿时"啊哟"的一声叫起来了，慌忙叫道：

"姊姊！姊姊！"

璞姑叫了两声，不听有人答应，只有鼻鼾之声响入耳鼓。这分明自己的身旁尚有人睡熟着，把手伸过去一摸，却是一个光滑滑的身子。凭她手指的感觉，这胸部是没有双峰耸起着，她明白这当然不是金宝。因了这个人不是金宝，理智告诉她，自己不是一个处女了，她又急又恨的："这……这……"

她说不出什么话，终于哇的一声哭起来了。

第六回

因妒生恶意　搬弄是非为争宠

金宝见璞姑偎着自己的胸怀哭泣了一会儿之后，也就沉沉地熟睡去了，于是轻轻地推开她的身子，悄悄地跳下床来，套上了皮鞋，把手伸到脑后去拢了一下睡乱的云发。谁知张三爷又步到卧房里来了，原来他没有走远，就在外面一间书房内坐着等候。一听没有了璞姑哭泣之声，遂满心欢喜地又走进来了。金宝向他摇了摇头，又向床上努了努嘴，是告诉他还只有刚睡熟一会儿的意思。张三爷一面点头，一面把金宝的手又拉着到里面一间卧室内去，低低地道：

"好太太，你真是好本领，我实在太感激你了。"

"不过……我觉得这姑娘太可怜了一些了，三爷，你就饶了她好吗？因为她把我认作了知音，我却破坏她处女珍贵的贞操，那我不是太作孽一些了吗？"

金宝微蹙了柳眉，心头有些抱歉的意思，向他轻声儿地央求。张三爷把她拉到那炕床上坐下，笑道：

"我明白你的意思，你又跟我喝起醋来了，是不是？"

"你不要胡说，我跟你吃什么干醋？因为她视我为好人，而我却害了她，所以我良心感到不安的。"

金宝秋波逗给他一个娇嗔，很认真地回答他。张三爷把她身子偎紧了一些，他还不相信金宝是真心的话，遂也正经地道：

"你这话益发奇怪了，她不过是个贫苦的姑娘，我爱上了她，给她吃好的、穿好的、住好的，怎么你就说是害了她呢？那么我问你，你现在有这么的地住，也是我害了你的吗？”

说到后面这几句话，他不免有些生气的样子。金宝被他也问住了，由不得出了一会子神，但她乌圆眸珠一转，立刻又摇了摇头，说道：

“我和她的情形不同，我是情愿嫁给你做个小的。她……在事先既没有说明，是否情愿给你做小，这还是一问题。虽然作孽的是你，而我把她引诱醉酒，这当然更是个中的罪魁，所以我有些不忍心。”

“你别给我说傻话了，哪一个姑娘不要嫁丈夫的？老实地说，有许多姑娘都希望我跟她们发生关系，可以把她们娶作小星，因为我有的是钞票呀！你不用担忧到这一层，璞姑若不爱我的话，我什么东道都请的。”

张三爷笑了笑，絮絮地说，表示很有把握的神气。金宝冷笑了一声，噘了噘嘴，说道：

“你这话把我们女子也瞧得太不值一钱了，你以为你是个有钱的大爷，无论哪个女子都会爱上你吗？可是你错了，璞姑她绝不会希望嫁给你做小的，除非你把她实行污辱了。所以为了这样，我心头觉得太对不住她了。”

“一人做事一人当，我奸污了她，与你原不相干，就说是作孽，也是我的罪。金宝，你假使再劝阻我，那就是你吃醋，不肯我去爱上璞姑了。”

张三爷挽着她的脖子，在她颊上温情蜜意地吻香。

金宝仰开了粉脸，微微地叹了一口气，说道：

“也罢，我没法劝阻你，也只好由你去吧。此刻时已不早，你要干快干，回头醒了，可不管我的事。”

张三爷听了这话，不免乐得心花怒放，遂先把金宝亲了一个嘴，笑道：

“好太太，今夜委屈了你，你就一个人住在这儿吧，明天夜里我一定补报你。"

金宝推开他的身子，啐了他一口。笑嗔道：

"我真不稀罕你，大热的天气，还不是乐得清静一些好吗?"

张三爷笑着扮个鬼脸，意思是你别嘴硬，只怕见了宝贝也会笑的，遂悄声儿地步到外面一间卧房去了。璞姑在烂醉之后，她根本已像没有了知觉一样。张三爷站在床边，在油灯光芒下瞧到她此刻这一副娇懒引人的睡态，使他的神魂立刻会飘荡起来。他慢慢地坐到床边，因为天气太热的缘故，璞姑额角上冒着点点的香汗，这像花含细雨红愈润的样子，两颊真仿佛是两朵桃花的瓣儿了。张三爷不免跃跃欲试，然而所可惜的，她没有醒着。不过在她醒的时候，也许不会进行得那么顺利，于是他吹熄了灯火，终于实行偷香窃玉的工作了。

张三爷在暗中摸索，当然更感了无限的兴趣。可怜璞姑一个冰清玉洁的姑娘，在不知不觉中竟失却了她此生中唯一宝贵的处女了。

在经过一度振作之后，张三爷为了种种的原因，他是急流而退的。他明白这当然因为处女的缘故，他感到可爱，遂也欣慰地睡熟了。

璞姑伸手既摸到旁边那个人竟是男子的身体，她心中这才明白自己是上了他们的圈套，因为是痛悔过了度，所以她忍不住哇的一声哭泣起来了。璞姑这一哭不打紧，把旁边的张三爷也哭醒了。他想起身燃了油灯，用好语安慰她。但仔细一想，这灯火是亮不得的。因为羞恶之心，人皆有之，倒不如黑暗之中，把她再度地温存，她也许会快乐起来的。想定主意，遂把身子偎了过去，把她紧紧地搂住了，低低地叫道：

"璞姑，我亲爱的妹妹，你不要哭呀，从此你就是我的了。"

璞姑被他一抱，因为胸部的衣襟已经散开了，所以感觉上是肉贴肉的。她一颗纯洁的心灵里，激起了无限的羞辱，这就伸手啪的一声量了他一下子耳光，冷笑道：

"你这丧心病狂的奴才！你快给放手，你竟敢破坏我女孩儿家清白的身子吗？我和你去评个理，难道现在也是你的公理吗？"

张三爷颊上虽然被打，不过他抱着璞姑的身子是并没有放松。璞姑因为烂醉之后，兼之被他一度蹂躏，所以全身软绵无力，虽竭力地挣扎，还是无济于事。张三爷遂忙说道：

"璞姑，你我既已成为一体了，难道你还要和我破脸吗？况且你也是个爱名誉的姑娘，你若闹了开去，这不是反而跟你自己捣蛋吗？妹妹，我之所以出此下策，也无非一片痴心为了爱上你吧！"

璞姑听了这话，暗想：真的，我唯一的处女已被他攫取去了，那我将怎么好？若一定和他翻脸吧，那么我一个已失身的姑娘，更有谁来爱怜我？不过我若也答应给他做了金宝第二，那叫我心中如何对得住金大哥？因为张三爷是金大哥唯一的仇人呀！在这么感觉之下，她忍不住又呜呜咽咽地哭泣起来了。

张三爷见她并不挣扎了，而且又伤心地哭泣，这不啻是暴露了她的弱点，心中暗想：她听了我的话，一定也情愿的了。遂把她粉脸捧过来，亲热地温存了一会儿，又说道：

"妹妹，你别哭呀，你再哭，我的心也被你哭碎了。我爱你，我永远爱你到底。今日你把处女交给了我，从此你就是我的妻子了。你放心，我不会抛弃你的，只要你听从我的话，你和金宝一样，有好的吃、好的穿、好的住，而且更有其他种种好的享受。妹妹，你不要伤心了，你想明白一些，一个女孩儿总要嫁人的，你嫁了我，虽然是个小，不过妻妾是个名义，只要给你享受一生的幸福生活，这不是比嫁个穷小子好得多了吗？"

璞姑见他说着话，又来吻自己的嘴儿，这就恨恨地推开了他，冷笑了一声，说道：

"你们这班玩弄女性的魔鬼！你以为有了钱，就可以博得女人家的欢心了吗？可是我绝不情愿给你做小老婆的。"

"那么事已如此，生米也成了熟饭，你预备怎么样办呢？妹妹，我对你说，也不要太瞧轻我，我的年纪也不算大，况且我……总不会亏待你的呀！"

张三爷此刻仿佛是才从棺材里爬出来没气死人的样子，小心地向她说着话。

璞姑听到生米已成熟饭的一句话，她伤心得忍不住又痛哭起来。张三爷被她一再地哭泣，真也没了法儿，遂拿了一方手帕，给她拭泪，低低地又道：

"我是真正为了爱你，所以叫金宝引诱你来我家的，金宝也是为了真正地爱你，所以她并不吃醋地答应了我。妹妹，从此以后，你们就可以在这儿一块居住，不是有了个伴吗？我总不会抛丢你们的，你放心好了。"

璞姑听了这话，并不作答，自管哭泣了一会儿后，却也停止起来。张三爷不听她的哭声，也不听她的说话，遂把自己手指上另一枚钻戒取下，套到璞姑的无名指上去，低低地道：

"这枚钻戒和金宝手中戴的一样大小，我给你们各戴一枚。至于你以后的衣服鞋袜等物，我都可以给你簇新地做起来。我的计划，里面尚有一间卧房，是给你住的。假使你以为缺少什么物件用的话，慢慢全可以给你添舒齐。妹妹，你现在总可以不用伤心了。"

张三爷在女人家身上的功夫也是二十四分的周到，他婉婉和和地终于把璞姑芳心也说得软了下来。她在黑暗中摸了一下自己手指上的钻戒，觉得是挺大的，虽然她没有十二分喜悦的意思，不过她对于怨恨的成分也已逐步地减少了下去。

张三爷听她还是不作答，遂把身子偎了上去。又道：

"妹妹，你为什么不说话，好歹也给我一个回答呀！"

"事到如此，你还叫我回答什么好呢？不过我这儿也有一个条件的。"

璞姑微微地叹了一口气，方才向他说出了这两句话。

"是什么条件？只要你说得出口，我总也可以完全地答应你。"

张三爷听她说条件了，换句话说，她已软化答应下来了，心里这一快乐，全身骨脊都轻松起来，忍不住笑嘻嘻地说。

　　璞姑道：

　　"也不是什么大不了的条件，我既然嫁给了你，那么我哥哥也就是你的舅子了。所以你应把他换一个好一些职位，别叫他做苦工了。"

　　张三爷笑道：

　　"这件事也谈不到'条件'两个字，不过阿狗这人的材料不是做大事情的，你听了别见气。所以我的意思，除非给他做一个茶房，客人来倒倒茶，收拾收拾地方，这比做苦工总好得多，不知你的意思以为怎么样？"

　　璞姑虽然很生气，但仔细地想，哥哥确实没有一技之能，因此也只有叹了一口气，却没有作答。张三爷把手按到她的胸部上去，他把一条腿也搁到她的腿上去，笑道：

　　"妹妹，你不高兴吗？但阿狗又不会记账，又不会写字，叫我给他做些什么工作好呢？"

　　璞姑明知道他有些不老实了，但既已答应嫁给他了，也只好承受他的热爱了，遂说道：

　　"只要你能多照顾他一些，也就罢了。"

　　"那是当然的事，你只管放心好了……妹妹，你现在还恨我吗？"

　　"谁和你涎脸？给我放尊重一些。"

　　"妹妹，你这话笑痛我的肚子了，夫妇在床上还有什么'尊重'两个字吗？"

　　张三爷扑哧地一笑，低低地说出了这几句话。璞姑这两句话无非尚有怨恨他的意思，如今被他这么地一说，也由不得好笑，这就啐了他一口，却没有回答。张三爷在黑暗之中虽然瞧不到她此刻脸部的表情，不过凭着她娇喘吁吁的声音猜想，就可知她的眉毛是紧锁的，小嘴儿是微掀着，在想象之中也可以知道是这一份美丽可爱了。

一线曙光从黑漫漫的长夜里破晓了，朝阳已从地平线上慢慢地升上来，照到了人家的屋角，照到了人家的玻璃窗。金宝这天晚上是没有好好儿地睡，她对于璞姑半夜中抽抽噎噎地哭也听得很清楚的。当时她也吃了一惊，以为事情少不得要闹开来。可是璞姑哭了一会儿，却并没有再哭。金宝心中暗暗佩服三爷功夫的巧妙，因为自己有时候在他柔情蜜意的手腕下，也总会发不出脾气来的，于是她想象着他们这一幕恩爱缠绵的情景，一颗芳心真不禁为之怦然欲动起来。好容易她闭了眼睛，口里念着阿弥陀佛，方才沉沉地睡去。不过第二天早晨，偏又很早地醒来，她再也睡不着，于是悄悄地起身，走到璞姑和张三爷的床边来了。

张三爷和璞姑当然是并头地睡熟着，最可笑的，璞姑却会柔顺地躺在三爷的怀抱里，因为三爷的一条臂膀竟做了璞姑的枕。从这一点看，金宝虽然不知道他们线毯里的情景，也可知是哪一份样儿的亲热了。

金宝很想揭开他们的线毯，瞧一个究竟，但到底太不好意思了一些，因此红晕着娇颜，望着两人倒是怔怔地愕住了一会子。不料就在这个时候，璞姑"哎"了一声，却从睡梦中哭醒过来。金宝这就俯身拍了拍她的肩胛，低低地叫了两声妹妹。璞姑睁眸忽然见了床前的金宝，她芳心里这一羞涩和怨恨，不禁把眼泪益发扑簌簌地滚了下来。金宝笑道：

"妹妹，你们睡得这么亲热，你还伤心干什么呀？"

璞姑一面掀开线毯，一面跳下床来。金宝见她已穿舒齐衣裤袜子的，她披上了旗袍之后，又把线毯给三爷盖好。从她这个举动上猜想，可见她已有爱惜三爷的意思，遂拉了她的手，笑道：

"妹妹，为什么不多睡一会儿呢？昨夜辛苦了，今天这么早起来，不怕乏力吗？"

"姊姊，你害苦了我，你还要跟我吃这个豆腐……"

璞姑无限怨恨地逗给她一个白眼，她投入金宝的怀抱忍不住又哭泣起来。金宝明白璞姑此刻在自己面前的哭，一半固然是为了委屈的缘故，而一半也是为了怕难为情，这就把她搂到沙发上坐下，用了抱歉而又疼爱她的口吻，说道：

"妹妹，三爷确实因为太爱你了，所以我不得不想出这一个计策。不过我也因为和妹妹感情好，所以才答应玉成了他。否则，我如何肯牺牲自己呢？妹妹，你应该原谅我的苦衷，而且你更应该原谅我爱你的一片苦心。"

璞姑听她这么说，遂拭了拭眼皮，叹道：

"姊姊，你已害了你自己，不料你还害到我的身上来。唉，他岂有真心的爱？也无非把我们女子当作玩物看待罢了。假使他是个多情人的话，他也不会这么贪得无厌呀！"

璞姑说到这里，忍不住又泪下如雨。金宝被她这么地一说，良心受了正义的谴责，她的泪水也掉了下来，说道：

"是的，我错了，我害了妹妹的终身幸福了。不过事情已到这个地步，妹妹也只好受一些委屈，和姊姊做一个同病相怜的人吧。"

璞姑虽然是万分地怨恨她，但瞧了她落泪的神情，因此再也不忍去痛责她了。金宝见她偎着自己，好像和自己有亲热的意思，遂给她拭了泪水，一面也收束了自己的泪痕，不禁又取笑她道：

"妹妹，你也不要伤心了，我瞧你既然这么地和他相倚相偎地甜睡着，可见你心中也未始没有不爱三爷呀。"

"姊姊，你这话……我在醉后已被他失了身，叫我还有什么可说的呢？唉，你自己嫌冷静，叫我来给你做个伴儿吗？"

璞姑听她还俏皮自己，两颊不禁又绯红起来，恨恨地白了她一眼，这表情是分外哀怨。金宝扑地一笑，把她腰肢又搂紧了一些，说道：

"那么你也别恨我了，譬如你嫁了一个村夫俗子，天天过着苦日子，倒还是这儿我们两人生活着好得多呢！"

璞姑叹了一口气，她没有作答。想到了金大哥这个人，她的眼泪又扑簌簌地滚下来了。正在这个时候，张三爷也一觉醒转来，他见两人坐在沙发上淌眼泪，遂忙坐起身子，拭了拭眼睛，低低地道：

"咦！你们为什么都伤心着？我总不会待错你们的，你们千万不要自伤身子的了。"

金宝是个很会奉迎的女子，她见三爷醒来，遂走到床边来服侍他起身，秋波白了他一眼，恨恨地道：

"快乐的是你，怨恨的却是我，你瞧我得了些什么好处呢？"

张三爷笑着道：

"你妹妹怨恨你也无非一时之气罢了，我知道璞姑确实已很柔顺地接受我的爱了。"

金宝听了这话，遂向璞姑望了一眼。璞姑明白三爷的话，是说昨夜自己没有拒绝他再度的温存，一时羞得垂下了粉脸，再也抬不起来。金宝笑道：

"妹妹，你听听，何苦来还向我头上出气呢？"

璞姑抬头啐了她一口，微蹙了眉尖，说道：

"你听他的混账话……"

金宝道：

"三爷的手臂给你当作枕睡，这是我亲眼目睹的事情，我倒相信三爷说的不是什么混账话。"

璞姑呸了她一声，羞红了两颊，不禁又垂下了头。但三爷和金宝瞧了她这个娇媚不胜情的意态，倒又笑出声音来了。这时徐妈倒上面水，给三人洗脸。她对于这一回事，似乎也早已明白得很详细，当下向璞姑笑道：

"那么盛小姐大概也已变成我家太太的了。"

璞姑到此，方知她们都是预先商量定妥陷害我的，因此低头叹气。张三爷道：

"徐妈，你以后称呼按照她们年龄算，叫她大太太，叫她二太太好了。好在她们姊妹俩很好，绝不会有争风吃醋事情。"

徐妈笑着答应，遂到楼下厨房里烧点心去了。从此以后，璞姑也给张三爷做了金丝鸟笼里的芙蓉鸟了。阿狗由张三爷的提拔，在厂内办公室中做了收拾清洁的茶房。阿狗听妹妹也做了三爷的小老婆，他心里是非常气愤，暗想：我们穷人连一个妻子都娶不起，有钱的人竟然两个三个地娶讨着，这个世界实在是太不公平了。虽然他很想起来反抗，预备把金宝去夺了回来，然而阿狗哪里来这个勇气，也只不过一种愤怒时的空想罢了。

璞姑因为心里太对不住金志毅了，所以她没有勇气再到监狱里去探望他，时时地长吁短叹，总感到闷闷不乐。流光如驶，转眼之间，残暑已过，不知不觉地已到金风送凉、桂子飘香的八月里天气了。计算着璞姑嫁给三爷，已有了三个月的光景。在这三个月的日子中，三爷把她宠爱得像亲娘一样，璞姑说月亮是方的，三爷也会说她是对的。所以在这种情形之下，金宝心头的感觉，自然不免慢慢地怨恨起来了。

这天夜里，三爷是睡在璞姑的房中。两口子躺在床上，三爷少不得又像孩子般地要向她缠绕了一会儿。璞姑哀怨地逗给他一个娇嗔，说道：

"你不要涎脸了，这几个月来我就停了经，而且每天恶心漾漾的，所以我的猜想恐怕是已经怀孕的了。"

张三爷听了这话，惊喜十分地笑道：

"真的吗？让我摸一摸。"

他说着话，把手却按摸到璞姑的腹部上去。在他手的感觉上，果然结鼓鼓的似乎有些微隆的光景，这就又笑道：

"妹妹，你若真的给我养了一个儿子，那叫我是太欢喜你了。因为我家中那个大的，和她结婚了十年，她也没有放过一声屁。就是金宝吧，我和她发生关系算来也有一年多的日子，然而她也没有放一声屁。我的年纪已三十以上，正忧愁着没有一个孩子，如今和妹

96

妹才结婚不过三月，你就得了身孕，那你不是太叫我心爱了吗？"

璞姑听他这么地说，一颗芳心中自然也同样地感到得意和喜悦，遂把他按在自己腹部上的手拿下来，红晕了粉脸，秋波逗给他一瞥羞涩的媚眼，低低地笑道：

"不要多摸了，痒丝丝的，人家怪难受。"

"你又放刁了，给我摸一会儿也不要紧的。妹妹，你是个十八岁的姑娘，明春你是可以做娘的了。"

张三爷不肯依从她，把手还是放到她的腹部上去摸索，一面把脸偎过去，在她粉颊上连吻了两个香。璞姑知道这是做丈夫的表示疼爱的意思，遂也不忍再拒绝他，白了他一眼，却又抿嘴笑起来。她把身子转了个侧，偎到三爷的怀内，低声儿道：

"三爷，你瞧我真糊涂，你那个大的姓什么叫什么？这十年来难道一胎也没有育过吗？"

"她姓高，名叫月华，今年二十八岁，和我结婚的时候，也只有十八岁，不料她肚子不争气，没有生育一个儿子，所以现在我讨娶了你们，她也不敢多嘴的，因为她自己也有缺点的地方呀。假使你能养个儿子的话，你从此的地位也更可以高起来了。"

张三爷遂悄悄地告诉了她。璞姑微仰了粉脸，向他憨笑了一会儿，说道：

"你口口声声地要养个儿子，假使我这次偏养个女儿呢？那么你难道就不喜欢了吗？"

"这也不会的，因为我知道你是很会生育的人，这次就是养女儿，下次总会养儿子的。你想，我干吗要不喜欢？所以你不必多疑，养儿子养女儿我都喜欢，因为你比她们到底强多呀。"

张三爷听她这么地说，遂低低地安慰她，一面挽住她的脖子，把她的小嘴儿甜甜蜜蜜地吮了一阵。璞姑的芳心自然也得到了十二分的安慰，于是柔顺得像一头驯服的绵羊，给他默默地吮吻了一会儿。良久，三爷又问道：

"妹妹，你停经多少日子了？我真没想到我们的结晶会生长得这么快。"

"自从被你那夜后……"

璞姑羞涩地说到这里，逗给他一个娇嗔，似乎尚有怨恨的意思，接着又道：

"就一直没有来过……"

张三爷乐得什么似的，抱住了她又吻了一会儿，笑道：

"这样说，也许我们第一夜就凝成了的。妹妹，说起来真有趣，你醉得一些也不知道……"

璞姑听了这话，又恨恨地逗给他一个娇嗔，伸手拧他的腿儿，噘着小嘴儿，生气地说道：

"你别给我提起这些话了，一提起我心里就会恼恨你的。你真是无赖！"

"那么我们现在连小孩也快养下了，你难道还不满意这头婚事吗？"

张三爷在笑过了一会儿后，他又向她这么地问，表示有些不喜悦的样子。

"当然不满意，谁叫你做成圈套害我的？就是你爱我，也该明明白白地娶我做个小，那我倒也会答应你的。"

璞姑表面上虽然薄怒娇嗔地说，不过她身子在他的怀内还依偎得紧紧的，因为她怕引起丈夫的恶感。张三爷也明白她是故意撒娇的意思，因为凭这三个月来她对待自己的情景，真是十二分的多情。此刻听她这么地说，反而更感到她的可爱，遂笑嘻嘻地又在她小嘴儿上吮吻了一会儿，说道：

"妹妹，我们来一次休息纪念好吗？……"

"嗯，我不要，你别这么糊涂，这可不是玩的，你难道不希望有个强壮健全的孩子吗？"

璞姑"嗯"了一声，她忸怩了一下腰肢，鼓着红红的小腮子，表示不肯依从的意思，接着她又笑道：

"三爷，你若真的忍熬不住，那么你现在还可以睡到姊姊房中去的呀，姊姊也许很需要你的哩！"

说到这里，她红晕了两颊，不禁羞涩地又扭嘴咻咻地笑起来。张三爷感到璞姑和金宝的个性确有不同的地方，金宝是热情放浪的，而璞姑是幽静温文的。每次的合欢中，她总是羞答答的样子，不及金宝的嘻嘻哈哈，于是他只好低低地道：

"妹妹，我和你说句玩话的呀，其实我也很顾虑到妹妹身子的健康。我们往后的日子长哩，你说对吗？"

"三爷，你这两句话我非常地感激你。"

璞姑听他这么地说，频频地点了一下头，掀着酒窝儿嫣然地一笑，接着又道：

"不过我为你着想，你当然受不了。所以我的意思，你从明天起，就不必再到我房中来，也让我乐得清静一些。"

张三爷把手去按她胸部，笑道：

"是不是你讨厌我？我们虽然禁止这个，但我也很需要时常瞧见你、抱吻你，因为我是太爱你了。"

璞姑娇媚地白了他一眼，笑道：

"人家完全为你的好，不料你还拿这些话来冤我。只要你熬得住，你只管和我一块儿来睡好了。"

"我只要吻你一下嘴儿，我已经很可以过瘾的了。"

张三爷捧着她粉脸，涎皮嬉脸地说。璞姑啐了他一口，也忍不住笑起来了。

第二天晚上，张三爷是睡在金宝的房里。金宝因为有些妒忌三爷待璞姑太好一些，所以芳心里有些怨恨。虽然三爷待自己也并不坏，不过在她的感觉上，总感到三爷是有偏心。三爷见金宝躺在床上并没一些笑容，闷闷不乐的样子，遂望着她笑道：

"你有些不舒服吗？"

"嗯！明天我死了，你才开心。"

金宝冷笑了一声，负气似的回答。

"奇怪了，你这话算什么意思？"

张三爷被她抢白得莫名其妙，向她愣住了一会儿。

"我好好儿的，你说我不舒服，那你不是明明地咒念我死吗？"

金宝说着话，眼皮一红，泪水已是抛了下来。

"妹妹，你这话说得好没意思的，我因为见你闷闷不乐的样子，所以问你有没有不舒服。这原是为了爱惜你的意思，怎么你反而说我咒念你死？那你也太会多心的了。"

张三爷见她淌泪，颇觉楚楚可怜的神气，这就把她抱在怀内，用手指去抹她颊上的泪水，低低地向她解释。金宝虽然柔顺地躺在三爷的怀内，不过她的眼泪依然扑簌簌地淌了下来。张三爷奇怪道：

"你为什么要这样地伤心？难道我有待错你的地方？"

"何必问我？反正你自己心里明白，当初叫我玉成你的时候，你对我怎么地说？现在这三个月来的情形，反正你自己也知道的。"

金宝用了颤抖的口吻低低地回答。她悲哀得有些哽咽的成分，几乎要哭出声音来的样子。凭金宝这几句话，三爷就知道她怨恨自己冷淡了她，这分明是吃醋妒忌的意思，可见女人家总是量窄的，争风吃醋到底还是免不了的事情，遂笑道：

"这完全是你的多心，你以为我待璞姑比你亲热吗？其实我是一视同仁，没有厚彼薄此的心理。金宝，好太太，你到底太量窄了。"

"我当然是个量窄的女子，怎及得来妹妹的大度容人呢？所以我恨不得就死，让你们一对可以过永远快乐的生活。"

金宝听他有埋怨自己的意思，这就愈加地恼恨，说完了这两句话，呜呜咽咽地哭了。张三爷急得把手扪住她的嘴，叹了一口气，说道：

"何苦来？你愈说愈不对劲了。我也并没有说你不好，你何必这样多心？你以为璞姑在我面前有说你的坏话吗？这是天地良心，她昨天晚上还叫我睡到你的卧房来呢。"

"哼！我也并没有这个意思呀！不料你立刻地就庇护了去。当然，璞姑是个贤德的姑娘，我怎么能和她相提并论呢?"

金宝听他这么地说，心中更加怨恨，虽然是停止了哭，但她犹眼泪鼻涕地冷笑着说。张三爷没有办法，只好涎皮嬉脸地跨到她的身上去，笑道：

"好太太，别生气了，我向你赔一个不是，那总好的了。"

"谁和你涎脸？我没有资格服侍你，你到璞姑房中去好了。"

金宝恨恨地把他身子推下来，不肯依从他的需要。张三爷笑道：

"那你分明刁难我，凭良心说一句话，我确实没有待错了你。"

说到这里，手又插进到她的衬衣里面去。

"我刁难你什么？反正璞姑比我温柔得多呀!"

金宝这回虽然没有把他手拉到外面来，但表面上还是显出无限的怨恨。张三爷捻着她樱桃那么的一粒，感到十分有趣，遂笑道：

"你知道璞姑是有身孕的人了，所以你才这么地说，是不是?"

其实璞姑有身孕，金宝是并没有知道，因为璞姑还没有告诉过她。此刻骤然听到了这个消息，芳心更吃了一惊，不免愈加地妒忌起来，暗想：她若养了一个儿子的话，这还当了得，我的地位不是更没有了吗？但她表面上还显出喜欢的神情，笑道：

"你这话可真的吗？她没有跟我说起过，不知她有几个月了?"

"她说自从那夜被我……经水儿就没有来，大概也有两三个月的光景了。"

张三爷见她神情又喜欢起来，一时倒暗暗地奇怪，遂望着她低声儿告诉。

"那么我们不是有个孩子了吗？怪不得我见她肚子有些高高的，原来是坐喜了呢!"

金宝十分喜欢地回答，她伸手拭了拭自己粉颊上的泪痕。张三爷忍不住开口问道：

"金宝，她有了喜，你倒不妒忌的吗？怎么反而这样高兴呢？"

金宝暗想：三爷真也不是个好人，他倒试我的心了。遂白了他一眼，说道：

"你这话算什么意思？把我真的当作一个醋瓶看待吗？老实地说，我真不会妒忌妹妹，因为我和妹妹是非常知己的，只不过我心里恨着你罢了。"

"你恨我做什么呢？"

张三爷听她这么地说，心里也非常欢喜，遂笑嘻嘻地向她追问了一句。金宝冷笑道：

"比方说，你问我不妒忌她吗，这句话问在你的口中，我就感到你的可恨。因为你并不了解我的心理，以为我是个争风吃醋好妒的女子。其实我也时常给你想着，三爷的夫人又没有养一男半女，我的肚子也会不争气，如今当然希望在妹妹的身上了。妹妹有了身孕，这和我有了身孕是一样的，因为这都是三爷的精血呀。那么妹妹的儿子、女儿，也就是我的儿子、女儿，我心里喜欢还来不及，如何还会妒忌她吗？所以你说这些话，叫我听了伤心。"

金宝一口气说到这里，故意微蹙了眉尖，大有盈盈泪下的神气。张三爷对于金宝这几句话，真把她爱到骨髓里去，遂连忙吻着她的小嘴儿，连连地赔错，说道：

"妹妹，我是跟你开玩笑的，你千万别认真生气。我知道你是个贤德的女子，我实在太爱你了。因为你这思想再对也没有，她的儿子原和你儿子一样的。不过妹妹比不了我那个大的，你当然也会生儿子的，你不信，今夜我们就制造起来，保险你的腹部也会隆高的。"

三爷一面说，一面又顽皮起来。他把按住金宝胸部上的手，慢慢地滑到她的腹部上去，觉得滑如凝脂，皮肤真细腻得可爱。

"三爷，假使我不会养儿子的话，你会转变爱我的方针更恨我起来了吗？"

金宝并不拒绝他的进行，她微咬着嘴唇皮子，在经过一阵子思忖之后，又向他低低地问出了这几句话。

"只要璞姑会养儿子，你养不养倒不成问题，假使你嫌寂寞的话，待璞姑养下第二个的时候，不是可以给你抚养的吗？至于我的爱你不爱你，这绝不是在你养不养孩子而说的，只要你不偷汉子，我到死都不会转变爱你的方针。"

张三爷很正经地说到这里，他又向金宝说笑话了。

金宝白了他一眼，怨恨地道：

"你又说这些混账话来气我了，你给我住得好、穿得好、吃得好，我感激你还来不及，怎么再会去偷汉子？那也太淫贱的哩！况且我们之中倘有这一回事，当然要被三爷赶出的了。"

"妹妹，我欢喜说笑话，你偏又喜欢认真。其实你偷汉子的人，就是我呀！"

张三爷笑嘻嘻地说，他把摸在金宝腹部上的手又溜了下去。金宝在他手溜下的时候，眉尖一蹙，赧赧然地笑道：

"少顽皮一些吧，人家不疼痛吗？"

三爷得意忘形地道：

"三个人中，我觉得你最茂盛，好像春天里的草一样。"

金宝听他这么地说，啐了他一口，也不由得嫣然地笑起来了。张三爷觉得金宝所以使人可爱的地方，也就在这一点子上，月华及不来她，璞姑更及不上她，自有一股子勾人灵魂的魔力，张三爷甘心地屈服在她的旗袍角下。

第二天下午，金宝见璞姑站在椅子上，要去拿取搁在衣橱上面的鞋盒子，她慌忙走上去，阻止她把手撩上去，笑道：

"妹妹，你快走下来，我给你拿取，你千万要当心才好啊！"

璞姑听她话中有骨子，遂回眸望了她一眼，一面跳下椅子，一面笑道：

"是三爷昨夜告诉你的吗？"

"嗯，是的，你要把这鞋盒子拿下来吗？"

金宝含笑点了点头，她要站到椅子上去，是代她拿的意思。

"不，我是放到上面去的。姊姊，我跟你说话。"

璞姑红晕了娇颜，她摇了摇头，一面把椅子端到桌边，一面拉了金宝到沙发上去坐下，接着又问道：

"三爷对姊姊怎么地说呀？"

金宝白了她一眼，带了埋怨的口吻，说道：

"妹妹，你也真不应该，为什么你有了身孕就不先向我告诉呢？也好叫我心里欢喜。"

璞姑白嫩的粉脸上盖了一层青春的红晕，她偎到金宝的怀里，羞涩地笑道：

"并不是我不肯告诉姊姊，因为我怕不是真的有了喜，说开去了那不是给人笑话吗？"

金宝听了，打了她一下肩胛，说道：

"你这话益发不应该了，我把你当作亲妹妹一样地疼爱，你却对我还存了生疏的心。难道你对我说了，我还会来笑你吗？"

"姊姊，你别生气，这原是我的错了。"

璞姑听她这么地说，只好含了妩媚的娇笑，向金宝赔不是。金宝把手伸到她腹部上去按了一下，笑道：

"三爷告诉我，说妹妹是那夜被他……以后，那经水就一直没有来过吗？"

"是的，而且近来总有些懒懒的，吞酸作恶，不知究竟是病是孕？那也许是一个问题呢。"

璞姑羞答答地告诉，她微蹙了眉尖，似乎还有些忧愁的样子。

金宝笑道：

"我虽不曾生育过孩子，但我倒很知道有孕的情景，照你说的，那当然是坐了喜。妹妹，你以后千万别拿笨重的东西，小心一些，因为三爷没有一个儿女，他是多么需要一个孩子呢！你要想什么吃，你只管向我说，我会给你去买来的。"

"姊姊，你待我这么好，真叫我心里感激得很！"

璞姑对于她这两句话自然是感到心头，所以偎在她的怀内，表示十二分亲热的意思。金宝抚摸着她已烫过的长发，笑道：

"你养了儿子，也等于是我的儿子，所以我一听了三爷的告诉，我心里就乐得什么似的。妹妹，我们姊妹还用得到'感激'两个字吗？"

璞姑点了点头，她捧着金宝的脸颊吻了一个香，忍不住也喜悦地笑起来了。这天晚上，张三爷仍旧睡在金宝的卧房里。金宝笑道：

"被你这么地一说，我今天见妹妹的腹部，果然是隆得高高的。"

"可不是？再三个月后，你的腹部一定也会高起来的。"

张三爷躺在床上，把身子偎近了她一些，笑嘻嘻地回答，瞧他的表情是分外的得意。

"我这肚子不争气，也许不会隆起来。"

金宝故意把身子向他扭怩着，逗给他一个媚人的甜笑。张三爷有些心神飘荡，遂把腿搁到她的腹部上去，笑道：

"你放心，我们再接再厉地工作着，总有一天，你的肚子会隆高的。"

"嗯！我不要，昨夜已经……今天晚上休息一会儿吧！"

金宝把身子背过去，撒痴撒娇的样子，低低地说。张三爷怎么忍熬得住，遂把手去呵她的痒。金宝弯了腰肢，咯咯地笑。这一种风骚的意态，足以增加张三爷心头的欲火，遂扳过她的身子，把手去扯她的小衣，笑道：

"不管，我有精神，你会没有精神吗？"

金宝半推半就地一面笑，一面白了他一眼，却没有说什么了。张三爷见她今夜的神情有些木然的样子，不比往常兴奋，遂去吻着她的小嘴，低声儿道：

"没有劲，你在想什么心事吗？"

金宝发饧着眼，笑道：

"我想妹妹的腹部隆高，好像不止三个月的样子。"

张三爷听了这话，把一肚子的兴奋都冷了下来，奇怪道：

"你这话有趣了，我和她实行性生活也只不过三个月的光景，难道她就有四五个月的身孕了吗？"

金宝见他惊讶的神情，遂忙给他解释道：

"你这人又多心了，我的意思，是说她腹部高，恐怕将来是个双胞胎。"

张三爷这人原很糊涂的，他心中暗想：璞姑的腹部果然很隆高着，莫非在三个月前早和别个男子发生过关系吗？不过她初次给我的时候，确实是个处女呀！可惜当时心慌意乱，却没有细细地领略。现在唯一的证实，就是瞧她在哪一个月里分娩，这当然是很明显的了。金宝见他呆住了一会儿，自己未免感到有些吃力，遂把他身子推下来，故作娇嗔道：

"你这人真会多疑，我也不过很普通地说一句，你难道就疑心妹妹在过去早有爱人了吗？"

金宝这些话在表面上似乎替璞姑辩护着，而实际上不啻是触着张三爷的心。他点了点头，沉吟了一会儿，说道：

"我想到了一个人，璞姑似乎和他很有意思的。"

金宝见他居然疑心生暗鬼似的猜疑起来，一颗芳心好生欢喜的，遂忙问道：

"你别给我胡说了，妹妹和谁很意思的？"

"你不记得那天你带她来求我帮助她成殓爸爸这一回事情吗？在她也曾经竭力地给金志毅求情过，我想他们也许会有关系的。"

张三爷皱了眉尖，低低地向她告诉了这几句话。

"哦，这个金大哥吗？"

金宝微蹙了柳眉，故意支吾了一会儿，接着又摇头道：

"这大概不会的吧。虽然在过去我知道他们的感情原很好，不过现在金大哥还关在监狱里没有放出来呀。"

张三爷道：

"现在当然不会，我就疑心他们在过去是有关系的，那么这腹中的孩子也就是这个问题的。"

说到这里，心头有些光火，他全身顿时感到有阵子热燥，忽然他又很怀疑地道：

"月华不会生育，你也不会生育，偏偏我和她就会凝成了结晶，这……似乎使我益发奇怪起来了。"

金宝听他这么地怀疑，真有些想入非非的，一时忍不住暗暗地好笑。但她表面上还显出很认真的样子，说道：

"你不要多疑了，为了我一句话，回头给妹妹知道，她不是要怨恨我搬弄是非了吗？三爷，你千万别和妹妹存了芥蒂，否则我可不依你。"

"你放心，我不会和她存了芥蒂的。"

张三爷见他撒娇似的偎过身子来，这么低低地说，一时还只道金宝人忠厚，和璞姑确实很好的，遂搂抱了她的娇躯，向她轻声儿地安慰。

金宝见她神情有些纳闷的样子，遂把小嘴凑上去，吻他的唇儿，一面把小舌尖伸到他的口里去，一面又咻咻地笑。张三爷被她这么一来，兼之笑的时候乳峰一颤一颤地耸动，所以暂时把猜疑的心思丢开，他又情不自禁起来。

金宝为了要得到他的专宠，所以格外地奉迎，并且又千叮万嘱叫他不许和璞姑吵闹，张三爷点头答应，在这个时候，他除了气喘之外，是什么话都说不出口来的了。

张三爷自从这天晚上听了金宝的话之后，他把爱璞姑的热度已由一百度而降至于七十度了，并且时常想探听她的口风，欲知道她过去和金大哥的秘密。这天晚上，他是睡在璞姑的房中，在床里故意又去摸她的腹部，含笑问道：

"妹妹，你现在有几个月了？"

张三爷的意思，要她糊里糊涂中说错了话，那么可以确定她肚子里的孩子是金志毅养的了。但璞姑却逗给他一个娇嗔，妩媚地笑道：

"你这人年纪没老，人已背了。今天问明天问，我不是早告诉你，我嫁你多少日子，这小命也有多少日子了。"

"那么你嫁给我已有几个月了？"

张三爷还是故意糊涂地问。

"你做人做昏了，现在已四个月。"

璞姑扑哧地一笑，秋波逗给他一个倾人的媚眼。

"不过我摸你肚子好像有五六个月的光景。"

张三爷的话更说得露骨一些。

"唉！我也有些担忧，为什么这腹隆起得这么快？不知会双胞胎吗？"

璞姑却没有想到三爷的话是含有作用的，她蹙了翠眉，也附和着低低地说。

张三爷暗想：你这话就是虚心病了。但表面上他是绝对不说穿她，笑了一笑，说道：

"假使是双胞胎，我倒很喜欢。"

"不过双胞胎生育的时候很危险，所以你喜欢，我又很担忧。"

璞姑听他这么地说，秋波逗了他一瞥哀怨的目光，似乎有些忧愁的样子。张三爷道：

"也许不会双胞胎，你放心好了。"

璞姑把娇躯偎了上去，显出柔顺的意态，说道：

"但愿不是双胞胎，那才叫我安心。"

"但你四个月的腹部确实太高，我真有些奇怪。"

张三爷把话愈说愈特别起来。璞姑是个聪敏的姑娘，她也觉得三爷这"奇怪"两字中至少是包含了一些作用的，这就微仰了粉脸，秋波逗了他一瞥猜疑的目光，低低地问道：

"你奇怪什么呢？"

"我奇怪着也许是五六个月了吧。"

张三爷半认真半开玩笑地说。

"三爷！你这是什么话？你……"

璞姑突然听了这话，粉脸有些变了颜色。她说到"你你"两个字的时候，她有些眼泪汪汪的样子。张三爷却不作答，似乎在窥测璞姑的神情。璞姑感到太受一些委屈了，她忍不住呜呜咽咽地哭泣起来，说道：

"三爷！你在那天晚上难道还没有仔细我是个怎么样的身体吗？照你这么地说，你……难道把我当作……"

说到这里，却再也说不下去，又伤心地哭泣不停。张三爷真有些像活死人的神气，他被璞姑这么地一说，他的脑海里又浮上了四个月前盛夏季节那夜的一幕。在模糊的回忆中，仿佛感到璞姑真是一个处子，那么我简直是衔血喷人，冤枉她了。这就又抱住她的身子，吻着她的粉脸，笑道：

"妹妹，你快别哭，我和你开玩笑的，你认真做什么？"

"无论什么事都可以开玩笑，这也由你胡说的吗？唉，你可不是死人，难道连我是个姑娘还是个妇人你当初就不觉得吗？"

璞姑虽然是停止了哭，但她薄怒娇嗔的神情，显然心头是无限怨恨。张三爷被她责骂得哑口无言，因此只好连声地赔罪，笑道：

"好妹妹！千错万错总是我的错，我因为喝多了一些酒，所以语无伦次，你只当我是放屁，你别生气吧！"

一面说，一面又在她小嘴儿上默默地温存。璞姑仰开了粉脸，逗给他一个娇嗔，冷笑道：

"我想不到你这人糊涂会到这个地步，我和你结婚只有四个月，而且完全是个姑娘交到你的手中，这是再靠硬也没有的事，你还怨我这些冤枉，我问你，你良心对得住我吗？"

"我已向你认了错，你也不必再向我认真了，你摸我的脸颊，可不是发烧得厉害？这完全因为酒醉的缘故。好妹妹！你饶我这一遭儿吧！"

张三爷低声下气地向她求饶，仿佛是个舞台上的小丑。璞姑叹了一口气，也就不再作声，两人自管地睡去。

次日早晨，张三爷自到厂内办事去。金宝见璞姑赖在床上没有起身，遂走到床边去瞧她，见她眼皮有些红肿的，遂惊讶地问道：

"妹妹，为什么？你哭过了吗？是不是和三爷吵了嘴？"

璞姑见了金宝，便拉了她的手，呜咽地啜泣起来，说道：

"姊姊，你听听三爷的话，混账不混账？他竟说我腹部有五六个月的身孕可以瞧。你想，我一个姑娘身子嫁给他，一共只有四个月的日子，哪来五六个月的身孕呢？这么地衔血喷人，如何不叫我心里难受？"

一面说，一面又抽抽噎噎地哭泣不停。金宝其实早已明白是为了这个事，遂很表同情而又显出愤怒的样子，忙道：

"这话真是岂有此理极了，三爷难道是死人不成？当初最可以明白的就是你到底是否姑娘身子，他如何想得出会跟你说出这些糊涂的话来？妹妹，你别哭，你别伤心。今天晚上，我代你向他办个交涉，一定叫他向你赔个罪的。"

璞姑听她这么地说，心里自然感激得了不得，遂握了她的手，亲热地叫着姊姊。可是她哪里知道在搬弄是非的，正是自己认为唯一知己的金宝姊姊呢！

光阴匆匆地过去，又是一个月了。这已是十一月里的天气，天空暗沉沉的，常常密布着浓密的愁云。这日璞姑坐在房中干婴孩穿的活计，忽见哥哥阿狗匆匆地走来。璞姑因为阿狗是不常来的，今日到来总有些事情的，遂忙问道：

"哥哥，你有什么事情吗？"

阿狗点了点头，说道：

"妹妹，我告诉你，金大哥已出狱好多天了。昨天我去瞧他，不料他却病在家中哩。真可怜的，一个人也没有服侍他。而且他又贫穷得十分，我看他米缸里米已是没有了，所以我想问妹妹拿一些钱去救济他，也报答报答他为我们关了六个月的监狱，不知妹妹也赞成吗？"

璞姑听到了这个消息，她芳心里就会感到一阵子悲酸，暗想：是的，已过去六个月的日子了，连我腹中也有五个月的身孕了。唉！我竟把他压根儿都忘记了。因此满眶子中的眼泪也就扑簌簌地直滚了下来，遂向他说道：

"哥哥，你回去吧，我知道了，明天我自己会去瞧望他的。"

阿狗听妹妹的话，遂告别走出房来。外面一间原是金宝的卧房，阿狗进来的时候，原没有见金宝的人，此刻见金宝却站在房门口出神，似乎偷听的样子。不过阿狗是没有理会到这许多，他因为恨着金宝欺骗自己，所以理也不理她地自管匆匆地走到楼下去了。

金宝待阿狗走后，她又听房内的璞姑低低地念道：

"金大哥，我太对不住你了。你的情分，我是只好来生报答你的了。"

说着，又嘤嘤啜泣之声。金宝暗想：可见璞姑、金志毅确实有些爱情的，这倒是一个好机会。明天我只要如此如此，张三爷不是就会大怒起来吗？想到这里，不免暗暗地喜欢。谁知因此一来，同时也造成了她自己悲惨的命运，发生了下面的曲折离奇的故事来。

第七回

探病旧知　流泪眼对流泪眼

下午吃过饭的时候，金宝悄悄地走到璞姑的卧房，只见她手托香腮，好像在想什么心事般的，遂含笑说道：

"妹妹，今天我要到镇上姨妈家里去一次，大概晚上要迟一些回来。三爷回家的时候，你给我代为告诉一声吧。"

璞姑连忙站起身子，向她含笑点了点头，说道：

"好的，那么姊姊早一些回家，免得叫我们担心。"

一面说着话，一面送着金宝走出房外来。金宝点头答应，遂披上了大衣，匆匆地走了。璞姑待金宝走后，她瞧了瞧手腕上白金的手表，还只有一点十分，暗想：我何不此刻趁空到金大哥家里去探望他一次，反正三爷回家总要在六点以后的。想定主意之后，遂也披上了大衣，对徐妈说道：

"我到街上去买些东西，一两个钟点就回家的，你门户当心一些。"

徐妈点头答应，璞姑也急匆匆地走出了家门。她走在大街上，一方面固然是去探望他的疾病，而一方面也算是报答了他为了我家的事而含冤关了六个月的监狱。匆匆地踏上了金志毅的家门，屋子的门是半掩上的，轻轻地一推，就推开了。志毅的家是没有院子客堂卧房的分开，只要一脚跨进门，就可以见到他的卧房。这时映在璞姑眼帘下的，床上躺着一个人，是并不认识的男子。只见他长长

112

的头发，黄黄而瘦削的脸颊，满下颚的胡须。璞姑以为六个月的日子不上这儿来，所以找错门口了吗？可是打量室中的用具，却分明是金大哥的家，因此站在屋门口由不得愣住了一会子。

床上的金志毅听到了一阵脚步的声音，他也回眸来望。只见一个十足摩登的女子，她身穿一件织锦缎的旗袍，外披灰背的大衣，脚踏高跟皮鞋，头上的云发，像瀑布似的长长地拖在脑后。这在志毅的心中当然感到无限的惊异，想不到像破窑那么可怜的屋子里，也会降临了这么一个天仙化人似的女子来。他以为自己在做梦，把手揉了揉眼睛，向她仔细地一望，似乎瞧出一个真面目来。他"啊呀"了一声，猛可地从床上坐起，叫道：

"你……你……是璞姑吗？"

璞姑被他这么一叫，方才理会到这男子确实就是金大哥。想不到经过六个月监狱之后，他的人竟会变成这个样子。一颗芳心不免一阵子痛伤，因为被情感激动得太厉害了一些，这就在桌子上放下饼干和牛奶，情不自禁猛可地奔到床边，投入他的怀抱，叫了一声金大哥，她已呜呜咽咽地哭泣起来了。志毅对于璞姑这一下子举动，似乎还有些出在意料之外的。他抱着璞姑的身子，眼泪也已扑簌簌地滚了下来。良久，志毅推开她的身子，低低地道：

"璞姑，你不要伤心，我已恢复了我的自由了。"

"唉，金大哥，但是我已被人关在一个鸟笼里了。"

璞姑坐在床边，泪眼盈盈地望着志毅可怕的脸，深长地叹了一口气，接着又淌泪说道：

"金大哥，你恨我吗？你鄙视我吗？……"

"不！不！我同情你，我可怜你。对于这些事，阿狗已告诉我很详细，我觉得社会是黑暗得太令人胆寒了。"

志毅摇了摇头，他望着璞姑海棠着雨般的粉脸，无限沉痛地回答。

璞姑听他这么地说，一时心头更觉难受，因此倒在他的怀里又哭泣起来。志毅把手抚摸着她光亮的美发，含了辛酸的悲泪，说道：

"璞姑，你不要哭，你不要伤心呀。你之所以到今日的地位，完全是被环境所逼迫的，我明白，我知道，虽然我在狱中就猜到有这么的一回事，但我没有能力来救助你，我没有能力可以给你一个现实的帮助……唉，人生的变幻，原是像流水浮云一样的呀。"

"我也记得，当初我也曾经这么地回答你，我绝不会上人家的当。然而事到今日，我究竟是受了人家的欺骗，受了人家的玩弄。金大哥，我觉得太对不住你的了。"

璞姑想到第一次到狱中去探望他的情景，她忍不住又沉痛地哭泣不停。志毅听她向自己抱歉，因此心头愈觉难受。虽然自己在过去对她不免有情，而她对自己也素来亲热，不过我俩之间就没有明显表示爱的意思，为了自己，为了璞姑，大家少增加一些痛苦起见，所以志毅并不喜欢谈起过去的事。他把璞姑的身子又扶起来，低低地说道：

"璞姑，你不要说这些对不住的话……好在你如今的环境也不坏，只要他有真心爱你，我也觉得很安慰的了。"

璞姑听他这么地说，她又伏到志毅的肩胛上，失声地痛哭起来。志毅被她这么一下子举动，不免也引逗得泪如雨下，说道：

"璞姑，你别闹孩子气了，一味地哭泣，反叫人心中难受。我是原谅你的苦衷，而且我更同情你悲惨的遭遇，所以我并不会来怨恨你，何况我们原没有形式上的约定，当然更谈不到谁对不住谁的话了。不过凭你今天会到来瞧望我，我知道你确实爱我，爱的范围很广，所以我今日对于你的到来，我已经是感到够欢喜的了。璞姑，这消息是阿狗告诉你的吗？"

"是的……"

璞姑这才离开他的肩胛，流泪点了点头，接着又道：

"正因为你能同情我可怜我，所以使我心头更感到沉痛一些。况且……况且……我嫁的三爷，而又是你的仇人……他冤枉了你，他

114

痛打了你……我受恩于你，而再去嫁你所痛恨的人，这……叫我怎么对得住你？"

璞姑这几句话是正说到志毅的心眼儿上去，他觉得这一点子确实是自己心头无限遗恨的事情。不过他瞧了璞姑满颊是泪的粉脸，他心头又起了误会，以为璞姑今日到来的用意，就是叫我不要向张三爷报仇的意思。他惨痛地哭起来，点了点头，说道：

"璞姑，在我与你之间，也谈不上一个恩字。然而在我与张三爷之间，确实是种下了一层仇恨。我被他在地狱中受尽了痛苦、折磨、惨刑，我觉得这全是他的恩赐，在我心头是永远不会忘记他的恩赐，当然我是需要有一个报复的。但现在我把这报复的意思打消了，我为了你的终身幸福，我为了你的前途光明，我可以牺牲一切的委屈和痛苦，我总可以抹却了这生命中的仇恨。璞姑，你放心，你不用再痛哭了，我一切都能够原谅你的……"

不料璞姑听了志毅这一篇话，她更加捶胸大哭起来。志毅因为不了解她心中是什么意思，所以望着她倒是怔怔地愕住了一会子。璞姑哭了一会儿，方才说道：

"金大哥，你这些话，以为我今日到来，是向你求情不要再和张三爷报复了吗？唉！那我太痛心了，我太不成为是个有心肝的人类了。我为了自己的终身幸福，而使你抱恨终身，这是我所不情愿的。所以你不必因为我现在是嫁了三爷，使你打消了报复的主意。因为我之嫁他，绝不是我的甘心情愿。金大哥，你还没有知道我嫁他详细的经过吧，哥哥这些是不知道的，他当然不会尽情地告诉你……"

说到这里，遂把失身的经过向他诉说了一遍，并且又淌泪泣道：

"你想，我在已失身了之后，我还有什么办法吗？唉，我身子嫁给了他，我的心是永远不嫁给他的。今天到来，我是特地来探望你的病，可怜你竟变成这一副憔悴的情景了，推其原因而说，也不是我害了你的吗？"

说到这里，不禁又掩脸呜咽着哭泣不止。志毅听她这么地说，心中真有些奇怪起来，暗想：你这话是什么意思？难道你仍有爱我的意思吗？因此望着她倒又愕住了一会子。良久，方才说道：

"璞姑，你别哭了，我的意思，过去的事情不要再提了。我若向张三爷报仇，这间接地等于害了你的终身，所以我绝不忍心。我预备病完全好了之后，到外埠去找些事情做做，因为这儿已没有了我们容身之地。承蒙你今日到来探望我，我心里非常感激，总算在我离开故乡之前，彼此留一个纪念。可是我觉得很不好意思，因为我家中连一杯白开水都倒不出给你喝的。"

璞姑这才停了哭，收束了眼泪，逗了他一瞥哀怨的目光，伸手去摸他的额角，说道：

"金大哥，你别这么地说，虽然我今生不能嫁给你，不过我希望我们的友爱还是存在着。你此刻人觉得怎么样？热度还有吗？"

"热度在早晨就退去的，这几天病中，全仗阿狗弟来照顾我，否则，我真糟了。"

志毅把她按在自己额角上的手握住了，低低地回答。璞姑深深地叹了一口气，眼泪又涌了上来，说道：

"金大哥，你此刻饿了没有？我有饼干给你买来着，我拿给你吃几片好吗？"

她一面说，一面站起身子，走到桌旁，把饼干箱拿到床边，挣开了盖子，叫志毅拿着吃。志毅望着她粉脸，微微地一笑，说道：

"挺贵的，不是花费了你的钱？"

璞姑道：

"别这么地说，开水一些没有吗？否则，我冲杯牛奶你喝。这么吧，我给你拢旺了炭炉子，烧些水好吗？"

"不，璞姑，你穿了这么的衣服，别弄脏了。快不要拢炉子，再说我又怎么好意思叫你干活儿？"

志毅见她离开了床边，要去生炉子，遂向她急急地劝阻。但璞姑没有听从他的话，虽然这些事情是近半年不干了。她脱去了灰背大衣，放在椅子背上，依然很熟手地生旺了炭炉子，把铜勺子上的水搁到炉子上去。

志毅这时且不吃饼干，他掀开被，把身子跳下床来。璞姑也回过身子，忙走上来，蹲下身去给他把鞋子放好，在她的心中还有服侍他穿上的意思，一面说道：

"你怎么起来了？你拿什么吗？"

志毅对于她这个举动，心里有些过意不去，遂忙把她身子扶起了，拉住她的纤手，笑道：

"我不拿什么，因为睡腻了，我很想起身活动活动。"

"别起来吧，反正没有什么事，多休息一两天，身子也可以复原得快了。"

璞姑并没有挣扎他的握手，反把身子挨近了一些，含了妩媚的娇笑，是叫他躺下的意思。在当初璞姑身上是披了灰背大衣，所以对于她的身子还瞧不十分清楚。此刻她挨得那么近，志毅觉得璞姑这么一打扮之后，自然是格外艳丽了。不过这儿他有些奇怪，她的腹部还隆得那么高，因此自不免沉思了一会儿。志毅在沉思的时候，他当然忘记了回答。璞姑被他这一阵子呆瞧，心头这就难为情起来，粉颊上浮现了一朵桃花的色彩，一撩眼皮，羞涩地问道：

"金大哥，你干吗呆坐着出神？想什么心事吗？"

"不，璞姑，我今天心里非常高兴，所以我想起来在房中走走。"

志毅这才意识到似的摇了摇头，一面回答，一面已套上了鞋子，从床边站起身子来。璞姑听他这么地说，心里又欢喜又难受，暗想：你心里高兴，当然是因为我来瞧望你的缘故。不过今日一见之后，也不知何时再可相见。她心头又觉悲酸，由不得垂下粉脸来，轻轻地叹了一口气。志毅却没有理会到她在叹气，他摸索到桌边去坐下，向璞姑笑道：

"你随便地坐，我是不招待你了。"

璞姑见他这神情，当然明白他病初愈全身无力的意思，遂蹙了

117

眉尖，低低地道：

"我瞧你走路还勉强得很，所以我的意思，你还是到床上去躺着吧，别为了我的到来，把你又累乏了。"

"不会的，我坐一会儿很好。"

志毅微笑着摇了摇头，他把眼睛依然注意到她的腹部上去，接着他忍不住开口问道：

"璞姑，你身子是有了孕吧？"

璞姑被他这么地一问，连耳根子也羞得有些发红，而且在羞涩之中，也有些悲哀的成分，叹了一口气，却垂了头默不作声。志毅奇怪道：

"璞姑，为什么不回答我？你别怕难为情呀。"

"不，我倒并非怕难为情，我心里觉得难过……"

璞姑抬起头来的时候，她的眼角旁已展现晶莹莹一颗的了。

"这是什么意思？你有了身孕，那不是一件喜欢的事情吗？"

志毅没有了解她心中的意思，遂蹙着眉毛，向她惊讶地问。

璞姑听了，却回过身子去，把手帕掩着脸不作声。志毅虽然不知道她是在做什么，不过凭了她两肩一耸一耸的情景，就明白她是在哭泣了。她为什么要哭泣呢？志毅心中有了这么一个疑问之后，他感到璞姑的可怜，心头也慢慢地悲哀起来，情不自禁地站起身子，走到她的背后，在她肩胛上轻轻地一拍，低声儿说道：

"璞姑，你别傻了，好好儿的又伤心做什么？你应该明白，无论一件什么的事情，都是命中注定的。我觉得各有姻缘莫羡人的这句话是很有意思的，所以我并不怨恨你，而且我也并不伤心，所以你也根本用不到难受的。"

璞姑眼泪盈盈地回过身子，瞥见到志毅的脸颊上也沾了晶莹的泪水。她明白志毅口中说的话，和他心头是不相符合的。她感到自己可怜，同时更感到志毅可怜。因为凭着过去志毅对待自己情形而说，他确实是非常地爱我，就是我自己也很爱他，不料事到今日，竟惨变到这个模样。她情不自禁伸了两臂，投入他的怀抱，抱住他的肚子，又呜呜咽咽地哭泣起来。志毅被她一哭，自己也挥泪如雨，遂把她娇躯抱了一会儿，因为生恐把她衣服弄脏了，遂把她又轻轻地推开身子，破涕笑道：

"璞姑，你只管自寻烦恼，我觉得太没有意思了。况且你是有身孕的人，也不能一味地伤心呀。我谅解你的苦衷，我绝不怨恨你的无情，璞姑，我们说得亲热一些，从今我们就认个兄妹好不好？"

志毅说着话，把手帕又给她拭泪痕。璞姑因为他在竭力避免悲哀的发展，自己也只好挂着眼泪嫣然了，点了点头，秋波逗给他一个媚眼，说道：

"我本来不是叫你金大哥的吗？"

"是的，那么我现在也叫你一声妹妹了。"

志毅听了，在无限悲酸之余，总算在心头也激起了一些喜悦的意味，他忍不住也笑起来。两人挂着泪水相对微笑了一会儿，忽然听到一阵嗡嗡的声音。璞姑这才意识到似的回过身子去，笑道：

"真快的，一会儿水就开了。大哥，你坐一会儿，我冲牛奶给你喝。"

志毅见她此刻的表情，至少带有些天真的成分，这就暗想：她是个才十八岁的姑娘呀！唉，明年是可以做孩子的娘了。他感慨地叹了一声，回身又退回到桌旁去坐下了。只见璞姑把铜勺子的水先给他冲到暖水瓶里去，然后把牛奶听子开了一个小洞，用了一只玻璃杯子，盛了一些冷水洗濯过，然后倒了牛奶，冲下开水去。志毅觉得她做事情真够细心的，遂忙说道：

"妹妹，你自己也冲一杯。"

"我此刻很饱，真的吃不下。"

璞姑说着话，把床边的饼干箱和那杯牛奶已端到他的桌子上来。志毅欠了身子，笑道：

"妹妹，累忙了你，我真觉得不好意思。"

119

璞姑秋波逗了他一瞥哀怨的目光，低低地道：

"哥哥，你怎么说这些话？那你不是又不把我当作自己妹子一样看待了吗？况且我今天来的本意，原欲服侍你的病中，现在哥哥的病居然痊愈了，那我心中是多么欢喜呢！"

志毅因了她的多情，所以使自己心头又感到难受，但也只好微微地苦笑了一下，望着正在冒了气的那杯牛奶呆呆地出了一会子神。璞姑见他并不吃喝，遂把饼干取出十余块，放到他的面前去，笑道：

"吃吧，别想什么了。"

"那么妹妹也吃几片饼干。"

志毅这才把面前的饼干又递回过来四五片，向她微笑着回答。璞姑不忍拂他的情意，遂点了点头，坐在旁边，陪着他吃了几片饼干。过了一会儿，璞姑回眸瞟了他一眼，低低地问道：

"哥哥，你刚才对我说，要到外埠去做一些事情，不知道预备到什么地方去呀？"

"大概我想到上海去做事情，因为我从前几个同学，他们在银行界内听说很得意，所以叫他们介绍一个职业，比较容易一些。"

志毅放下牛奶杯子，低声儿回答。璞姑点头道：

"那么你几时动身？"

志毅沉吟了一会儿，说道：

"至少还得十天八天的工夫，因为我想在临走之前，把家中这些家私都变卖了，因为留在这儿也是没有什么用的。"

"哥哥，你难道往后不预备回故乡来了吗？"

璞姑听他这么地说，不禁蹙了两条弯弯的眉毛，向他急急地问。

"故乡……"

志毅苦笑了一下，接着又道：

"像我这么一个孤零零的人，也无所谓'故乡'两个字了。到了哪里，哪里就是我的故乡。天涯游子，本来到处为家的。"

璞姑听他这么地说，眼皮又慢慢地润湿起来，叹了一口气，说道：

"哥哥，你不要抱这么悲哀的观念，我的意思，你不要把这屋子里家具卖了，将来你回家的时候，我们也有见面的日子。"

志毅听她这几句话，方知她心中是包含了这一层意思，遂笑道：

"只要我有得意的一天，我当然会到这里来望望你的，所以对于这个家，原没有多大的问题。"

"那么你到上海之后，应该时常写个信给我，假使你怕不方便的话，你可以改换一个姓名的。我的意思，最妥当你可以冒称我的舅父，这样子就是你的信落在旁人的手中，那也不成什么问题的了。"

璞姑沉吟了一会儿之后，又向他低低地说出了这几句话。

"很好，我一定会照妹妹的意思办。"

志毅知道她要晓得我在上海的消息，完全是为了关怀自己的意思，遂点了点头，十分感激地回答。

经过这几句谈话之后，彼此又沉默了一会儿。璞姑见他已喝完了牛奶，遂站起身子，在铜勺子里尚剩有的开水，倒在盆内，说道：

"哥哥，你洗一个脸吧，想不到这半年来，你竟苍老到这个地步。"

志毅见她说着话，把脸盆水已端到桌子上来，遂伸手摸了一下胡须，望着她那种表情和举动，真仿佛是个贤妻的样子，笑道：

"那是因为没有理发剃胡须的缘故，我把脸修一修，大概也会好一些的。"

"那么你的剃刀放在什么地方？此刻就修一个面吧。"

璞姑听他这么地说，秋波斜掠了他一下，抿嘴嫣然地笑。

"我自己去拿……"

志毅点了点头，他似乎很高兴的样子，遂站起身来，走到床边那张小小五斗橱旁去。拉开抽屉，取了剃刀，又取了一面小圆镜，站到桌子旁来剃胡须。

璞姑站在他的旁边，瞧着他修面。这也真奇怪的，经过他把胡须剃去了之后，觉得他的脸果然又清秀英俊了许多，遂忍不住笑道：

"哥哥，我给你头发也梳一梳光齐，这样就好得多了，你坐下来吧。"

"不，我自己来吧，你凸了肚子，我怕累乏了你。"

志毅含笑摇了摇头，在这两句话中当然是包含了一些爱惜她身子的意思。璞姑红晕了娇颜，秋波逗给他一个妩媚娇嗔，却伸手把他拉着坐下，笑道：

"不会的，我喜欢给你梳头发，你别闹客气了。"

志毅心里荡漾了一下，他不忍拒绝她这一份的多情的意思，遂只好坐下身子来。璞姑把手巾浸湿了一些水，先在他头发上揩擦了一会儿，然后拿了一柄木梳，把他的头发斜对分开了，小心地梳得光溜溜的，笑道：

"哥哥，你可以对镜照了，和刚才比较起来，不是好像换了一个人了吗？"

志毅见她说着，还把身子走到自己的前面，秋波凝望了自己微微地笑，于是拿着小圆镜照了一会儿，也觉得和刚才躺在床上的时候判若两人，遂抬头望了她一眼，笑道：

"可见得一个人总要化妆化妆，那么才会清洁一些的。当时我睡在床上，瞧见妹妹进来，我也真的不认得了，糊里糊涂地还以为在做梦，梦见了天仙化人到我家中来了。"

璞姑听他这么地说，啐了他一口，羞涩地笑了。但不知有了一个什么感觉之后，她忍不住又轻轻地叹了一口气，低下了头，大有悲哀的神气。

志毅不解她什么意思，遂站起身子来，奇怪地问道：

"妹妹，为什么你又叹气了？难道我说错了话吗？"

"没有什么，你这话很对，一个人变换了样子后，真的叫人会认不得的。"

璞姑抬起头来，悄声回答。她眼角旁的两行热泪，已像蛇行般地简直淌了下来。志毅听她这么说，心中也觉有股子辛酸，遂走上一步，把她的手紧紧地握住了，柔和地说道：

"妹妹，你不要闹孩子气了，好好儿的干吗又伤心落泪？我不赞成大家再难受，妹妹，我们应该快乐地做一个人。"

"是的，哥哥，我不再伤心了。"

璞姑点了点头，她把手抬上去揉擦了一下眼皮，低低地回答。志毅见她擦泪的举动，还不脱是个孩子的成分，心里感到她的可爱，遂把她白胖的手摇撼了一阵，笑道：

"那么你应该对我笑一笑呀！"

其实笑一笑原也不是一件为难的事情，不过因为志毅既说明了，所以使她倒反而不好意思笑出来了。在竭力熬住了之下，而又感到志毅这话的有趣，所以在不知不觉中她由不得嫣然地一笑，秋波逗给他一个羞涩的媚眼，把身子又背过去了。

志毅觉得她这一笑，真有说不出的妩媚可爱，遂把她手拉了回来，笑道：

"妹妹，为什么？怕难为情了吗?"

璞姑摇了摇头，把他的手拉着，走向床边去，说道：

"哥哥，你不是起来好一会儿了吗？怕累乏了你，所以你此刻该躺一会儿了。"

"我倒不累什么，妹妹，你来了许多时候，不知张三爷会找你人吗？假使有些不方便的话，那么你就早一些回去吧。"

志毅在床边坐下了，放了她的手，望着她红晕的粉脸，很真挚的情意，向她说出了这几句话。璞姑撩上手腕来，见表上还只有四点过二十分，遂摇了摇头，说道：

"不要紧的，此刻还只有四点多些，我五点钟回去也差不多。哥哥，你晚上吃饭怎么样？我的意思，你病儿才愈，吃饭不消化，还是煮一些稀粥吃好吗？"

"这些我自己会料理的，再说我有了饼干吃，也不想吃晚饭，你不用为我操心了。"

志毅听她这样关怀自己，心里当然十分感激，遂把明眸脉脉含情地凝望了她一会儿，低低地说。璞姑听他这么地回答，忽然她想起昨天哥哥对自己说的话，暗想：莫非他米缸内真的已没有米了吗？这就凝眸含睿地沉吟了一会儿，乌圆眸珠一转，说道：

"哥哥，你坐一会儿，我到外面去买一些东西。"

志毅见她回身要走，遂把她手拉住了，说道：

"你要去买什么东西？妹妹，我们坐着多谈一会儿吧，你不要去买什么了。"

璞姑向他憨笑了一会儿，说道：

"我一会儿就来的。"

志毅见她这一种表情，心里就明白她出去买的东西至少和我是有些关系的，这就愈加不肯放松她了，遂笑道：

"妹妹，我正经地对你说，我在这儿原耽搁不了几天的日子，你不要给我买什么东西。"

璞姑想不到被他说到心眼儿上去，遂摇了摇头，只好也在床边坐下了，笑道：

"我并不给你去买什么东西，那么我们就谈一会儿吧。"

志毅见她和自己在床边并肩坐了下来，心里不免又荡漾了一下。望着她白里透红的娇颜，觉得婚后的璞姑真是丰腴得多、美丽得多。想不到这样一个美而贤的姑娘，会没有福气得她做心爱的妻子，思想起来，这还不是命运注定没有缘分吗？想到这里，忍不住又暗暗地叹了一口气。

璞姑见他望着自己出神，忽然又叹气了，心头也明白他至少是包含了一些悲哀的成分，遂睿锁了翠眉，向他柔和地安慰道：

"哥哥，你不要难受，你是个才貌双全的青年，眼前虽然很潦倒，这是因为时运不济的缘故。你的年纪轻啦，我相信你不久的将来，总有飞黄腾达的日子。到那时候，你还怕娶不到比妹子更美丽

124

更聪明的姑娘做夫人了吗？所以我祝福你，希望你前途有幸福的乐园。"

志毅听她这么地说，觉得她真是多情到了极点，遂把她纤手紧紧地握了一阵，感动地说道：

"妹妹，谢谢你的祈祝，我心里真是非常感激。不过，我也祝福你，妹妹永远地得到幸福和快乐。"

"是的，我也谢谢哥哥的祈祝，不过妹子生成是个苦命的人，只怕……"

璞姑说到这里，已经声泪俱落，再也说不下去。志毅慌忙把手去扣住她的小嘴，摇了摇头，说道：

"妹妹，你千万不要说这些使人伤心的话，我以为妻妾是一个名义而已，只要他真心爱你，那你当然永远地可以得到幸福的。"

璞姑也许内心感动得太厉害的缘故，她情不自禁地倒入志毅的怀抱，仰了满颊是泪的粉脸，瞟了他一眼，说道：

"哥哥，我们兄妹俩这样亲热的举动，也许是可能的吧。"

志毅没有作答，把手指抹着她脸上的泪水，他自己眼眶子里的热泪也扑簌簌地落了下来。两人相依相偎地亲热了一会儿，璞姑大有依依不舍的意思。倒是志毅再三地催促她道：

"妹妹，已经五点快到了，你回去了吧。"

璞姑遂只好点头答应，她拿过皮包，在里面取出两叠钞票，塞到他的手里，说道：

"哥哥，这些你暂时用一用，在你动身离开故乡之前，我也许还会来瞧望你一次的。"

"不，妹妹，我怎么好意思拿你的钱？"

志毅拉住她的手，把钞票要还给她，低低地说。

"哥哥，你若认为我是你的亲妹子，那么你就给我拿着用。否则，我就立刻拿了走。"

璞姑鼓着小腮子，秋波逗了他一瞥怨恨的目光，很生气似的说。

"妹妹，我太感激你了。"

志毅感动地回答。

"哥哥，你别客气了，那么我走了。"

璞姑知道他已接受了的意思，这就掀着酒窝儿，又嫣然地笑起来，一面说，一面披上大衣。志毅站起身子，欲送她的样子。璞姑却拦住了他，志毅没有办法，只好又在床边坐下，目送她的情影在门框子里消失了，他忍不住又微微地叹了一口气。

璞姑回到家里，还只五时一刻，芳心颇为安慰，因为三爷总在六点以后回家的。不料事情出乎意料之外的，徐妈告诉她，三爷今天回家已有一个多钟点了。璞姑听了这个消息，也不知为什么缘故，她那颗心灵立刻像小鹿般地乱撞起来了。

第八回

施虐弃妇　断肠人泣断肠人

金宝对璞姑说到镇上去探望姨妈的话，这当然不是真实的事情。她在大街上兜了一个圈子，三点钟的时候，就匆匆地赶回到家中去。徐妈见了，很奇怪地问道：

"太太，你怎么就回家来了？"

金宝道：

"我忘记带一样东西，二太太在家中吗？"

徐妈道：

"二太太一点一刻光景出去的，她说到大街上去买些东西，却还没有回来。"

金宝心中明白，暗暗地沉吟了一会儿。徐妈不解似的问道：

"太太，怎么啦？你不是说忘记带样东西了吗？为什么呆住着出神呀？"

金宝听了，把徐妈悄悄地拉到床边，说道：

"徐妈，你以为二太太真的到街上买东西去的吗？我在大街上是碰见她的，不过她却没有见到我。"

"那么二太太在大街上做什么啦？"

徐妈用了惊异的口吻，向她低声地问。

"唉！真是知人知面不知心的，三爷待她这么好，想不到她还负心三爷呢！"

127

金宝微蹙了眉尖，故意先叹了一口气，表示很感慨的神气。

"太太，我不懂你这个话，二太太在大街上到底做些什么事情呢？"

徐妈听这语气有些不对，遂益发感到稀罕地追问。金宝遂附了她的耳朵，低低地告诉了一会儿，并且又叹道：

"这是有关三爷名誉的事情，所以我不得不做一个郑重的考虑。不过我若向三爷告诉了，三爷定会疑心我搬弄是非的了。"

徐妈听了这样的话，不免有些为难的神色，搓手道：

"不过这儿尚有一个问题的，二太太是否真的在金先生家中？万一没有，那我不是有谎报诬告的罪了吗？况且二太太一向又是三爷心爱得宠的人，叫我真有些不敢管闲事的。"

金宝笑了一笑，说道：

"你也太胆小了，我若不能肯定二太太在金先生家中的话，我也绝不会叫你冒险管这些事了。你放心，万事都由我一个人会担当的。徐妈，这一百元钱我给你买些东西，你千万要接受的。"

金宝说到这里，她在皮包内取出一叠钞票，悄悄地塞到徐妈的手里去。

说也奇怪，徐妈见了这一叠花花绿绿的钞票之后，她的胆量会立刻壮了许多，于是眉开眼笑地还故意把钞票退回过去，低低地道：

"我们受了三爷的厚恩，原该给三爷尽忠管事的。二太太这样不知廉耻，真也太没有心肝。不过你叫我怎样向三爷报告，我委实不知道，最好请太太教我一下。至于这些钱，我实在不敢接受太太的。"

金宝听了这话，知道有了意思，遂笑道：

"徐妈，这些钱，你只管收下。至于如何报告三爷的话，只消如此如此，那就很妥当的。"

一面说，一面附了她耳朵又低低地告诉了一会儿。徐妈连连地点头，说道：

"准定这么办，那么事不宜迟，我这时立刻就到厂内去好吗？"

金宝当然说好，两人于是一同出门，在门口方才匆匆地分手了。徐妈一口气奔到新民纱厂，门役阿根见是经理家中的仆妇，遂即把她带到经理室内来。张三爷突然见了徐妈，心中好生奇怪，遂忙问道：

"徐妈，你做什么来？家中发生什么意外的事情了吗？"

徐妈回头见阿根已退出门外去了，遂步近写字台旁边，低低地道：

"三爷，我告诉你一件事情，可是你听了之后，千万不要生气。"

"啊！是什么事情？"

张三爷放下手中的雪茄，他吃惊似的急问，脸已经有些转变了神色。徐妈竭力镇静着态度，故意支吾了一会儿，方才低低地告诉道：

"事情是这样的，下午吃过了饭，大太太到镇上姨妈家中去了，家里只剩了二太太一个人。不多一会儿，忽然来了一个姓金名叫志毅的男子，他要见二太太，我不知他是什么人，遂只好告诉了二太太，不料他们一见了面，就抱头大哭起来。姓金的说有许多的话要跟二太太商量，要二太太跟他到家中去一次。二太太没有拒绝他，向我叮嘱好生看守在家，他们便匆匆地走了。我瞧此情景，觉得事情有了蹊跷，生恐发生什么意外的变化，所以只好向三爷急急地来报告了。"

张三爷对于这些话不听犹可，既听到了之后，心中这一气愤，真所谓暴跳如雷，不禁把手在桌子上狠命地一拍，问道：

"你这些话可真的吗？那么大太太可曾知道这一回事情吗？"

"大太太先走出一步，她当然没有知道。这些完全是真实的事情，如何能够编造的吗？"

徐妈听他这么地问，因为三爷的神情是大为震怒，所以心头也由不得害怕起来，竭力镇静了脸部的表情，向他认真地回答。张三爷点头愣住了一会儿，然后向她挥了挥手，说道：

"我一切都知道了，你回家去吧！"

徐妈心里怀着鬼胎，在退出经理室门之后，方才有些懊悔，觉得这事情到底是太冒险一些的了。张三爷待徐妈走后，遂把雪茄又衔在嘴里猛吸。他站起身子，低了头，只管在室中团团地打圈子，一面暗暗地思忖着道：不错，照算已有六个月的日子，当然金小子是可以出狱的了。他出狱之后，竟敢大胆地来找璞姑说话，可见他们在从前确实是发生过关系的了。怪不得璞姑腹部这么隆高，那么说起来这竟是姓金的种了。想到这里，把脚在地板上连连地蹬了两下，恶狠狠地道：

"可杀！可杀！这真是可杀之至！"

一会儿，他又想起璞姑那夜醒后打自己耳刮子的情形，也觉得璞姑并没有爱我的意思。现在她所以会顺从我，也无非贪享富贵罢了。这样不知好歹的女子，我竟把她当作活宝样地看待，那我不是太成个屈死了吗？张三爷越想越气，越想越恨，他的脸由红变青，由青转白。他把手中的烟尾恨恨地丢到地板上去，猛可拉开经理室的门，意欲带领汤大彪等众人前去捉奸。但转念一想，家丑不可外扬，我不能起大队人马前去的。我且独个儿偷偷地去窥测他们一下情形，究竟在做些什么勾当，然后再把毒辣的手段对付他们是了。张三爷想定了主意，遂竭力忍熬住了三丈的怒火，不动声色地一个人到金志毅家中来偷窥仔细了。

张三爷对于金志毅的家里原很熟悉，当他在志毅门口偷窥的时候，齐巧璞姑在给志毅梳头发。三爷见两人柔情蜜意，宛然像一对两口子的模样，他益发肯定两人是有暧昧之情了。照三爷的脾气，恨不得奔进里面，就把两人一个一个地打死。不过他知道志毅是个体强力壮的青年，自己万万不是他的对手，若奔进去打他们，恐怕反而要受他们亏的。张三爷倒有这一股子忍耐性，他到底咬牙切齿地离开了门口，也不到厂里去，就愤怒十分地先回到家中来了。

徐妈在家里是像热锅上蚂蚁一样不安静，因为姓金的来找二太太这一回事，究竟是凭空虚构的。万一二太太向三爷极口地声辩，事情闹僵了之后，那我还能再做人了吗？徐妈有了这一层忧愁之后，她那颗心像十五只吊水桶一般，七上八下地跳跃不停。在经过半小时之后，忽然见三爷铁青了脸回家了。她因为心虚的缘故，所以格外害怕，忙着倒了一杯茶，连一句话也都不敢开口了。张三爷在沙发上坐下了，望了徐妈一眼，问道：

"大太太还没有回家吗？"

徐妈小心地回答道：

"是的，大太太原和二太太说过，她也许今天要在姨妈家中吃过晚饭后才回家的了。"

张三爷"嗯嗯"应了两声，取了一支雪茄烟，又燃着了火猛吸着。徐妈意欲问一问三爷可曾到金先生家中去探望过，可是又不敢问，因此也只好悄悄地退到楼下厨房里去料理家务了。在五点一刻的时候，徐妈听有人敲门的声音，慌忙开门去瞧，正是二太太回来了。两人见了面，各怀鬼胎，都吃了一惊。璞姑先问道：

"三爷回家了吗？"

"三爷回家已一个多时钟了，二太太，你怎么去了这么多时候才回来呀？"

徐妈见她眼皮有些红肿，好像哭过了的样子，脸上也有些惊慌的神色，这就低低地回答。璞姑一听三爷已经回家，她一颗芳心的吃惊，已经像小鹿般地乱撞起来，红晕了两颊，一时也不及回答她，遂三脚两步地奔到楼上去。在将到房门口的时候，她站住了步子把心定了一定，然后拿手帕揉擦了一下眼皮，装出一些没有事情般的神气，慢慢地跨进卧房，只见三爷坐在沙发上，兀是猛吸雪茄，在地板上已吸了许多烟蒂头了。从这一点子瞧，可见他心中是这一份的烦恼了，因此掀着酒窝儿，堆了满面的娇笑，柔和地叫道：

"三爷，你今天怎么回来得这么早呀？"

在平日，三爷对于璞姑的一颦一笑，真是有说不出的美丽和好看，然而此刻他见了璞姑这副媚人的笑容，在他心头是更会增加了无限的怒火。他心里想：你这个不要脸的贱货，还想来假情假意地迷恋人吗？他起初还竭力忍熬住了，想暂时地不发作，后来他耳边仿佛有人在嘲笑他，你是屈死呀！你是乌龟呀！张三爷简直有些忍无可忍了，他猛可地站起身子，把手中的烟尾一丢，抢步上去，挥手就在璞姑的颊上啪啪地打了两下，大骂道：

"我先打了你这个不要脸的东西！再向你说话！"

璞姑心中虽然有些担忧，不过对于三爷这样冷不防的举动还是所意想不到的。因为自己是心虚的缘故，所以被他打得倒退了两步，倒是怔怔地愕住了一会子。但自己总不能够不回答一句话的，所以她捧了脸颊，眼泪汪汪地问他道：

"三爷，你发疯了吗？我做错了什么事情，你要给我这么的委屈受呀？"

假使单凭了徐妈这几句话的告诉，张三爷倒还不至于这么愤怒，因为传闻之说到底不能太以相信的。如今张三爷在志毅家门口亲眼目睹，这可说再确实也没有的了。现在听璞姑还要嘴硬，而且骂自己疯了，他心中这一愤怒，真的要疯狂起来的神气，更不答话，立刻伸手一把抓住璞姑的头发，顿时拳脚交加，似乎恨不得把她打死的样子。

璞姑是个娇弱的姑娘，如何受得了他这么暴力地虐待，因为身子早已被他打倒地上去了，一面呜呜地大哭起来。张三爷既把她打倒地上，心中似乎还不够消去心头的愤怒，把脚还向璞姑身上狠命地乱赐，大声地骂道：

"你这贱货！你给我滚！你给我去死！你……给我快些去自绝了吧！"

璞姑被他这一阵子痛打之后，又听他这么地大骂，因为受委屈太过了分，使她心中反而减少了心头的伤悲，而激起了怨恨的愤怒。

这就停止了呜咽，柳眉倒竖、杏眼圆睁地怒视着他，冷笑道：

"你打得好！你打得狠！我滚不要紧，我死也不要紧，但是你得说一个理由给我听，我到底做错了什么事，要受你这么地毒打？你说！你说！"

张三爷听她兀是一味地嘴硬，遂狞笑了一会儿，说道：

"你还要我说吗？我瞧还是省省吧！我只要问你一句话，你刚才在什么地方？"

璞姑听他这么问，暗想：这真奇怪了，这谁告诉他的？因为我到金大哥家中去，原没有一个人知道的呀。不过事到如此，我也无瞒骗之必要，反正我们正大光明，并没有一些苟且的行为。想定主意，遂从实说道：

"我在金大哥那里瞧望他的病，因为他为了我家的事情，而累他关了六个月的监狱，我是个有心肝的人，能不去望他一次吗？我正大光明地去望他，又有什么丢脸的地方？你听信了谁的谗言？竟不管一切地下此毒手痛打我？你……你的良心在什么地方呀？……"

璞姑说到这里，因为痛心到了极点，忍不住又放声大哭起来。张三爷哈哈大笑了一阵，戟指骂道：

"放你的臭屁！什么正大光明？我亲眼目睹见你在他家中那些无耻的行动，你还说正大光明吗？要知道你已嫁给了我，你还能和别个年轻的男子这么亲热吗？老实地说，你和这金小子早已发生关系的，你这腹部的孩子也绝不是我养的。你这贱人！你给我快滚，你快给我死去！"

璞姑听他这样地衔血喷人，因为惨痛过了度，她也失常地大笑起来，一面挣扎着站起身子，一面怒视着三爷，痛心疾首地骂道：

"你这侮辱女性的魔鬼！我被你强迫失了身子，委曲求全地给你做了小妾，你现在把我玩厌了，你就这么地冤枉我不要我了吗？哼！哼！你简直是个没有心肝的走兽！"

"什么？什么？你有了外遇，你还骂我？你这不中抬举的贱货，

133

我把你打死了抵命！你……"

张三爷听她居然也这么地大骂起自己来，他气得铁青了脸，猛可地赶了上去，伸手又抓了她的头发，狠命地痛打。

璞姑这回虽然也竭力地抵抗挣扎，然而她一方面固然是个女子，而一方面又有身孕的人，所以如何是三爷的对手？被三爷掀在沙发上结结实实地打了一个够。可怜璞姑虽然贫苦，自落娘胎也没有被父母打过一顿，如今在三爷暴力欺压之下，她竟成俎上之肉一样悲惨了。

张三爷还在发狠似的痛打，不料金宝却急杀地奔了进来，连忙把三爷拉开了，抱住了璞姑，故作伤心同情的样子，问道：

"三爷！这……这是怎么的一回事？你也不是个武夫，怎么不问情由地能够打人呢？唉！你们是如何吵闹起来的呀？"

璞姑一见了金宝，仿佛见了亲姊姊一样，她倒入金宝的怀内，忍不住惨痛地哭泣起来，叫道：

"姊姊，冤枉呀！冤枉呀！我是要被他打死了！"

"你问她自己吧！这是实实在在的事情，你还要呼冤枉吗？你这贱妇，你这不要脸的东西！你给我死去好了！"

张三爷倒也铁打心肠的，他在桌子上拿过一柄小刀，掷到璞姑的面前，是叫她去自绝的意思。金宝见璞姑头发散乱，脸上尚有丝丝伤痕，且沾了无数的泪痕，愈觉惨然可怜。因为她还一味地向自己亲热，不时由不得良心觉悟，忙把小刀拾起丢了，拍着璞姑的身子，故作不明白地问道：

"妹妹，你告诉我吧，是怎么的一回事呢？"

璞姑一面哭，一面把自己到金志毅家中去探望一次的话，向她从实诉说了一遍，并且哭道：

"姊姊，想不到他竟这么狠心，一些不顾全夫妻之情，竟下此毒手乱踢乱打。姊姊，若不是你到来把他拉开，我真的被他要打死了。姊姊，他叫我死，我也并不可惜，反正一个人总要死的，但我死得太冤枉了，我做鬼也是不甘心的咧！"

说到这里，又心痛地哭泣不停。张三爷冷笑了一声，说道：

"你巧辩得好，是你去找他，还是他……"

金宝生恐他说出徐妈报告的话，遂急忙拦阻他说下去，怨恨地道：

"三爷，你绝不要再说了，妹妹纵然做错了事，但被你打得这个样子，你也太残忍的了。"

一面说，一面也淌下泪来，她的泪完全是良心发现而流的，拍着璞姑的身子，叫道：

"妹妹，你别哭了，我给你们好好儿地调解吧，事情总有个明白的时候。唉，想不到我到姨妈家里去一次，你们就会闹出这些事情来。我为了心里放不下，所以晚饭也来不及吃，急急地赶回家中来，谁知你们已闹到这个地步了……唉……"

金宝这几句话，是解释自己所以在此刻突然回家的缘故，因为自己曾经说是晚饭后才回家的。不过这时候张三爷和璞姑根本不曾注意她这些话，一个只管呜呜咽咽地痛哭，一个兀是恨声不绝地愤怒着。金宝抱了她身子，正欲再向她安慰，璞姑忽然脸色惨白地偎住了金宝，"哎哟"了一声，叫道：

"姊姊，我的腹部被他踢伤了，疼痛得厉害……呀！我下面已流红了，只怕要小产了。"

金宝听她这么地说，又见她脸额上冷汗直冒的情形，芳心也不免大吃了一惊，"哎哟"地叫道：

"那可怎么好？……那可怎么好？……"

张三爷见花朵一般娇弱的璞姑，被自己打得这一份悲惨的模样，此刻骤听了这个消息，他也由不得懊悔起来。因为女子因受伤而流产，这对于生命是件非常危险的事情。在当初打的时候，无非一时的愤怒，此刻在既打出祸水来了，他到底又肉痛了。不管璞姑是否爱上了志毅，她究竟和自己结合已有半年多的日子了，于是也急急地道：

"那么快些送医院去吧，我叫阿三备汽车去。"

一面说，一面把身子已向房外直奔了。金宝也觉得事情陷入了严重的阶段，万一璞姑因流产而丧失了性命，这对于自己到底是太伤阴骘一些了。在金宝的初意，无非是为了争宠，想不到现在弄出人命案子来，在金宝还算是个胆小的好人，所以她也急得脸无人色，忙把她身子抱起，叫道：

"妹妹，你此刻觉得怎么样？我们快快到医院里去吧！"

"姊姊，我痛得厉害，红也流得很多了。"

璞姑脸白如纸，汗如雨冒，她紧锁了眉尖，表示忍熬不住的样子，接着又道：

"姊姊，三爷太狠心，假使这次因流产而死了的话……是……他杀了……我……一样的……"

金宝对于她这几句话，仿佛是一枚锐利的箭刺痛了她的心一样难受。她再也忍熬不住地把泪水扑簌簌地滚了下来，一面把她身子扶着向楼下走，一面哽咽着道：

"妹妹，你不要害怕，你放心，就是流产了，对于生命也是没有关系的。况且早些送医院，医院会把你止住的。"

璞姑听她这么地安慰，心头才算放下了不少。两人到了楼下，张三爷已叫阿三把汽车备好。金宝正欲把璞姑扶上汽车的时候，忽然见阿狗急急地奔来。他见妹妹这么狼狈悲惨的情形，心中大吃了一惊，遂急急地问道：

"哎哟！妹妹，你……你……这……是怎么的一回事呀？"

璞姑见了阿狗，不觉悲从中来，叫了一声哥哥，忍不住又失声地哭泣起来。张三爷有些恼恨的样子，瞪了他一眼，喝道：

"阿狗！你到这儿做什么来呀？"

"我……我……是听了厂内的吩咐，来请三爷到厂里去有事情商量呀！"

阿狗见张三爷声色俱厉的神情，他有些感到害怕，遂口吃似的回答。张三爷知道是为了厂里的公务，遂点了点头，向金宝道：

"你把她先送到美伦医院去急救，我回头再来探望你们。"

这里金宝扶着璞姑跳上汽车走了，张三爷带着阿狗也回到厂里去。阿狗到了厂里之后，既不敢问三爷，妹妹到底为什么要送到医院里去急救，但心中又觉十分纳闷，暗想：昨天妹妹对我说，今天她自己会到金大哥家中去探望他的病，不知道已经去探望了没有？为什么好好的连她自己也要送医院去了呢？阿狗心中有了这一个疑问，所以他一等到厂中放了工，他便匆匆地到金志毅家中来。

志毅待璞姑走后，他躺在床上静静地养了一会子神，心里想着璞姑那种多情的举动，不免有些喜悦的意味。但是在喜悦之中，多少也带有些悲哀的成分，自语了一句我太没有这个福分了，忍不住深长地叹了一口气。

天色渐渐地已经黑了下来，室中模糊得已瞧不清楚一样家具了。忽然听阿狗的声音，急急地震破了这寂静的空气，叫道：

"金大哥！金大哥！你睡着了吗？"

"没有睡着，阿狗弟，你放工了吗？"

志毅很快地从床上坐起来回答他。

"为什么不亮了灯火？"

随了阿狗这一句话，室中已由浓黑而显出暗淡的光芒来。志毅见阿狗脸色慌张的神气，心中有些感到吃惊，遂问道：

"阿狗弟，你有什么事情找我吗？"

"是的，金大哥，我问你，今天妹妹到你家中来过吗？"

阿狗走到床边，望着志毅的脸蛋，继续地追问。

"来过了呀，怎么啦？阿狗弟，你快告诉我。"

志毅听了这话，他有些惊心肉跳的感觉，立刻猛可地跳起床来，他在担忧璞姑回家后会发生什么意外不幸的变化。阿狗道：

"我也不知道为什么缘故。大概五点三刻左右，我听了厂长的吩咐，到三爷家中去喊他到厂有事商量。不料在三爷门口，见金宝姊扶着我妹妹跳上汽车去。只见妹妹头发散乱，脸有伤痕，一见了我，便眼泪鼻涕地向我叫了一声哥哥，她哇的一声哭了。我正欲问妹妹为什么事情，三爷却拦阻我问为什么到来，我告诉了缘故之后，三爷就叫金宝姊把妹妹送到美伦医院去急救，一面把我带着到厂里去了。金大哥，妹妹从你家走出是几点钟？她……她……不知到底为什么缘故吗？"

志毅听阿狗还来问自己，觉得他真糊涂得可怜，遂忙说道：

"那么你干吗不向三爷问一个详细呀？你妹妹五点钟走的，她如何要送医院急救？奇怪……啊哟！你怎么说她脸有伤痕？难道被什么人打伤？抑是在路中被车辆撞伤的吗？"

志毅一面说话，一面心中是不停地思忖，所以他后面的话，都是他心里起的疑窦。阿狗道：

"不过我是在三爷家门口遇见他们的呀！"

志毅明白他这话就是辩明她也许不是被车子撞伤的，他心中起了无限的疑惑。在志毅的耳边，似乎有人在告诉他，莫非为了探望我的病被三爷知道而所以使他们吵闹起来的吗？于是他很快地跳下床来，披上了那件人字呢的西服大衣，拉了阿狗的手说道：

"我们到美伦医院去瞧望她吧。"

"但是金大哥……你是有病的人呀！"

阿狗按住他的身子，皱了眉毛，低低地说。

"不，我没有病，我已完全好了。"

志毅说着话，拉了阿狗的手，早已飞步奔到屋子外面去了。阿狗似乎也感到一个有病的人绝没有这么的气力，因为自己身子是被他直拖了出去的，心中暗想：金大哥的病真已好了。志毅一路上自有许多的考虑，所以在既到了医院门口的时候，他对阿狗说道：

"你先进去问明了病房的号码，看看什么人在你妹妹病房里没有？你快些出来告诉我。"

阿狗答应，遂匆匆地走进里面去了。志毅心中的意思，因为假使真的是为了探望我病而使他们感情破裂，吵闹起来，那么我此刻冒昧前去，万一张三爷也在病房中，这当然有许多的不便，所以叫阿狗先进去探望，这也是志毅心细的地方。

大约有了十五分钟之后，阿狗急急匆匆地奔出来，说道：

"啊哟！金大哥，我妹妹被张三爷打伤了腹部，所以已经流产了。"

"啊！真的吗？此刻病房内有什么人吗？"

这消息刺痛了志毅的心，他"啊哟"了一声，脸已变成了灰青的颜色。

"一个人也没有，我们进去瞧望她好了。"

阿狗一面回答，一面已和志毅向病院内奔进去。阿狗因为有了第一次的探问，所以他是相当熟悉，陪伴志毅走进五号的特等病房。静悄悄的，只有璞姑一个人躺在病床上，在她毫没血色的脸颊上是沾满了无数晶莹莹的热泪。

"妹妹，你莫非是为了探望我而所以被他打的吗？"

志毅走近了床边，颤抖地向她急急地问。璞姑见了志毅，真是心痛已极，忍不住失声地哭泣起来。志毅、阿狗被她一哭，泪水也纷纷地抛了下来。志毅伏下身子去，把手去摸她的手，说道：

"妹妹，我害你的了。"

璞姑哭了一会儿之后，遂停止了呜咽，摇摇头说道：

"哥哥，你别那么地说，你是有病的人，你怎么能够起身就走到外面来呢？回头吹了风，又累病了怎么好？"

"妹妹，你还顾虑我呢！想不到他竟有这么心狠，把你打得这样可怜！"

志毅听她还这么地说，因为被情感激动得太厉害一些的缘故，他抚摸着璞姑伤痕的粉脸，忍不住已失声地哭了。璞姑的泪水也像蛇行般地直流了下来。忽然她倒竖了柳眉，圆睁了杏眼，冷笑道：

"他……这丧失心肝的奴才，他……是我们女界中的恶魔……他哪里把我们女子当作一个人看待吗？不知道是谁告诉了他，他亲自到你家门来偷窥过，冤我们有了苟且的行为，他不问情由地痛打我，我……已流产。"

志毅的心中是错综着悲痛和愤怒的成分，摇了摇头，说道：

"妹妹，这是我害了你的，叫我心中如何能对得住你？你现在身子觉得怎么样？好像有些热度呀！下面的血不知道可曾止了吗？"

璞姑淌泪道：

"血已经止了，不过热度很盛，医生说，因为这是硬伤，所以生命颇为危险。假使我因此而死了的话，哥哥总得给我报仇，出我心头一口气。"

志毅的心是寸碎了，志毅的肠是寸断了。他点了点头，摸着她的手，说道：

"妹妹，你放心，你也不要担忧，流产也不至于一定会发生生命的危险，你应该放了胸怀静养着，慢慢自然会好起来的。"

"是的，我听从你的话，我不再担忧。呀！总而言之，我的命太苦了！"

璞姑点了点头回答，她的泪水又扑簌簌地淌了下来。志毅说不出什么话来才好，他陪着璞姑默默地淌了一会儿泪。因为见璞姑的眼皮微微沉合上了，似乎有些倦怠的样子，遂不敢和她多说话，离开了床边，离开了病房。阿狗叫道：

"金大哥，你走了吗？你上哪儿去？"

璞姑听阿狗这么地叫，遂又微睁了星眸，也叫声金大哥。阿狗忙赶了出去，把志毅衣袖拉住了，说道：

"大哥，妹妹喊你，有话跟你说哩。"

志毅遂又走到了床边，璞姑望了他一眼，问道：

"你回家了吗？"

志毅点头道：

"是的，你好好儿养息着，我明天也许还会来瞧望你的。"

璞姑道：

"你是有病的人，原该早些回家去休息了。不过明天你也不用来了，因为我怕三爷还会害你的。"

"我知道，但我倒不怕他再来害我……"

志毅一面点头回答，一面回身又欲出房的样子。璞姑向阿狗道：

"哥哥，你送金大哥回家吧。"

阿狗答应，遂匆匆地跟着志毅走出了医院的大门，见志毅并不向前走路，抬头望着黑漆漆的天空，没有月亮，没有星光，他惨然地叫道：

"天哪！什么时候才会光明来临呀？"

"金大哥，总有这么一天吧，我们回家了，夜风吹得紧啦。"

阿狗悄悄地回答，拉了他的衣袖，话声是包含了凄悲的成分。志毅回眸过来，望了他一眼，发狂似的笑起来，说道：

"是的，总有这么的一天，光明会在我们眼前展现。阿狗弟，你且先回家去，我还要去买些东西。"

"那么我给你去买吧，你还是早些回家休息的好。"

阿狗见他失常的神情，他心中有些惊异，望着他满含了杀气的脸，好意地回答。

"不！你也许买不来这个东西，我是凭了我这一身的胆和勇，去调换他的一条命。"

志毅的眼睛已发出了绿的光，他咬牙切齿地说，拳头在他的左手上猛击。

"什么？金大哥，你……"

阿狗惨白了脸色，全身在瑟瑟发抖。

"别害怕，阿狗弟，胆子放大一些。我今夜这一去后，明天也许不会再回来。对你说，把我的家中东西全卖了，医治你妹妹的病。我们再见！"

141

志毅见他发抖的样子，他笑起来。在说完了这几句话之后，他的身子已在黑暗中消失了。阿狗拉他不住，他连连叫了两声，眼泪已大颗儿落下来。这时风愈加吹得紧了，天也愈加地昏暗了。怒吼吧！在这黑暗世界的夜里！

第九回

设计赚恶棍痛报此仇

"三爷，别闷闷地坐着了，还是早些吃晚饭了。"

从医院里回家，徐妈已开上了晚饭。金宝见张三爷坐在沙发上只管皱了眉毛吸雪茄，遂含了柔和的笑容，向他低低地说。张三爷摇了摇头，说道：

"我也吃不下什么东西，你一个人先吃好了。"

金宝听他这么地回答，遂微微地叹了一口气，故意俏皮地道：

"既然此刻要肉痛难受，刚才何苦发这么大的脾气？就说妹妹真的和金先生有关系，你把她赶走了也就完了。现在妹妹受苦，你自己又气坏了身子，这不是很不值得吗？"

金宝后面这两句话正是从她心眼儿里说出来的，因为在她的本意，也只希望把璞姑赶出，倒并非要把璞姑置之死地的存心。张三爷听她这几句话，遂抬起头来，冷笑了一声，说道：

"我真不会去肉痛她这个不要脸的东西！她肯死了，倒也干净的。天下女子难道就只有她一个不成？"

这几句话听到金宝身为女子的耳里，未免有些刺心，遂微红了两颊，逗给他一个怨恨的目光，说道：

"那你也太狠心的了，爱的时候像珍宝，不爱的时候又像粪土了。唉，叫我听了，心里感到有些害怕。"

说着话，大有盈盈泪下的样子。张三爷也觉得自己这话未免失了检点，于是忙站起身子，走到金宝坐着的沙发上坐下，拉了她的纤手，笑道：

"你这话奇怪了，你害怕做什么？我究竟不是个蛮不讲理的人，无缘无故，难道就会狠心打她了吗？她给我戴绿头巾，那么她难道不狠心吗？照理，我这么地爱她，她也不应该再背我去找金小子呀！况且金小子又是我的仇人，假使你换了我的地位，你心中恨不恨呢？所以今日的事情，绝不是我的心肠硬，完全是她的心肠狠。唉，我把她从地狱中捧到天堂来，真是白费了我一场心血。"

金宝虽然设计陷害了璞姑，不过在她和璞姑到底没有什么怨仇，所以听了三爷的话，心中不免有个反感，觉得他此刻的难受，倒并非为了璞姑性命危险，完全是可惜自己白费了一场心血。从这一点上猜，可见他把我们女子真不当一个人看待了。她似乎有些痛悔自己手段的阴险，因为在良心问题上说，自己确实是太罪恶了一些。万一璞姑因此而丧失了生命的话，那简直是我害死了她。想到这里，她有些难受，难受的是三爷绝不是个多情的人，我为了要博得一个女界中魔星的宠爱，而竟残害女界中的姊妹，换句话说，还不是在残杀自己一样的吗？金宝才算是想得明白了，她的热泪已从眼眶子里扑簌簌地溢了出来。

"咦！你真有些发痴了，为什么这样伤心？"

张三爷见她并不作答，却反而淌起眼泪来，这就望着她粉脸，不解似的问她。接着，他又像明白过来般的，把她娇躯拥抱到怀里，吻着她的面孔，笑道：

"金宝，你不要以为我打了璞姑，使你也害怕起来吗？这是你错了，只要你不先变心，我如何肯虐待你呢？好太太，你快别伤心，我以后决定只守着你一个人是了。"

金宝听他这么地安慰，因为在他的话中，确实有不再爱璞姑的意思，那么自己的计划可说是成功的，痛悔也不过一时之间，所以此刻她不免又欢喜起来。白了他一眼，还鼓着小嘴儿故作生气的样子，说道：

"我承蒙你这么地爱我，我还会变心吗？照情理上说，妹妹若真有爱上金志毅的话，她受打也是应该的。不过我伤心的是三爷好容易地在妹妹身上怀了孕，现在又流产，那不是太可惜了吗？"

张三爷忍不住哈哈地笑了一阵，说道：

"你又先说呆话了，我们年纪到底不是五六十岁了，往后日子正长，你难道就不会生育了吗？老实地说，她腹中的孩子，也绝不是我养的，你不记得两个月前你说她腹部隆高得五六个月可以瞧吗？当时我也有些疑心，此刻想来，这孩子还不是金小子在入狱之前就给她养进的吗？哼！这是野种，我倒希望她流产了干净。"

金宝听他这么地说，芳心由不得暗想：你真是个死人，那天晚上，难道你连她是不是个处女就没有感觉到吗？不过口里是并没有说出来，还逗他一句笑道：

"其实这是你便宜，娶一个老婆，赠一个儿子，还不是一件好事情吗？"

张三爷听了，骂声淘气东西，伸手到她的肋下去胳肢。金宝怕肉痒，却咯咯地忍不住笑起来了。两人调笑了一阵，把璞姑的生命危险早已抛置于脑后的了。金宝拉着他站起身子，说道：

"三爷，多少吃一些饭吧，饿坏了身子，叫人感到难受。老实地说，事已如此，也不必为她而生气的了。"

张三爷这才含笑站起，和她坐到桌边，两人一同匆匆地吃饭。金宝因为要博得他的欢喜，还劝他喝了两杯酒。饭毕，徐妈把碗筷收拾下去。金宝拧了毛巾，给三爷擦脸。张三爷醉眼模糊的，拉了她手，拖到怀里来，在她红晕的粉颊上吻了一个香，笑道：

"金宝，我今夜真气闷，你给我消一口气好吗？"

"那我又不是你的出气筒，别给我胡说了。"

金宝啐了他一口，恨恨地逗给他一个妩媚的娇嗔，却又抿嘴赧赧地笑起来。张三爷两手按摸到她的胸部上去，涎皮嬉脸地笑道：

"你这个洞，不但能够使我消气，而且还能使我销魂的。好太太，我们早些睡吧。"

他一面说，一面拉了金宝向床边走。金宝羞红了脸，白了他一眼，笑嗔道：

"给你喝一些酒，你就满嘴儿里胡说了，时候早哩，性急做什么？"

"早什么？你瞧时钟也八点光景的了。好太太，睡吧，我是坐着也没有什么事情呀！你听听窗外风刮得那么大，坐在房中冷飕飕的，倒不如躺在热被窝内适意得多吗？"

张三爷一面说，一面脱了衣服，接着连室中的灯火也吹熄了。两人躺在被窝内，张三爷的手是那么地不安静。金宝故意拒绝他的顽皮，低低地道：

"你不是说睡吗？那么安静一些睡吧，动手动脚地做什么？你到底不是个三岁的小孩子呀！"

"我说睡，原是要睡到你的身上来。好太太，别再刁难我了。"

张三爷也明知她是口硬骨头酥的，遂一面笑着说，一面已跨到她的身子上。金宝这时已没有抵抗的勇气，她只有沉着承受他的不安静。经过了好一会儿，金宝不免有些气喘起来。张三爷笑道：

"不是我讨好你的话，璞姑哪里有像你那么可爱。"

金宝听他这么地说，啐了他一口，反而懒了下来。张三爷奇怪道：

"我赞美了你，怎么你反而不起劲了？"

"我得问你一句话，假使璞姑不幸死了，你怎么地办？"

金宝并不理睬他这些油滑的话，自管悄悄地问他。

"她若死了，我给她成殓结果葬了，也就尽了我的责任，还叫我怎么地办？总不见得抛弃了你，也跟她一同去死的呀。"

张三爷毫不关痛痒地回答，在他心中认为璞姑的死活，原不是一件大不了的事情。金宝知道他此刻在欲念扩展之下，无非把我捧得高，要博得我的欢心罢了，遂冷笑了一声，说道：

"那么她不死呢？你又将她如何地安排？"

"反正她已爱上了金小子，我乐得漂亮一些，把她送给金小子了，你瞧这办法好不好？"

张三爷沉吟了一会儿，低低地说。

"只怕你不舍得吧……"

金宝虽然暗暗地欢喜，但她兀是噘了噘小嘴儿，故意装作不相信的样子，神秘地俏皮他。

"我有了你，无论什么天仙化人般的女子都情愿抛弃的，何况一璞姑呢？"

张三爷一面含笑说，一面低下头去在她小嘴上发狂般地吮吻。金宝被他这一阵子吮吻之下，她忍不住又咻咻地浪笑起来了。

时钟当当地敲着十下了，室内是静悄悄的，连一些声音都没有了。正是这个时候，徐妈忽然轻轻地步进室中来，低声儿唤道：

"太太！太太！三爷！三爷！"

张三爷和金宝交颈甜睡，被徐妈从睡梦中喊醒过来，于是匆匆地披上了衣服，亮了油灯，忙问着道：

"徐妈，你怎么不去睡？叫我们有什么事情吗？"

徐妈道：

"我也被医院里的院役敲门惊醒的，他说二太太已非常危险了，她要最后和三爷说几句。"

"啊！她真的已不中用了吗？"

张三爷骤然听到这个消息，也猛可地吃了一惊，遂揉了揉眼皮，一面急急地问，一面已掀被跳下床来了。金宝见他要跳下床去，遂把他身子拉住了，说道：

"事到如此，你别忙呀，此刻几点钟了？外面风大哩，你到底也要小心一些。"

张三爷瞧了一下手表，说道：

"还只有十点钟多一点，时候倒很早，徐妈，院役在楼下等着吗？"

徐妈点了点头，金宝却逗了他一瞥多情的目光，低低地道：

"阿三汽车又回到厂内去了，大冷的天气，那可怎么好？三爷，并不是我心肠硬的话，你去瞧她恐怕已经来不及，就是见了面，也徒然增加伤心而已，所以我的意思，你自己身子保重，还是不要去了。"

张三爷明白金宝劝阻自己不要去那是为了爱惜我身子的意思，而那意思又是为了我们刚才曾经有过一度缠绵的缘故。不过他想到了和璞姑这六个月来的恩爱之情，现在她好好儿的被自己痛打流产死了。这无论是丧失心肝的人，到底也不免伤心起来。因为在她临终的时候，还想到要和自己谈几句话，可见她心中确实仍有爱我的意思。也许她真的受冤枉了吗？唉！那我真是太残忍的了。张三爷心中既有这么的感觉，所以他并不听从金宝的话，在他的眼角旁居然也会涌上一颗泪水来，摇了摇头，说道：

"不要紧，我已睡熟过好一会儿了。璞姑今日的死，确实太可怜一些，那完全是我杀死她的。唉，我对不住她了。现在她要和我见最后一面，这一个愿望我无论如何总得给她实现的。金宝，你别拉着我，我决心要去见她一面的。"

金宝听他这么地说，心头自然也有些隐隐地作痛。她想杀死璞姑的主犯，也许还是我自己，假使她魂而有知的话，那么她一定饶不了我的，说不定她冤魂不散，会叫我一块儿去死……想到这里，害怕和伤心侵袭着她脆弱的心灵，泪水也滚滚地落了下来。张三爷见她放了自己的身子，遂匆匆地下床，便叫徐妈拿过大衣，他披在身上，也来不及和金宝说话，他就飞步奔到楼下去了。

楼下会客室内站着一个身穿短衣裤的男子，头上戴了一顶罗宋帽，这帽子是冬天里畏寒冷而戴的，所以除了眼睛鼻子和嘴儿露在外面，脸孔也被帽子套上着，他弯了背脊，手里提着一盏纸灯笼，口里还连声地咳嗽着。从这一点子看，张三爷就知道他是个苍老的役夫，遂急急地问道：

"你是医院里派来的吗？我们的太太怎么了？"

"你的太太危险得很，她声声口口叫着张三爷，你这就是张三爷吗？快和我一同去吧！"

那个院役颤抖地回答，他的身子已向门外走了。张三爷心中这一急，那颗心是跳动得厉害，遂不再问什么话，就三脚两步地跟着走出大门外面去了。

今夜不但没有月色，连星光都没有在闪烁，天空是黑漆漆得可怕。只有夜风吹刮得很大，飞沙走石，纷纷地迷蒙得连路都辨认不清楚的了。张三爷迎着这样的冷风，心中又想着璞姑这时奄奄一息的惨状，他全身是在瑟瑟地发抖。走两步退一步，低了头，只管跟着那个院役走路。

也不知经过多少时候，张三爷的感觉，忽然想到为什么还没有到医院的大门，当他抬起头来向四周瞧望的时候，由不得吃了一惊，原来呈现在眼前的景色，却是一片田野四处坟墓的荒郊之地了。他忙停止了步，急急地问道：

"喂！喂！你走错了方向，怎么连你们自己医院的道路都不认识了吗？"

"张三爷，你仔细瞧瞧我，我是什么人呀？"

那个院役也回过身子，他伸手拉去了脸上那顶罗宋帽子，把灯笼提高了一些，映在自己的脸颊上给他看明白。张三爷在灯笼光芒相映之下，如何还有瞧不清楚的道理？他心中这一吃惊，脸已变了灰白的颜色。他知道自己今夜的生命已发生了危险，不过他到底竭力镇静了态度，含了满面不自然的苦笑，抱着拳道：

"原来是金大哥，你怎么和我开起玩笑来了呀？"

"很对不起！因为你也常常会跟别人家开玩笑，所以今夜我也跟你开个玩笑。比方说，你无缘无故把我在监狱里关了六个月的日子，这个玩笑也开得不大不小呀！常言道，海水也有相逢的日子，所以在当初你似乎不应该这么发狠。今日我出狱了，璞姑因为感激我代为恳求以致遭到身入图圄的不幸，她来瞧望我一次，这也是一个人的道理。现在你把璞姑又毒打受伤，生命危在旦夕，我觉得你对待我们穷人太不当作一个人看待了。所以我今夜领你到这样幽静美丽的地方来，大家好好儿算一个账。"

金志毅含了惨淡的微笑，他一口气说到这里，把灯笼挂在街路旁的树丫枝上，猛可抢步上前，挥拳就向张三爷下颚上直击了过去。老实地说，打人也有经验的，况且志毅是曾经学过拳术，所以这一下子打过去，张三爷的下巴骨险些被他打了下来。只觉一阵子头晕目眩，一方面固然因为和金宝有过一度温柔的缘故，而另一方面他是吓呆了，所以全身一抖，扑的一声，早已仰天跌倒地上去了。

志毅瞧了，忍不住哈哈地大笑了一阵，说道：

"你这个王八蛋！竟这么一些也不中用吗？我还是个有病的人哩！"

张三爷跌倒在地上好一会儿之后，方才爬起身子来。他也不说话，也不表示什么还打的举动，呆了一会儿，忽然一骨碌翻身，向后狂奔。志毅忍不住好笑，遂赶了上去，伸手在他背脊上一把抓住，喝道：

"你在我的面前，你还想逃到什么地方去？"

随了这两句话，把手一掼，张三爷身子早已向左边跌了下去。齐巧旁边有个阴沟，只听扑通一声，他的一半身子落到污水里面去了。志毅走上去一脚踏住，冷笑道：

"你现在也知道被人家欺侮的难受了吗？这是你的报应，你不用怨恨我的心狠。"

张三爷在这个情势之下，觉得逃是万万也逃不了，若还手抵抗，那是更加谈也谈不到，于是他只好哭丧着脸，低低地哀求道：

"金大哥，在过去，确实是我的错了，不过事情已经过去，怨仇宜解不宜结，你还是饶了我吧！只要你有什么条件要我赔偿损失，我总可以答应你的。"

志毅笑道：

"你也会知道自己错了吗？那么你总算也有觉悟的一日了。不过你觉悟的日子太迟了，因为今天你觉悟的开始，也就是你生命的末日。老实地对你说，我不需要你答应我什么条件，我只要你死！死，你能答应我吗？"

"金大哥，你何苦这么认真？这是你自己说的，海水还有相逢的日子，你就饶我这一条命吧！"

张三爷跌在地上，被志毅用脚踏住了，他却没有勇气再爬起来，一面说着话，一面已是淌下泪水来。志毅冷笑了一声，说道：

"别人家的眼泪是能感化人的，只有你的眼泪，没有使人感动的地方。我对你说，我以后不再和你相逢了，所以我才下了这么一个决心。可是你当初错了主意，你为什么不请局长把我枪毙了呢？可见你的手段毒辣，到底还毒不过我呀！因为我今天却再也饶不过你！"

说到这里，握紧了铁一般的结实的拳头，在他胸口上就是狠命的两拳。张三爷"哎哟"了一声，却抱住了胸口，连连地求饶。志毅笑道：

"饶你也不难，你快低下头去，给我喝了三口阴沟里的水。因为我想起在监狱里的时候，曾经被他们灌过自来水的，今天你似乎也应该尝试一下的。"

张三爷此刻只想活命，对于暂时忍受侮辱，倒不成什么问题，因为逃过了今夜的难关，明天也可以向他算账的。所以当下他便立刻答应，低下头去，正欲想喝那阴沟里的污水，不料张三爷平日是个吃得好的人，他的胃已养成非常高贵，所以当他低下头去的时候，还没有喝之前，先闻到一阵污水的奇臭。他心中一阵翻漾，顿时哇的一声，恶心起来，把口一张，把夜饭吃下的东西吐了一地。

志毅瞧了这个情景，心头有些生气，挥拳在他背脊上又是连连两下，骂道：

"他妈的！没有喝，先装死腔。脏东西！你快给我把这些吐出的东西再吃进去，不然你休想活命！"

一面说着，一面把他的头直向地上掀了下去。张三爷在这个时候，真的比死还要难受一些。他想竭力地挣扎，然而自己竟没有气力对付他。被他手掀住了头，他的头只有往下低的余地，却没有能力再抬上来。因为这些吐出的东西，实在也非常臭，不要说难以下咽，就是闻闻气味，也够难受的了。他只好求饶道：

"金大哥，我的老子，你就发一个慈悲心，饶了我吧！你要钱用，一千一万，我明天准定照给，绝不食言。"

"哈哈！你这小王八，你把我当作什么人看待？你以为你的臭铜钿吗？姓张的！你吃不吃？你喝不喝？我的老拳再也等不及的了！"

金志毅在笑过了一阵子后，他把拳头便像雨点一般地落了下去。

"我吃，我吃，你别打……哎哟！我受不了！"

张三爷被他打得像杀猪似的叫起来，他只好用缓兵之计先答应下来。

"好吧，那么你就吃呀！"

金志毅这才停止了痛打，又连声地催促着说。但是张三爷又如何能够吃得下去？正欲再向他哀求，不料志毅把他头狠命地一掀。他大叫了一声，把面孔在吐出的污物上猛擦了一下。张三爷又难闻又疼痛，倒在地上忍不住哭出声音来了。

志毅见了他沾着污物的一副鬼脸，忍不住又好气又好笑，在这个时候，他也忘记"人道"两个字了，遂把他两脚捉起，也不知打哪儿来的一股子勇气，将他的身子直抛到那条阴沟里去了。张三爷跌入阴沟里的姿势，头向下脚朝上的，虽然阴沟里的污水也不十分深，但是也淹没他整个的头。

在这样的情形之下，张三爷身上和心头的痛苦，真非作者一支秃笔所能形容其万一的了。他把两手托住了阴沟里的乱石块还想竭力地把身子挣扎着站起，但志毅握着他的两脚不放松，向前推两步，向后退两步。

作书的话虽这么说了出来，可怜了张三爷也够他消受的了。因为他的头不但在阴沟里洗濯着，而且和阴沟里的乱石块还在做硬拼之势。他想挣扎，无能；他想叫喊，也是无能。这一种苦刑，恐怕在监狱里也是享受不到的。经过了十五分钟之后，志毅把他的两脚拉到路上来了。仔细一瞧，张三爷的脸部除了泥水之外，更沾了不少的污血。他已经是奄奄一息的了，向志毅叫道：

"金小子！你太……惨无人道了！"

志毅心头痛快得哈哈地又大笑起来，说道：

"是的，我太惨无人道了，然而我这一个手段只会对付你的。我的好良心的三爷！你今天觉得很快乐吗？"

张三爷并不作答，他只是呻吟。志毅在怀中此刻又摸出一柄小刀子来，向他扬了一扬，笑道：

"好三爷，我觉得你太可怜一些了，因为你这时的处境，确实比我在狱中更痛苦万分的。我为了避免你的痛苦起见，我还是给你早些脱离这个世界的好。"

说到这里，他就这么一刀刺了下去。张三爷叫声"啊哟"，这个"哟"字还没有说出口，他两脚一伸，已经是一命呜呼的了。志毅既杀了张三爷之后，他回身取下灯笼。走到他的身旁，照了照他的面孔，自己也觉有些惨不忍睹，由不得落下泪来，叫道：

"天哪！我金志毅今日杀了人，我心头太痛快了。假使老天认为我太残忍的话，那么我将来就承受老天的处罚吧！"

他说完了这两句话，他全身已觉软绵起来，刚才那一股子勇气不知逃到什么地方去了。他移着沉重的步伐，慢慢地离开了这个黑暗的世界。志毅一路上心头又沉思了一会儿，我杀了三爷，案情总有破的日子，所以我在这儿当然再也住不下去，我还是连夜地出亡了吧。不过我心中又怎么放得下医院里的璞姑？她的生命不知真的有没有危险？在我临走之前，似乎应该和她再见一面的。志毅心中有了这一个主意之后，于是他又匆匆地走到医院里来。

璞姑住的因为是头等病房，所以虽然深更半夜，也可以进出去探望她的。志毅到了房里，只见一个看护正在给她量热度。璞姑此刻的神志好像清楚了许多，她向志毅点了点头，叫声哥哥，志毅听了，心里自然很喜悦，遂问看护道：

"小姐，此刻她热度有多少？"

"一百零一度，比刚才减少了半度，瞧这光景是很好，所以你不必担忧，大概不至于发生什么危险性的。"

看护一面向他们安慰，一面已悄悄地退到房外去了。志毅听了这些话，心中喜欢得什么似的，向璞姑望了一眼，笑道：

"妹妹，待我们谢谢老天爷，保佑你早日康复。"

璞姑乌圆眸珠，向他瞟了一眼，微微地一笑，这是感激他的意思，忽然她又奇怪地问道：

"哥哥，你不是回家休息去了吗？怎么此刻来了呢？而且……而且……你为什么换成这一套破旧的中服来瞧望我呀？"

志毅从她这几句话中猜想，可见她并没一些糊涂，而且还分外细心，那么她的热度大概也不算什么高。于是伏下身子去，把她的手拉过来，温柔地抚摸了一会儿，笑道：

"因为……因为……我放心不下你，所以我又来瞧望妹妹了。妹妹，你可曾吃过一些食物吗？"

"九点钟光景，看护小姐给我喝过一碗粥汤，所以我倒并没有感觉肚子饿。哥哥，你回家后吃过晚饭吗？怎么脸怪烫手的，莫非你又累病了吗？"

璞姑含情脉脉地凝望着他脸，一面低声地告诉，一面把手抚摸到他的脸颊上去，在她心中当然和他表示亲热的意思。但既抚摸到了以后，她又微蹙了眉儿，忧愁地问。

"那是因为我喝过了酒的缘故。"

志毅摇了摇头，他脸上含了兴奋的笑。

"你为什么要喝酒？……哦，为了忧愁我的生命危险吧？"

璞姑像孩子似的向他撒娇着说，接着又道：

"哥哥，你现在不必忧愁了，因为我也许可以越过死亡的阵线而活命的了。"

"我知道，所以我非常快乐。妹妹，你还爱张三爷吗？"

志毅见她掀着笑窝儿那种欢悦的神情，虽然脸色淡淡的，还是没有一些血气，不过却愈加增了她一份妩媚的风韵。他怕璞姑知道了三爷已死而伤心，所以他先低低地探问她。

璞姑听他这么问，心中倒误会他是包含了另有一层作用的了，明眸斜乜了他一眼，有些赧赧然的样子。沉吟了一会儿，忽然又冷笑了一声，恨恨地说道：

"哥哥，并非我心肠狠，说出这样不情不义的话来。老实地说，以他这么狠毒的行动对待我，根本已没有夫妇之情的了。况且我又流产了，本来我总还瞧在孩子的分上，无论什么委屈总忍耐一下，现在我和他完全没有再结合的可能了。这次我若死了，当然不用再谈起什么。假使我侥幸不死，那么我也回到我自己的家，来清苦我的一生……唉！我恨不得把他咬个半死，方消我心头的怨气哩！"

志毅听她这么地说，方才笑了起来，说道：

"妹妹，你不用再恨他了，因为……我已给你并我自己报了仇了。"

"什么？他被你……"

璞姑骤然听了这个话，心头猛可吃了一惊，情不自禁急急地问。但志毅把她的嘴儿按住了，笑了一笑，说道：

"别害怕，你心里痛快吗？"

说着，又把三爷骗到外面杀死的话告诉了一遍。

"我心里再痛快也不能的了……唉，哥哥，你真勇敢，你真有胆

155

量。这次我假使不治而死的话，我也感到太安慰的了。"

璞姑含笑高兴地回答，但她的眼泪却像蛇行般淌下来。志毅把手指去抹她颊上的泪水，用了温和的口吻，低低地道：

"妹妹，你不要说这些悲观的话，你是慢慢会健康的。"

"哥哥，我倒并非因为自己受伤而伤心流泪的。因为我想起了我的爸爸、我的妈妈，他们的死，也可以说是死在三爷的手中。我太糊涂了，因为我是不应该失身在仇人的手中呀！所以我对不住哥哥，哥哥现在给我报了仇，我真有无限地感激你呀！"

璞姑紧紧地握着他的手，在她的话中是包含了无限感激和悔恨的意思，接着又忧愁地道：

"不过你现在怎么地办呢？因为这不是一件儿戏的事情呀！"

"可不是？所以我此刻原和妹妹来告别的……不过我心中又舍不得离开妹妹，因为你还需要有个人照顾你的呀。"

志毅方才明白地告诉了她。璞姑的眼泪又像泉水般地涌上来。她叹道：

"哥哥，承蒙你这样地爱我，我心里实在感激极了。虽然我的心中同样地有舍不得你离开我的意思，不过为了你的生命，为了你的前途，我怎么再能够叫你不离开？所以你快快儿地走吧，不要顾虑到我了。反正我们年纪都很轻，将来总还有见面的日子，只要我这次的病会好起来。"

说到这里，咽不成声，泪如雨下。志毅听了她这些话，又见了她这样悲伤的情景，也被她引逗得挥泪不止。两人相对泣了一会儿，志毅恐增加了她的热度，遂先收束了泪痕，拿帕儿给她拭了拭眼皮，低低地道：

"妹妹，你不要伤心呀。你这些话是对的，我们年纪都很轻，将来自然还有见面的日子。刚才我已对阿狗弟说过，叫他把我家中的用具全都卖去，可以作为妹妹的医药费之用，阿狗弟也已答应了。所以我此刻便要走了，妹妹身子千万保重一些吧。"

璞姑见他说着话，身子便站起来，她一颗芳心，又恋恋不舍，又不敢去留恋他。可是握着他的那只纤手没有放下，向他凝望了良久，大有多望一分好一分的样子。过了好一会儿，才懒懒地放下了他，向他挥手道：

"哥哥，你去吧，我祈祝你一路平安，将来见面的时候，你一定是扬眉得意的了。"

"多谢妹妹，我们再见！"

志毅在万分依恋不舍之下，也只好含泪说声再见，硬着心肠急急地奔出了医院的大门。

不料在医院的门口，却遇见了三爷家中的徐妈。徐妈似乎还认得出他是刚才到家来报信的院役，遂拉住他的衣袖，急急地问道：

"我家二太太真的已死了吗？"

志毅见了徐妈，倒猛可吃了一惊，遂含糊地答道：

"嗯嗯，你回家去报告吧，三爷叫你们大太太也到医院里来呢。"

徐妈听了，遂放下志毅的衣袖，急匆匆地奔回家中。不料到了家里，只见楼下客室内的地上躺着一个尸身，金宝颠颠撞撞地哭得死去活来。汤大彪站在旁边，也是流泪不止。徐妈不知那尸身是谁，仔细一望，她顿时也"啊哟"一声大叫起来了。

第十回

心虚疑暗鬼一病成疯

金宝自张三爷走后，她一个人坐在床上，只管呆呆地细想。璞姑这次当然必死无疑的了，她死了之后，一定阴魂不散，因为她死得实在太冤枉，在她心中一定不肯甘心地死去而饶赦我们的，那么她一定要向我们报复的。听说人死了，他什么暗中的事情都知道。因为这次的痛打她，确实是我设法害她的。她活着的时候不知道，一味地还把我当作好人看待；死了后既然明白其中的真相，她如何肯放得过我呢？金宝想到这里，她又想到从前黄村里曾经发生过一件冤枉的案子，虽然调查不出谁害的，后来到底被死者活捉了去……这样地胡思乱想，金宝也是愈想愈心惊，愈想愈胆寒。因为徐妈也跟了三爷到楼下去，房中只剩了她一个人，她听了窗外呼呼的风声，吹着树叶儿瑟瑟的音韵，她以为璞姑的冤魂来了，心中这一害怕，顿时大叫了一声"啊哟"，她的身子竟从床上直跌倒地下来了。

以金宝这种失常的情景而说，可见无论什么人对于亏心的事是千万做不得的。否则，疑神疑鬼，害人害己，会弄得心神不定，举止失常，完全是良心在作怪。金宝跌下地下的时候，凑巧徐妈送三爷走后回到楼上，一见太太这个模样，心中又惊又急，遂三脚两步地奔到她的身旁，抱住她的身子，叫道：

"太太，你怎么啦？"

金宝因为心虚的缘故，所以才会跌到地上来，此刻冷不防被人抱住，糊里糊涂地又不知道抱她的是什么人，她急得更加脸无人色，大叫一声不好了，一面挣扎，一面哭道：

"哎哟！我不去，我不去，你饶了我吧！你饶了我吧！"

徐妈被她这么一来，真是弄得目定口呆，丈二和尚摸不着头脑了，遂忙说道：

"太太，你在说些什么话呀？你好好的怎么会从床上跌下来了？我把你扶到床上去坐吧。"

金宝听了这话，回头向她望了一眼，方知是徐妈，一时羞得绯红了两颊，半晌回答不出一句话来，遂一面坐到床上，一面镇静了态度，问道：

"三爷已上医院里去了吗？"

徐妈点头道：

"是的，太太，你怎么满头冷汗？莫非有些不舒服吗？"

"没有什么，徐妈，你在我床边坐着伴我一会儿，你不要走，因为我心头感到有些害怕。"

金宝一面拿手帕拭着自己的额角，一面拉了徐妈的身子，低低地回答。

"太太，你这话奇怪了，你害怕些什么呢？"

徐妈也觉得金宝神色有异，遂逗了她一瞥猜疑的目光，轻声地问。金宝却并不回答她，自管呆呆地出了一会子神。忽然她把徐妈身子紧紧地抱住了，颊上浮现了害怕的神色，叫道：

"徐妈，你听……"

"太太，你叫我听什么呀？"

徐妈又惊又奇怪地问，她心头感到有些莫名其妙。

"听，听，听哪里来的哭声？"

金宝把她身子还是抱得紧紧的，两眼有些呆滞的样子，手向前直指。

"没有什么哭声呀，这是窗外的风声，太太一定听错了。"

徐妈侧耳静聆了一会儿，遂用了缓和的口吻，向她轻声地解释。金宝愕住了一会儿后，摇头道：

"不！不！我没有听错，这分明是二太太的哭声呀！你不相信，你到二太太房中去瞧瞧，她一定在哭，她一定在说死得好苦呀！"

徐妈被她这么一说，只觉一阵冷水浇头，顿时毛发悚然，忙说道：

"太太，你快不要自说自话了，二太太不是在医院里吗？她如何会在房中哭呢？"

"那么院役来报告不是说二太太死了吗？我想她一定已回家来的了。徐妈，你瞧，妹妹不是站在房门口吗？她怒目切齿地向我发恨。妹妹，你别……啊哟！徐妈，你救我，你救我……"

金宝一面说，一面把手指着璞姑的房门。忽然她滚到徐妈的怀中，竭声地大叫起来。这时候徐妈的心中，老实地说，比金宝更感到害怕万分。因为金宝的神志已经有些糊涂了，而徐妈心头是很清楚的。愈想愈害怕，她见油灯的光芒一闪一闪的，暗弱得怕人，暗想：莫非二太太的阴魂真已回来了吗？回头去望二太太的房门口，虽然是毫没有一些影子，不过经过大太太这么地说，在她的想象中，仿佛也站着二太太笑盈盈的一个身影。她害怕得心的跳跃几乎已从口腔内跳了出来，额角上的冷汗也一阵一阵地冒。又想：大太太为了争宠，所以诬害了二太太，以致三爷把二太太痛打。大太太听了二太太已死的话，因为良心发现，所以竟这么地大闹起来。不过二太太若真的死了，我虽不是一个主犯，但究竟也是个帮犯。这样地想着，又听窗外的呼呼风声，她也紧紧地搂着金宝的身子，最好把身子立刻钻到地洞里去躲一躲的神气，可是嘴里竭力地还向她辩解道：

"太太，你不要胡思乱想了，你快躺下来养一养神吧。二太太也许不会死的，这全是你的虚心病呀！"

"二太太不会死的吗？这话可是真的吗？假使妹妹真的不会死，那叫我深深地感谢老天的了。"

金宝被徐妈扶着躺到床上，她并没有挣扎，点了点头，似乎很安慰的样子，用了祈祷的口吻回答。徐妈坐在床边，并不回答她，自管呆呆地想一会子心事。也不知经过多少的时候，金宝突然地又从床上跳起来，惊慌了脸色，大叫道：

"不好，不好，妹妹真的死了，你来捉我一同去吗？好妹妹，我错了，我再也不敢了，你饶了我这一条小命儿吧！"

徐妈见她灰白了脸色，两眼向前直视，合十了双手，向空中连连地拜个不停，而且还眼泪鼻涕地哭泣着，一时又害怕又着急。看看时候快到十一点了，三爷去后又没有音讯，她觉得太太这样闹下去，在她自己固然要变成神经病，就是我也要被她吓得糊涂起来了，于是她悄悄地离开了房中，走到楼下，开出大门去报告张三爷了。

金宝自说自话地哭闹了一会儿，忽然不见了床边的徐妈，于是她离开了床，光着袜子走到房门口，连连叫了两声徐妈。但叫了许多时候，却不听徐妈的回音，一时她顿了顿脚，倒在地上，又哇的一声哭了道：

"徐妈，你好狠心呀！你怎么丢着我走了？"

说着，哭泣着不停。忽然她又跳起身子，向璞姑房门口跪倒了，口口声声地叫道：

"妹妹！妹妹！你饶了我吧！你饶了我吧！"

金宝在房中自己闹着鬼戏文，不料张三爷的尸身却被汤大彪发现了。原来大彪近来和李大妈闹了意见，所以另外姘识了一个女子，这女子是个木匠的妇人，因为木匠是在人家店内做长工的，所以便和大彪搭上了手。汤大彪这夜正在那妇人家里幽会欢叙，万不料那木匠却会匆匆地回家了。当下大彪就披上衣，从后面逃出一路奔回家来。谁知半途上心慌意乱地绊了一跌，身子扑倒地下去的时候，心中不禁大吃了一惊，定睛细瞧，赫然一个尸身。再瞧那尸身上衣服，好像是个张三爷。虽然他脸部血肉模糊，不过衣服鞋袜，自己早晨在厂内还瞧见他过的，不是张三爷还有哪个呢？他又害怕又惊奇，瞧他喉管上尚有一柄小刀，想不到张三爷被人会害死在这儿，那不是太叫人奇怪了吗？于是背了他的尸身，急急地奔回三爷家中，把脚踢了一下门，谁知大门没有关上，他一直走进客室，把三爷尸身放下，暗想：这么夜深的时候，门都没有关上，这到底是怎么的一回事？忽然他又听楼上有女子哭闹的声音，心头这就益发奇怪起来，遂扬着脸，高声地叫道：

"二妹妹！二妹妹！你快些走下楼来吧！"

金宝在房中正自哭自闹着，忽然听有人这么地叫喊自己，遂也停止了哭泣，凝神细听了一会儿，暗想：这好像我哥哥的叫声呀！他怎么也来了呢？于是光着袜子，就急急地奔下楼来，一面还问道：

"哥哥，哥哥，你做什么来呀？"

大彪忙道：

"妹妹，你还问哩！三爷被人家杀死了，你难道不晓得三爷是到什么地方去的吗？"

金宝骤然听了这个消息，因为她的神经是十分衰弱，此刻哪里能再加重她这一层刺激，所以她竭声叫了一声"啊哟"哭道：

"什么？三爷已被妹妹活捉了去吗？他……他的人呢？"

大彪在惊慌之间，也没有听清楚她说的什么话，遂指了指地上的尸身，说道：

"妹妹，你瞧呀！那不是三爷的人吗？"

金宝在瞧到三爷血肉模糊的人之后，她一颗芳心更加地糊涂起来，这就撞撞颠颠地号哭不停，一面又连叫"妹妹你太狠心了，你怎么把三爷杀死得这样悲惨"，一面又哭叫"妹妹！你既杀死了三爷，你就饶赦了我吧"。

大彪听妹妹说的话语无伦次，莫名其妙，一时好生不解，并且又见她披头散发，连脚上鞋子都没有穿着，正欲上前把她劝住，忽然见徐妈也匆匆地从大门外走进来，她叫道：

"太太，医院里院役告诉二太太真的已经死了。"

不料话还未完，瞥眼就见三爷的尸体倒在地上，徐妈心头这一惊奇，还道自己尚在梦中，这就大叫了一声"啊哟"，道：

"这……这……是怎么的一回事呢？"

大彪也弄得不明不白，遂拉了徐妈的衣袖，急急地问道：

"徐妈，你快告诉我，怎么二太太患了什么病？竟死在医院里了吗？"

徐妈遂告诉他道：

"舅爷，你不知道吧，只因为太太一念之错，所以家庭里就发生了这个惨变了。"

说到这里，遂把过去之事向她告诉了一遍，并且说道：

"但是这里我感到奇怪的，三爷又如何地被人害死了？而且我刚才还上医院里去过，那个院役在门口遇见了我，他说二太太已经死了，三爷叫太太也赶到医院里去。我一听了这话，就急急地赶来了。万不料三爷已被人谋害了，这到底是怎么的一回事情呢？"

大彪沉吟了一会儿，似乎有些理会过来的样子，问道：

"你瞧那个院役是生得一副怎么的人样儿的？他穿的什么衣服？"

"他穿的一套破旧的衣服，高高的个子，因为来的时候，戴了一顶罗宋帽子，所以也瞧不清楚他是个怎么样的人。"

徐妈向他低低地告诉。大虎皱了眉尖，说道：

"这件事情瞧来颇为可疑，我和你且到医院里去再问个仔细吧。"

徐妈点头说好，遂也管不得金宝的撞哭，和大彪匆匆地走了。两人到了医院，先走进璞姑的病房。看护小姐连忙向他们挥手，叫他们走出病房外面来，说道：

"张太太才睡熟一会子，你们不能进去吵闹她的呀。她的危险时期也许已经过去了，所以你们放心回去，明天来望她好了。"

大彪、徐妈听了这话，觉得这实是不相符合极了，遂面面相觑，愕住了一会儿，大彪方才说道：

"这就奇怪了，你们院中的院役刚才到张家去报告，说太太病势甚危，叫我家三爷前去见最后一面，这是怎么的一回事？"

看护小姐奇怪道：

"这话打哪儿说起？我们从没有派什么院役来向你们报告过。一个人的性命，岂能当儿戏的吗？"

"不过你不知道其中还有一件人命案子哩！"

大彪说着，遂把张三爷被害的话，向她告诉了一遍。看护小姐认为这一件事情颇为严重，有关医院的名誉，遂忙去报告院长知道。院长遂命全院役人出来，给徐妈细认，其中是否有这一个人？徐妈认了一会儿，却摇了摇头，说道：

"这几个人都不是的。"

院长沉吟了一会儿，说道：

"我们院中的人役全体都在，你既认不出哪一个人是刚才报信的，那么据我的意思猜测，张三爷平日一定和人有怨仇，故而冒称本院院役，骗他出外杀害，也未可知。对于这件人命案子，你们倒要报局好好儿地调查一下清楚不可的。"

大彪被院长这么地一提醒，使他猛可想到金志毅的身上去，暗想：张三爷平日结怨的人虽不少，不过除了志毅有胆量的外，别个都没有杀人的勇气。这样看来，除了他还有哪个？但是既没有一些证据，也很难向他交涉的。忽然他有了一个主意，遂拉了徐妈，向院长告别走出，一面问徐妈道：

"你第二次来院碰见那人的时候，脸可曾认清楚了没有？"

"因为时在黑夜，所以不大清楚，但彼此见了面，总可以认得出来的。"

徐妈竭力在想象那一个人的脸轮廓，低低地回答。大彪道：

"好的，那么我明天一早带你去见一个人。今天时候太晚，你且先回家中去，劝你太太不要伤心，我一定会替三爷报仇的。"

徐妈点头答应，遂和大彪作别，匆匆地回家。不料一到了家里，金宝一个人还在七颠八倒地说着哭着，一见了徐妈，便把她抱在怀中，说道：

"我的好妹妹，你可怜可怜我吧！唉！你死得伤心，但三爷更死得悲惨极了。你饶了我……"

说着，又向徐妈跪倒在地，一面拜，一面又呜呜咽咽地大哭起来。徐妈瞧了这个神情，知道她确实有些疯了，遂把她拉起身子，一面哄她，一面把她拉到楼上房中，说道：

"太太，我告诉你，你别这么地乱嚷乱闹，二太太没有死呀！"

"妹妹没有死？我不相信，你骗我，她一定死了，所以她才把三爷也捉去了呀！啊！我不去！我不去！我还要做人哩！……你饶了我吧！……"

金宝还是一味地哭闹着。徐妈真没有了办法，只好把她硬抱到床上躺下，说道：

"太太，你快别再哭了，听听这是什么声音？你快静静地躺一会儿，我坐在床边保护着你。"

金宝这才被她吓得安静了一些，同时又因为精神闹完，神倦力疲，所以也就沉沉地睡熟去了。徐妈给她盖上了一条被，想到客室内三爷的尸身，她又害怕得心头乱跳，遂三脚两步地回到自己卧房，把门关上睡着了。

第二天早晨，徐妈起身，就听楼下敲门的声音。开门一瞧，见是大彪，遂向他急急告诉昨晚太太疯狂的神情，说太太神志昏糊，最好要送她上医院里去救治。大彪叹道：

"你不知道，三爷一死，什么事情都完了呢。现在太太人在哪里？快伴我上楼去瞧瞧她吧。"

两人匆匆地走到金宝房中，不料床上却并没有金宝的人，连被也不知去向了。徐妈奇怪地"咦"了一声，说道：

"太太到什么地方去了呀？"

说时，又连叫了两声太太，但却不听有金宝的答应。两人慌忙走到里面璞姑的卧房，一面找寻，一面叫喊，也不见她的回答。大彪道：

"会不会到外面乱闯去了？唉！害人害己，她怎么就会发起神经病来了呢？"

徐妈道：

"你来的时候，大门不是关上着吗？从这一点上看，太太是不会到外面去的，一定还在屋子里躲藏着。"

她说到这里，触动了灵机，遂蹲下身子去，把铺在床上的线毯掀起一望。果然不出她的所料，只见金宝把被裹住着身子，却躺在床底下的地板上。徐妈又好气又好笑，向大彪招了招手，说道：

"你瞧，这不是太太的人吗？"

大彪听了，忙走到床边，蹲下身去瞧，这就叫道：

"妹妹，你怎么睡到床底下去？快起来吧！快起来吧！"

他说着话，把金宝身子已拉了出来，徐妈帮着他把金宝扶到床上坐下。这时金宝原没有睡熟着，她向两人嘻嘻地笑了一会儿，忽然拉住了大彪的手，叫道：

"三爷，你没有死呀！"

说着话，忍不住又呜呜咽咽地大哭起来。大彪见了这个情景，知道妹妹确实已经疯癫的了，这就蹙了眉尖，向徐妈说道：

"你瞧，那可怎么地办？"

徐妈道：

"我的意思，还是先把她送到医院里去再作道理。也许给医生注射了一枚安神的针，她的神志便会渐渐地清楚起来的。"

大彪觉得事到如此，也只好这样办了，遂叫徐妈到楼下去讨街车。不料徐妈到了门外，见阿三已开汽车来接三爷到厂内去做事情，徐妈情不自禁地向阿三急急地报告道：

"阿三，三爷昨夜在半路上不知怎么地被人家害死了，而且太太也已经发疯了。你此刻来得正好，我们快把太太先送到医院里去吧！"

"什么？三爷被人家害死了？他人现在什么地方？"

阿三听了这个消息，心中大吃了一惊，遂急急地问她。徐妈道：

"昨晚舅爷路过三爷被害的地方，所以把三爷尸身已背负到家中来的了。"

阿三听了这话，觉得事情有了蹊跷，大彪就是一个嫌疑犯。因为自己是下人，不便说话，且回大公馆去告诉了四爷后，再作区处。正在这时，只见大彪扶了金宝哭哭撞撞地走下来。阿三因问太太如何会疯癫起来的，大彪为了明白真相起见，这就管不得妹子的罪恶，把争宠的事情详详细细地告诉了阿三，并且说道：

"所以依我之猜测，金志毅就是一个最可疑的凶犯。"

阿三也不作答，点了点头，遂说道：

"那么徐妈看守在家，我们先送大姨太上医院去吧。"

大彪道：

"门可以上锁，我们一同去，回头我和徐妈再到金志毅家中去，叫徐妈认一认他的脸，昨晚冒认院役的是不是他这个脸？"

徐妈于是把大门上了锁，和他们把金宝一同送到医院。经医生诊视之下，认为金宝神经受了刺激，心脏衰弱，所以起了莫名的恐怖，最好的医治方法，是要静静地休养。大彪于是就给她住在院中医治，一面和徐妈、阿三又开汽车到金志毅的家中来。不料志毅家门口也上了锁，向左右邻居一问，说志毅今天一早已动身到上海去了。大彪听了，向阿三问道：

"可不是？他突然到上海去了，可见他畏罪潜逃，这是一个最大的证实。"

阿三听了，也觉事情可疑，否则志毅如何齐巧在今天早晨到上海去了呢？于是说道：

"那么现在你们且先回家去料理三爷的后事，我也得去报告老

167

太爷。"

大彪听了，也只好先和徐妈又回到三爷的小公馆里去了。张三爷的大公馆里面，原来尚有爸爸张老太爷。张太爷是个六十五岁的年纪，老太太是在五年前死了。一共生四个孩子，老大老二是女孩，早已先后嫁了人，老三老四是男孩，那就是三爷和四爷。三爷娶妻高月华，因不会生育，所以管束不得丈夫，只好尽让三爷在外面租小公馆。四爷今年还只有二十五岁，自大学毕业后，却一向闲在家中，他却没有娶妻子。当时阿三回到大公馆，把这消息告诉了众人。高月华心里这一痛苦，不免哭得昏厥倒地。丫环素梅在旁竭力把她劝醒，于是张老太爷和四爷、月华等一同坐车赶到三爷的小公馆。那时徐妈和大彪已先在，当下立刻接入客室，月华见三爷惨卧客室内的一张床铺上，血肉模糊，令人心惊胆寒，这就又放声大哭起来。张太爷和四爷也由不得挥了一阵眼泪，遂细问徐妈的经过事情。徐妈从实告诉了，大彪也把志毅逃走的话告诉。张太爷又问道：

"那么两个姨奶奶到什么地方了？为什么都不在家中？"

徐妈道：

"都在医院里养病，大姨奶竟患神经病了。"

张四爷觉得种种情形都有可疑的地方，于是把阿三悄悄地拉到门外，叫他前去报局。不多一会儿，局里派了四名警察到来，在详问之下，当下就把大彪用手铐架上。大彪心中这一急，遂竭口地称冤枉。警察道：

"你此刻不用声辩，因为照情形而说，你确实是个嫌疑犯。且到了局子里，你现向局长详细地诉说好了。"

大彪到此，真是啼笑皆非。这时警察又道：

"张三爷的尸身还得车到局里经局长亲自验过属实，方可成殓。"

张太爷点头说是，不多一会儿，局里又开警车到来。役夫把三爷尸体运到车中，这里众人也同往局子里去。

局长验尸完毕，确实被人暗杀属实。当下就向大彪审问道：

"你在深更半夜，为何尚且在外面荒僻之地行走？你在干什么事情？天下难道有这么凑巧的事儿，就给你发现了张三爷的尸身，可见你害死无疑，故意当作好人，前去报信的。"

大彪听了这话，大喊冤枉，而暗想：我和人家妇女通奸，这又不能从实告诉。遂转了一个念头，说道：

"我是在朋友家里打牌回来发现的，想小的受三爷恩惠，平日保护他还来不及，如何肯害死他吗？"

局长道：

"那么你朋友姓甚名谁？尚有同伙赌钱的是谁？待我把他们传来审问。"

大彪想不到局长还有这么的一个主意，一时心头这一焦急，额角上汗点立刻像雨一般地冒了上来。局长略睹此情景，不禁冷笑了一声说道：

"你这大胆奴才！为何哑口无言？若不从实承认，莫怨本局长吩咐用刑。"

大彪又急又怕，不禁哭道：

"我委实没有害死过张三爷，请局长明鉴是幸。"

局长大怒道：

"既没有害死他，你为何不把朋友姓氏告诉？可见你全是谎词骗人。若再花言巧辩，定不轻饶。"

大彪急得脸无人色，忙又说道：

"小的实在急糊涂了，昨夜没有和什么朋友打牌，因为……因为……"

说到这里，又怕坏了人家的名节，因此再也说不下去。局长到此，再也忍熬不住，遂吩咐用刑。就这一声令下，两旁警士立刻把他衣服剥去，拿过皮鞭，向他喝道：

"他妈的！你招认不招认？"

大彪哭泣道：

"小的实在没有害死张三爷，叫我怎么地招认？"

不料他话还没有说完，两个警士手中的皮鞭，就像雨点一般地打了下去。可怜大彪的肉身上顿时红一条青一条，呈现了紫青的颜色。大彪起初还哭喊冤枉，但打到后来，全身显出血丝来了，他痛得倒在地上，昏厥过去了。大彪这次虽然受了冤枉，但到底也是淫人妻女作恶的下场。

局长因为得不到他的口供，遂命把水喷醒，将他暂押狱中，明日再审。这里命张太爷将三爷尸身车回成殓。且说太爷把三爷尸身车到大公馆成殓安葬等事情，自不必说。月华心中又怨又恨，又悲又痛，真是哭得死去活来。张太爷一面安慰儿媳，一面把小公馆房屋退去，把所有家生全行拍卖，并且说道：

"三儿的死，可说完全死在这两个贱人的手中，现在我家绝对不承认她们是我们家属的一员。好在这两个女子我也不曾见过一面，更加无从哀怜的了。"

张四爷也恨恨地道：

"这个当然，况且哥哥已死，还把她们年纪轻轻的女子弄进门来做什么？"

张太爷点头说是，一面又向月华安慰道：

"你也不用痛哭了，自己身子保重一些，我总不会委屈你的。素梅呢？你伴奶奶去房中休息一会儿吧。"

素梅遂扶了月华到房中去休息，月华想到自己还只有二十八岁的年纪，竟已做了闺中的孤鹄，一时痛到心头，忍不住倒在床上又呜咽地大哭起来。素梅拍着她的身子，低低地安慰她说道：

"奶奶，你想明白一些吧，哭坏了身子，自己受痛苦，这也是徒然的呀！"

月华叹了一口气，泪如雨下地说道：

"素梅，你叫我如何地不要伤心呢？我的年纪还轻哩，叫我往后怎么地做人好呢？"

素梅道：

"就是因为奶奶的年纪正轻，所以我劝你犯不着太伤心呀。并且不是我说三爷的不好，他平日之间待奶奶是多么冷淡，一个月中也不得三天回家来的。你想，奶奶本来就像没有丈夫一样孤零可怜呢！所以今日三爷的下场，不是说句没心肝的话，也是罪有应得的。奶奶，你不要太伤心，你的年纪轻啦，将来不是还可以去找个幸福的乐园吗？"

月华被素梅这么地一说，她便停止了哭泣，满心眼儿的悲哀，也被怨恨所占据了去，她长长地叹了一口气，却是低头默不作答。素梅拧了一把手巾，给她擦脸，一面又向她好好儿劝慰了一会儿，主婢两人也就各自就寝了。

这晚张太爷对四爷说道：

"你哥哥既已死去，对于厂内经理一职，明天还是你去代为料理事务。待开过董事会再选定之后，再作道理吧。"

张四爷听爸爸这么地说，遂也唯唯答应。再说璞姑睡在医院里，这也是她的命不该绝，所以第二天早晨，她的污血已止，身上热度也全退去了。不过她心里是非常地担忧，当然她怕金大哥会被他们捉获的。不料正在这时，阿狗匆匆地到来，向她叫道：

"妹妹，你今天好一些了吗？"

璞姑见了哥哥，很想探听一下金大哥的消息，遂一面点头，一面拉了阿狗的手，附着他的耳朵，低低地问道：

"哥哥，你告诉我，金大哥现在怎么的了？"

阿狗向四周望了一下，见没有什么，遂悄声儿告诉道：

"妹妹，我正预备来说给你听的，金大哥昨晚他就出走了。张三爷的事情，他不是也已经来告诉过给你听了吗？金大哥又叫我劝你别难受伤心，千万保重身子，他又把他家中的门钥匙交给我，说三爷既死，他们一定不肯再负责你的医药费。假使不够费用的话，可以把他家中的家具完全地变卖，以充妹妹的住院费用。"

璞姑听了这话，泪水忍不住又滚滚了下来，叹道：

"金大哥待我们太好了，我觉得实在太对不住他了。哥哥，对于三爷被害的事情，你千万不要说开去，知道吗？"

阿狗点头道：

"你放心，我虽然很笨，但对于这些利害关系的事情，我是绝不会给外人知道的。"

兄妹俩谈了一会儿，忽然听到隔壁病房中又有女子的声音在哭哭啼啼地闹个不停，似乎听她还在叫道：

"妹妹，你饶了我吧！你可怜我吧！我再也不敢的了！"

接着又失声大哭道：

"三爷，你死得太惨了，你死得太可怜呀！啊！妹妹，我不去，我不去，你不要来活捉我呀！我还要做人哩！"

璞姑听了这些话之后，倒是猛吃了一惊，遂向阿狗说道：

"咦！太奇怪了，这说话的声音怎么有些像金宝呀？"

"我也这么地想，金宝姊如何会在隔壁病房里呀？而且她已经知道三爷是死了，难道这件事情他们也已发觉了不成？妹妹，我倒去瞧瞧她，究竟是怎么的一回事情。"

阿狗似乎也在沉吟着想，他听妹妹这么地说，遂一面回答，一面已走到隔壁的病房里去了。阿狗走到隔壁的病房，只见房中那个女子果然是金宝，她披头散发的，面目憔悴，却跪在地上，独个儿地哭闹着。阿狗暗想：这倒有趣了，她难道发疯了吗？遂走到她的身边，低低地问道：

"金宝姊，你这个做什么啦？"

金宝抬头见了阿狗，她站起身子，猛可地把他脖子抱住了，叫道：

"阿狗弟，你来得正好，你妹妹死得可怜，但三爷已被她活捉了去，你求求她，就饶了我这一条命吧！"

阿狗被她这么地一抱住，心里真是又羞又急，而且又感到莫名其妙，遂忙推开了金宝的身子，说道：

"金宝姊，你在说些什么话呀？我妹妹并没有死，你不信，你可以去见她的，因为妹妹好好儿地还躺在隔壁病房里呢。"

金宝听了这话，不禁愕然了一会儿，似有不信的样子，摇了摇头，说道：

"阿狗弟，你骗我，你骗我，他们来报告，明明说璞姑已经死了呀！你不要捉弄我吧，我下次再也不敢的了，阿狗弟，你可怜我吧！"

说到这里，却向阿狗扑的一声跪倒在地，又呜呜咽咽地大哭起来。阿狗瞧此情景，涨红了两颊，倒是弄得目定口呆地怔住了一会子。正在这时，看护小姐走进来给金宝喝药水，遂把她身子带扶带抱地到床上躺下，像哄孩子般地把她哄了一会儿。金宝才算停止了哭泣，喝了药水，闭着眼睛自言自语地说道：

"我刚才做了一个梦，梦见阿狗到我这儿来了，他告诉我，说璞姑没有死。但我如何可相信他？他一定骗我，因为这是我在做一个梦呀！"

看护小姐听了这些话，忍不住好笑，但又很可怜她，遂微微地叹了一口气，向阿狗招了招手，是叫他走到病房外面来的意思。阿狗在病房门口，遂向她低低地问道：

"请问她是患的什么病呀？什么时候送进院来的？"

"还只有今天早晨送进院中来，她患的是神经病，你认识她吗？"

看护小姐回眸望了他一眼，点了点头回答。阿狗道：

"她是张三爷的姨太，你没有知道吗？"

看护小姐忙道：

"那么和隔壁的这位女子竟是一样身份了？奇怪，她为什么口口声声说妹妹已死了，三爷也死了，这不知是什么道理？"

阿狗脑子很简单，他也弄不十分清楚，遂摇了摇头，说并不知道，一面走回到妹妹的病房里。璞姑问他说道：

173

"哥哥，你瞧是不是金宝姊吗？"

"一些也不错，她一见了我，抱住了就大哭，说你死得好苦，说三爷被你活捉了去。叫我向你求个情，千万别再把她活捉了去。我真弄得莫名其妙，后来看护小姐告诉了我，说她已患有神经病的了。"

阿狗遂向妹妹絮絮地告诉着。璞姑听金宝患了神经病，她由不得凝眸含矘地沉吟了一会儿，暗想：金大哥昨晚告诉我，说他冒充了院役，把三爷骗到外面杀死的，这么想来，金大哥一定说我病危，叫三爷快走到医院去一次了。不过这里所奇怪的，我死了对金宝也没有什么多大关系，她为什么却患起神经病来？璞姑到底是个聪敏的姑娘，她在沉吟了一会子后，方才又"哦"了一声，想明白过来了。觉得自己被张三爷痛打的这一回事，一定是金宝在进谗搬是非，否则，她为什么要心虚而患神经病呢？正在这时，忽然见徐妈匆匆地走进来。璞姑忙道：

"徐妈，你来得正好，大太太在隔壁病房患神经病了吗？这到底是为了什么缘故呢？我想你一定知道得很详细的，你能明白地完全告诉我吗？"

徐妈听了这话，深长地叹了一口气，说道：

"二太太，这件事情说起来，真是她的自作其孽。我从头至尾地告诉你吧。昨天下午，二太太走出去后，大太太忽然又回家来了，她向我说，她在路上瞧见你和一个男子在一同走着，而且她认识那男子名叫金志毅的，她怨二太太没有良心，三爷待你这么好，你还偷汉子，叫我向三爷去报告，说你在金志毅家中幽会。当时我不相信，后来大太太动了怒，说吃她的饭，应该为她尽忠，我被她逼得没有办法，只好去告诉三爷，所以二太太一回家，三爷就和你大闹起来。"

璞姑听到这里，方知自己的猜测不错，遂点了点头，说道：

"原来全是她的弄鬼，那么她如何又发神经病了呢？"

174

徐妈继续地又道：

"昨夜十时多后，有一个男子前来报告，自称医院内的院役，他说二太太病危十分，叫三爷最后去说几句话。不料三爷走后，大太太疑神疑鬼地便神经错乱起来了。我心里害怕，遂到医院来告诉三爷。谁知在医院门口又遇到了这个院役，说你确已死了，叫我去把大太太也喊到医院来料理事务，因为这是三爷的主意。可是我到了家里，三爷的尸身已被大太太的哥哥背负回来，说他在路上发现的，当时我心里这一奇怪和惊异，我真的要呆若木鸡起来了。"

璞姑听她这么地说，她心里对于这件事情却很明白，但表面上兀是显出惊怕的神情，"哟"了一声，问道：

"什么？三爷已被人害死了吗？这……这个人是谁呢？"

徐妈道：

"当时舅爷就疑心凶手是金志毅……不过没有什么证据，也难以肯定。况且时已深夜，也就只好到第二天再作道理的了。"

璞姑听大彪疑心金志毅，芳心倒忍不住别别地一跳，但仔细一想，志毅在事后早已逃往上海了，那我还替他担忧什么，遂听徐妈又告诉下去道：

"太太自见三爷的尸体之后，她的神志益发糊涂起来，哭笑无停地吵闹了一夜。次日早晨，阿三汽车来接三爷上厂内去办公，大彪也来了，我们于是先伴太太到这医院医治，然后叫我去认金志毅这个人，但金志毅的屋子已上了锁，问左右邻居，说早晨就到上海去了。我们没有办法，阿三就叫我们回去料理后事，他也去大公馆报告老太爷了。"

徐妈说到这里，遂把以后经过的事情，又向她诉说了一遍，并且又道：

"现在老太爷把小公馆的屋子退了，家具也都拍卖了，而且也不承认你们是张家的人了，他把我也辞歇了。我想起报告三爷对于二太太在姓金的家里幽会的话，我觉得十分不安，所以我向二太太来忏悔，请你饶赦我这一个罪恶才好的。"

璞姑和阿狗听到这里，方知局里把大彪反而认作凶犯了，这也是他助纣为虐、一生作恶的下场，心头变得轻松了许多，遂说道：

"事已如此，你也不必再提起它了。至于他们不承认我们是张家的人，其实那是我求之不得的事情，我也不情愿再给他们去虐待呀。"

这时阿狗见时已不早，遂先告别回厂内工作去。徐妈向璞姑又问了一会儿好，并且说道：

"可见得好心总有好报的，大太太害人反而害了自己。现在只苦她自己成了这一个恶病，倒是二太太过几天病就会好起来的呢。"

璞姑因为不愿和她多谈，遂闭了眼睛，含糊地回答了几句。徐妈见她似有睡意，因此只好匆匆告别走了。下午三点钟光景，璞姑正在由着看护小姐服侍着喝药水，忽然金宝痴痴癫癫地走进房里来，她见了床上的璞姑，遂在房门口站住了，怔怔地愕住了一会子，忽然惊喜地奔上来叫道：

"妹妹，妹妹，你真的没有死吗？你……还活在人世间吗？"

那个看护陈小姐生恐吓坏了产妇，遂向房外叫了一声王小姐。原来王小姐是服侍金宝那间病房的，于是匆匆地走进来，拉住了金宝的身子，说道：

"你这人为什么不听从我的话？叫你不要东西地乱闯，怎么你又走到这儿来了？快回去，快回去，要不然，我叫人来捶打你了。"

金宝见了璞姑之后，人似乎清楚了一些，向王小姐哭着哀求道：

"王小姐，我不会吵闹的，你答应我跟她说几句话，因为她是我的妹妹呀！"

璞姑见金宝披头散发，那种痴癫的神情，心头由不得一阵痛伤，泪水也落了下来，遂说道：

"王小姐，你就放了她，给她跟我谈两句话，也许她会想明白过来的。"

王小姐听她这么地说，遂又放了金宝的身子。陈小姐也离开了床边，给金宝走到床边来坐下了。只见金宝泪眼盈盈地望着璞姑，把手去摸她的脸颊，低低地问道：

"妹妹，你是个人，不是个鬼吧？"

陈王二位小姐听了这话，几乎忍俊不禁。璞姑点了点头，把手去握她的手，含泪说道：

"我当然是一个人，姊姊，你听，我不是在喊你了吗？"

金宝见她来握自己，而且又听她这么地叫，似乎相信璞姑是没有死去。她猛可抱住了她的身子，呜呜咽咽地哭泣不停，说道：

"妹妹，我害了你，我害了你。你可怜我知识浅薄，你饶了我的罪恶吧！"

璞姑被她这么地一抱，又听她这样地说着，因为金宝会发疯，从可知她的心眼儿还并不十分坏，一时把心头的痛恨也就慢慢地消失了，只有感到她无限的可怜。遂抱着她的身子，也哭泣了一会儿，说道：

"姊姊，过去的事情，你也不要再谈起了。总而言之，我们都是大地上最可怜最悲痛的女子。唉！我们身为女子的，真不是一个人做的呀！姊姊，我并不怨恨你，你再不要胡思乱想了，你现在总可以想明白过来了。"

陈王二位小姐听璞姑这几句话，因为她们也是个女子，所以心头不免激起了同情的悲哀，一时也感叹了一会儿。这时金宝停止了一会儿哭，望了璞姑良久之后，忽又嘻嘻地笑道：

"妹妹，你真好，你不怨恨我吗？唉，我真感激你。妹妹，但我现在是做着梦，梦见妹妹还活在世界上，我想妹妹最好也没有死去呀！"

一面说，一面又眼泪鼻涕地哭泣起来。璞姑知道她神经是依然错乱着，因为金宝还是个二十一岁很年轻的女子，固然她是自作自孽，不过为她往后的身世着想，那真比自己更可怜着十分。一时万分悲酸，忍不住陪了不少的眼泪。

　　王小姐生恐她越闹越糊涂，遂拉了她的身子，哄着她回到隔壁病房里去了。这样过了一星期之后，阿狗那天来报告璞姑，说大彪被局里几次用刑之后，他昨天已经病死在狱中了，璞姑听了这话，倒又暗暗地伤心了一会子。不料这时，这儿院长唐医生悄悄地走进病房里来了。

第十一回

为我情郎来海国　不意一跃成红星

唐医生走到病房里面，璞姑慌忙收束了泪痕，只见他微微地一笑，说道：

"盛小姐，你这几天来好得多了吧？"

璞姑点头道：

"好得多了，这全是唐医生的能力，我心里非常地感激你。"

唐医生把手捻了一下人中下的胡须，含笑沉吟了一会儿，方才又低低地说道：

"张三爷被人暗杀之后，听说张家已不承认你们是张家家属的一员了。昨天我们前去拿取你们住院不足的费用，他们不肯付钱，所以我们也没有办法，只好请你们回家去休养了。好在你近来身子已复原得多，住在医院和住在家里也没有什么大分别的，因为在你是只需多休养就会好起来的。"

璞姑方才明白他的来意，遂"哦"了一声，忙道：

"那么到今天为止，不知尚欠多少房金和药费？当然，张家不付钱，我自己也得理清楚的。"

"那只不过两天房金，好在你这两天原不喝什么药水了，至于两天的房饭金也就别算了，因为我很明白你们遭遇的不幸。"

唐医生摇了摇头，似乎很表同情地回答。璞姑听了，自然很感激他，遂从床上坐起，说道：

"在我住院不住院倒不成什么问题，我担心隔壁那个疯人怎么地办呢？而且她的哥哥听说又死在监狱里了，这真是一个很重大的问题哩。唉，她真比我更命苦。"

唐医生道：

"那么汤小姐府上难道没有什么亲人了吗？我见她这两天哭闹也好多了，只要给她静静地休养，神经也会恢复过来的。"

"可是她家中确实没有一个亲人了，因为在她回家之后，当然需要有个人能够好好儿照顾她的。"

璞姑微蹙了翠眉，心头感到忧愁。阿狗道：

"我们可以随时照顾她的，因为不出院固然没有这许多钱，而且住院也不是一辈子的办法呀。"

兄妹俩商量停妥之后，他们带着金宝仍旧住到自己那间破旧的茅屋里来。金宝虽然不大哭闹了，不过她的脑子迟钝了许多，见了人只会吓吓地笑，并不多说话。璞姑的初意，原欲把她带到自己家里一块儿住，后来生恐种种的不方便，所以终究并没有这么实行。

常言道，小产比大养更会伤身子，所以璞姑的精神依然不十分好。回家之后，仍旧躺在床上不能起身。阿狗在厂内倒没有被辞歇，所以他在家里把妹妹吃食料理舒齐后，又给金宝去料理好事情，方才到厂内去工作，真也把他累得够辛苦的了。

这样过了半月，那天阿狗放工回家，路过金宝的家门口，照例是要弯进里面去望望金宝的。只见室中已亮了一盏油灯，金宝坐在桌旁唱小调儿。因为有了半个月日子时常见面，金宝心中也认为阿狗是比较亲热些一个人，遂向他嘻嘻地笑道：

"阿狗弟，你又来啦！"

阿狗虽然也认为自己有些傻骏，不过听到金宝每次见面时问的这一句话，觉得金宝到底比自己更有些神经质的，因为她究竟是个疯女人。凭着过去自己曾经有爱上她的意思，所以阿狗给她表示同情，非常可怜她，在他心中是还想能够继续地爱上她，于是点了点头，说道：

"金宝姊，时候不早，你为什么还不吃晚饭？"

"吃晚饭？谁吃晚饭？"

金宝微昂了粉颊，呆滞了乌圆眸珠低低地问。

"你呀，你肚子饿了没有？"

阿狗忍不住要笑，他照例地把饭锅子里冷饭盛在碗内，给她冒上了开水，又给她取出一碗青菜，这些还是阿狗早晨给她拢舒齐的。金宝见了桌子上的饭菜，肚子似乎有阵怪叫，她也感到饿了，遂握了筷子，稀里呼噜地吃泡饭。阿狗站在旁边，却向她发了一会子怔。过了一会儿，金宝好像想到旁边还站着一个人，遂抬头望了他一眼，笑道：

"阿狗，你不吃饭吗？"

"我吃的，回头我到家里去吃。"

阿狗听她这句话倒一些没有疯态，心里很喜欢，遂微笑着回答她。金宝道：

"为什么不在这儿吃些？你不肯和我一同吃饭吗？"

说到这里，她又站起身子来，说道：

"我也给你盛饭吃好吗？"

阿狗想不到金宝今天会跟自己说出这两句话，他心头是感到无限的惊喜，暗想：她并不疯呀，她对我很有些感情作用的，可见她心中也有我阿狗这个人了。这时金宝已给他盛了一碗冷饭，不过并没有给他倒开水泡一泡，而且也没有给他拿筷子，从这一点猜想，金宝的脑子还是这么糊涂。不过在阿狗的心中是已经够欢喜的，他拿热水瓶自己泡了饭，然后拿了一双筷子，和她一同坐下，向她低低地问道：

"金宝姊，你认为我阿狗这个人好吗？"

金宝雪白的牙齿微咬着殷红的嘴唇皮子，乌圆的眼珠溜了他一下，微微地点了点头，憨然地笑。阿狗心里荡漾了一下，遂又含笑问道：

"那么你爱我吗？"

"你也爱我吗？"

金宝似乎还懂得男女爱不爱的事情，红晕了粉脸，向他轻声地反问。

"我不是早就爱上你了吗？你不记得那天我在房中谈爱情，你哥哥突然回家了，你叫我从后窗逃出，我一不小心，竟落在粪缸里，回家第二天还生了一场病哩。金宝姊，我是一直爱你到现在，可是你却嫁给张三爷做姨太太去了。"

阿狗听她也会这么地问，他心中这一甜蜜，口里仿佛衔了一块糖，遂含了满面的笑容，把过去的事情重新向她提起来说。金宝凝眸含颦地想了一会儿，似乎也记起了这一件事，她不禁哧哧地笑起来。可是在笑过了一阵子后，她忽然又有了一个什么感觉，立刻又哇的一声哭了。她把桌上的碗也摔到地上去，这一哭是哭得非常厉害。阿狗突然见她又发作起来，心里又害怕又焦急，暗想：这一定是触动她的心事了。唉，那我真懊悔向她说出这些话来的。于是忙站起身子，走到她的身旁，因为她在乱撞乱颤地哭，遂把她抱住了，叫道：

"金宝姊，你怎么啦？快不要这个样子呀！好好儿的为什么又哭了呢？"

金宝却不作答，只管呜呜咽咽地大哭。阿狗没有办法，只好把她抱到床上去，叫她静静地躺一会儿。自己站在旁边，望着她出了一会子神。金宝在哭过了一会儿后，她却躺在床上睡去了的样子，一声不响地装死人。阿狗以为她要睡了，遂给她盖上了一条被，悄悄地给她把门带上，自管回到家里来了。

阿狗到了家里，见妹妹已给自己预备舒齐了饭菜，等着自己回家吃饭，这就忙道：

"妹妹，你今天怎么起床料理家事？"

璞姑微笑着道：

"我计算着也睡了二十四天的床了，今天精神比较好得多，所以起来试试。因为我见你早出晚归已经是够辛苦了，回家还要料理家务，这叫妹子心头如何说得过去呢？哥哥，你快坐下休息，吃饭吧。"

阿狗听了，遂和璞姑一同坐下吃饭，向她又劝道：

"那么你吃好了饭立刻就睡到床上去休息，因为还没有满一个月，这到底有伤身子的。"

璞姑觉得哥哥这半年来的日子，人真像换了一个。因为他很关怀自己的身子，心里自然非常感激，遂点了点头，表示答应的意思。两人默默地吃了一会儿饭，璞姑瞧了他一眼，低低地开口又问道：

"哥哥，你今天到金宝姊那里去过了吗？她现在神经可曾复原一些了吗？"

"刚才放工回家的时候也去瞧望过她一次，她的态度，又像清楚，又像糊涂。总而言之，她的人完全是变的了。"

阿狗听她提起了金宝，一面告诉，一面忍不住深深地叹了一口气。

"那么她对你说些什么话呢？"

璞姑微蹙了眉尖，她很想知道一些关于金宝的状态，是疯痴到怎一份样儿的程度。阿狗不好意思告诉说爱不爱的话，微红了两颊，低低地道：

"她一见了我，总是这么地叫了一声阿狗弟，又问了一句你又来啦，别的也没有说什么。"

璞姑叹了一口气，说道：

"她这个疯病也许是不会好的了，唉，这么一个年轻的姑娘，孤零零的将来真不知如何的结局呢！"

说到这里，同时想到了自己，心中一阵悲酸，眼泪这就扑簌簌地滚了下来。阿狗被妹妹一淌泪，他心头也有些悲哀的意味，忍不住叹了一口气，几次他想把自己爱上金宝的话告诉妹妹，但为了羞涩的缘故，这就始终没有说出口来。

第二天早晨，阿狗一心记挂着金宝的人，所以他吃过了早饭之后，就匆匆到金宝家里来了。轻轻地把门一推，却是推了开来。草堂上并没有金宝的人，桌子上还放着一碗青菜、一碗饭、两双筷子。地下也仍旧破碎着一只碗，散了一粒一粒的饭粒。从这一点看，可见金宝还没有起床，于是悄悄地走进她的卧房，不料床上却没有金宝人躺卧着，一条被揉成一团放在床脚后。阿狗心中奇怪，遂连叫两声金宝姊，可是却不听她的答应，阿狗怕她会躺到床底下去，遂蹲身向床下细瞧，也不见她的人影子。一时又焦急又惊异，遂到大彪房中去找寻，也是没有她的人影子。阿狗在发了一会子怔后，想到门是开着，也许她到街上玩去了，于是匆匆地走出了大门，也到街上去找寻她了。

这时实在还非常早，况且在冬天的季节，街上是静悄悄地连一个人影子也没有。阿狗暗想：这么大冷的天气，金宝会上哪儿去乱走呢？而且叫我又到什么地方去找她好？想到这里，不禁又出了一会子神。

离开金宝家门口四五丈路远有条小河，河边时常有渔翁在拉网捕鱼。阿狗想了一会儿心事，抬头瞥见到前面河流旁的渔翁，暗想：我倒不妨去探问他一下，也许他瞧见金宝人是走到什么地方去的。于是他匆匆地奔了上去，向那渔翁叫声"老伯伯，你早"。那渔翁向他点了点头，笑道：

"你也早，上哪儿去？"

阿狗道：

"我问你一件事，你有没有见到一个年轻的女子在这儿走过吗？"

那渔翁奇怪道：

"我四点半就在这儿捕鱼，却没有见到什么年轻女子在这儿。我此刻见到你，还是第一个人哩，你问这女子是你家的谁呀？"

"老伯伯，你有所不知，这女子就是汤大彪的妹妹汤金宝，她不是发了疯吗？早晨我去见她，家门是开着，人却不知去向了，所以我向你问一声。"

阿狗遂从实地告诉了他，脸上显出十分忧愁的样子。那渔翁沉吟了一会儿，不禁"哟"了一声叫起来，忙道：

"不错，汤金宝发疯听说是为了张三爷被人暗杀而起的，但是金宝也许已经投河死了吧。"

"什么她已投河死了吗？这……你是怎么知道的呀？"

阿狗听他这么地说，心中这一吃惊，也不禁跳了起来，急急地追问。那渔翁听了，遂在身旁草堆里取出一双半高跟的皮鞋来，放到阿狗的面前，说道：

"你认一认，这一双皮鞋，是不是金宝穿的吗？"

阿狗见了这一双皮鞋，他忍不住已哭出声音来了，遂忙说道：

"这双皮鞋正是金宝姊穿的，老伯伯，你这双皮鞋是打哪儿拾到的呀？"

"你别哭呀，我告诉你，早晨我来河边捕鱼，就见到河边草堆里放着这一双皮鞋。起初我倒没有理会到这一层，如今被你这么地一说，我才想到也许是她投河自杀的了。"

那渔翁一面叫他别哭，一面悄悄地告诉了他。阿狗听了这话，望着河面益发大哭起来，叫道：

"唉，金宝姊，你太可怜了，你为什么要投河自杀呢？你难道不希望再做人了吗？"

那渔翁听了，也忍不住感叹了一会儿。阿狗哭了良久之后，遂拿了皮鞋，向渔翁道声谢，就匆匆地回到家里来。

璞姑给哥哥吃好早饭走后，她便坐在桌子旁对镜梳洗了一会儿，暗想：半个多月不见金宝了，可怜她不知成个怎么样憔悴的了。虽然她自己作孽，害人害己，不过她也无非一时之错，以致酿成终身遗恨。我不应该再去痛恨她，应该可怜她才好。况且她对我已经表示忏悔，唉，女子到底是太可怜的了。璞姑想到这里，预备梳洗完毕去瞧望她一次，不料这个当儿，阿狗手里拿了一双皮鞋，却是哭回家里来了。他见了妹妹，就叫道：

"妹妹，可怜金宝姊投河自杀了呢！"

"真的吗？啊哟！你这是打哪儿知道的呀？"

璞姑心中一惊，把手中的木梳也掉落到地下去，灰白了脸色，急急地问。阿狗眼泪鼻涕地一面告诉，一面把那双皮鞋放在桌子上，又哭道：

"妹妹，你瞧，这不是她投河时遗下的鞋子吗？唉，她为什么要自杀呢？"

璞姑拿过金宝的鞋子，细瞧了一会儿，眼泪也像雨点一般抛了下来，哽咽着道：

"金宝姊，你死得虽然太悲惨了，不过你到底还是一个聪敏的人。我觉得你活着的痛苦，倒还不如死了比较永远脱离痛苦好吗……"

璞姑说到这里，想到自己不知究竟如何的结局，身世的可怜，也不是早些死了干净吗？因此悲从中来，不禁放声大哭。阿狗被妹妹这么地一哭，倒反而收束了自己的泪痕，遂劝慰她说道：

"妹妹，你是个月里头的人，不能这么太伤心呀。因为你哭肿了眼皮，将来会做成流泪病的。死也已经死了，我们哭她也是没有什么用处。总之，我们穷人的命太苦，妹妹，你千万保重些身子，我得上厂里工作去了。"

阿狗说着话，他叫璞姑到床上去躺一会儿，他自己匆匆地又到厂里上工去了。璞姑想着自己和金宝可说同病相怜，一样薄命，现在金宝是死了，只剩下我一个人，不知是怎么的结局，因此又暗暗地伤心了一会子。

光阴像水一般地流去，转眼之间，雨雪纷飞中带走了残冬的影子，不知不觉已到第二年春天的季节了，鸟语花香，草长莺飞，大地又回春了。璞姑近来的身子比较健康得多，她想到金大哥到上海之后，竟杳如黄鹤，消息沉沉，一颗芳心，自不免暗暗地记挂。这天阿狗从厂内回家，璞姑和他在吃晚饭的时候，向他低低地说道：

"哥哥，你的年纪也有二十一岁了，照理也应娶亲的了，所以我也不能久住在你的家里，因为我到底是个已嫁过人的妹妹，总也不能叫你养活我一辈子的。所以我的意思，明天预备到上海去找些事情做做，顺便也去找寻金大哥的下落，因为他不是也到上海去找出路的吗？"

阿狗听妹妹这么地说，遂叹了一口气，摇头说道：

"妹妹，你别那么地说，我们可是亲兄妹呢。就说我做哥哥的养你一辈子，这也是分内的事情。至于我娶亲这一回事，老实地说，我一方面固然没有能力，而且人家也未必会瞧中我这个人，所以对于这一层，妹妹是可以不必和我客气。不过你要去找寻金大哥的人，那我当然也不能强留你。但你一个弱女子孤零零地到上海去，我心里很放不下，最要紧的是多带一些盘缠去，否则，你一个人在上海叫爹不应、叫娘不理，这不是糟了吗？"

璞姑道：

"哥哥的意思，我是非常感激。但我想到了上海之后，总有个办法可以想的。所以你不用担心，而且我会写信给你的。"

阿狗沉吟了一会儿，忽然笑道：

"我倒有个主意，金宝死后，家里的东西原没有人管理，所以我给她上了锁保管着。现在妹妹要到上海去，何不把她东西卖些去，给妹妹作为盘缠不好吗？而且金大哥家中东西也都是我们可以做主意的，不知妹妹的意思怎么样？"

璞姑摇了摇头，说道：

"我的盘缠原有两百元钱在着，所以你这个意思也不用实行了。万一不够的话，我现有一枚钻戒，也可以随时变换钱用的。至于金宝的家里，将来你结婚的时候，可以住到那边去，因为她家的东西到底比我家新鲜得多。并非我们占了她们的家，一则，我和她本来同侍一夫；二则，她家原没有什么人了，所以我们算为己有，也并不罪过的。不过金大哥的家，你还是给他仍旧保留着好，因为他也许还要回故乡来住的。"

阿狗点头道：

"不过金大哥若回来了，妹妹总和他一同回来的，所以我们兄妹又可以聚在一处的了。"

这两句话倒是说在璞姑的心眼儿上去，因为她确实也有这么的希望，这就掀着浅浅的酒窝儿，忍不住嫣然地娇笑起来。兄妹俩商量已定，第二天早晨，璞姑带了一只衣箱，独个儿离开故乡了。

璞姑乘火车到了上海，先坐街车到一家小客栈内住下。她心里有些担忧，因为在上海确实还是初次到来，人地生疏，那么往后可怎么地办好？她觉得最要紧解决的问题，就是先租间房子住下，否则，住旅馆开销太大，一旦金钱用尽，岂不要流落街头作为乞妇了吗？璞姑在这么感觉之下，遂匆匆地走到马路上来看招租。幸而她总算认得几个字，也知道这是什么路，这是什么街，不料正在抬头找寻招租的时候，忽然对过弄堂内走出一个老妈子来，手里拾了铜勺子，似乎去泡水的模样，仔细一瞧，那不是徐妈吗？璞姑心里一欢喜，遂赶上去叫道：

"徐妈！徐妈！你还认识我吗？"

徐妈听有人招呼自己，遂忙回头来望，见是一个怪年轻貌美的女子，她呆了一呆之后，立刻也惊喜地笑出声音来，忙叫道：

"哟！我道是谁，原来是二太太，你什么时候到上海的呀？你现在耽搁哪儿？自己租房子住着吗？"

璞姑摇头说道：

"我还只有今天到上海，现在住在新光旅社内，我出来原想找房子，无奈人生地疏，一时也不知哪儿有房子，谁料却遇到了你。徐妈，你在上海帮人家有多少日子了？一向好吗？"

徐妈道：

"我自被他们辞歇之后，就到上海来找出路。荐头店里给我介绍，在一份王姓人家帮佣，也有三个月了。二太太，你要房子，我们里内隔壁有间亭子楼要出租，不知你喜欢吗？假使喜欢，我就伴你去瞧瞧好不好？"

"那是再好也没有的了，我也懒得东西去找寻，只要暂时有个住身的地方也就是了。徐妈，只不过劳你的驾了。"

璞姑听了，非常欢喜，遂立刻点了点头回答。徐妈道：

"二太太，你别这么客气，那么你请在这儿弄口等一会儿，我去泡了水就回来的。"

璞姑点头说好，遂在弄口等了一会儿，抬头见那里是"西贵新里"四个字。不多十分，徐妈把水泡来，和璞姑到五号门口又叫她等一等，自己去放了铜勺子就出来。待徐妈放了铜勺子走出，遂陪伴璞姑到六号的门口，敲门进内。璞姑向她叮嘱道：

"徐妈，你以后千万别叫我二太太了。"

徐妈点头答应，遂和她走进客堂里。二房东沈太太和徐妈认识的，问她有什么事情。徐妈一面向两人介绍，一面说道：

"这是我在故乡旧东家的二小姐，现在到上海来求学，要找房子。齐巧遇见了我，所以我陪伴来瞧瞧你们的亭子间。"

沈太太点头说好，遂陪伴她们上楼去瞧。璞姑认为满意，问月租若干，沈太太说二十元。璞姑也就答应，当下付定钱五元。沈太太问一共几个人住，璞姑说只有我一个人。沈太太也认为人少清洁，很是欢喜，说定今天起租，随便什么时候搬进来都可以的。璞姑点头，遂和徐妈一同告别出来。

两人走出大门口的时候，徐妈却向璞姑说道：

"二小姐，我的意思，想仍旧在你那儿帮佣，不知你喜欢我吗？"

璞姑倒出乎意料之外的，向她愕住了一会子，笑道：

"你在王家已做了三个月的日子，不是很好吗？"

"你不知道，王家孩子一共有八个，一天到晚，洗衣服烧饭，忙得一些空闲时间都没有，所以我有些吃不消做下去。"

徐妈老实地告诉了她。璞姑笑了一笑，说道：

"你肯给我帮佣，我自然非常欢喜。不过这儿尚有一个问题，因为我这次到上海，也是冒险而来，原想找些工作做做。现在事情既没有找到，我个人生活尚且感到困难，我哪儿再有能力养活你呢？"

徐妈听了，却不以为然，忙说道：

"那要什么紧？二小姐这么美丽的人才，还怕找不到一个事情做吗？老实地说，上海地方，就是美丽女子唯一的出路。只要二小姐喜欢我这个人，那么有饭吃饭，有粥吃粥，即使喝自来水，我也绝无怨言的。在你困苦期内，我也不要你的工资，不知二小姐肯答应我吗？"

璞姑听她这么地说，情不自禁把她手握了一阵，笑道：

"徐妈，你既然这么地说，我当然能够答应你的，而且我有你做伴，胆子也大了不少。但说句可怜的话，我一个光身到上海，连被铺都没有呢，你想，叫我怎么地办？"

徐妈道：

"不要紧，我是有被铺的，可以暂时跟二小姐一同睡，将来总有办法可想的。那么说走就走，我此刻就去告退了，把被铺先搬入六号里去，今夜和二小姐睡到旅社内去好不好？"

璞姑听她说得爽快，遂也只好答应了她，说道：

"那么我先回新光旅社二楼三十八号去，你回头来找我好了。"

徐妈点头说好，璞姑遂匆匆地回到新光旅社。想起今天的巧遇，真是忍不住好笑，但想到往后的生活，又颇觉忧愁。不多一会儿，徐妈匆匆地来了。璞姑问道：

"你已向王家告退了吗？那么被铺也拿到六号亭子间去了，沈太太怎么地说？"

"沈太太没有说什么，赞美我有义气，不忘旧东家。"

徐妈笑嘻嘻很得意地说，接着又在怀内取出一百元钞票，交璞姑的手里，说道：

"二小姐，这是我到上海后的积蓄，你现在拿着去用，将来二小姐有钱的时候，再归还我好了。"

璞姑见她赤胆忠心地帮助自己，心中自然十分感激，遂接了钞票，说道：

"也好，我暂时借你用一用，连我自己一共还有二百六十元钱。不知什么地方有旧家具买？我想一张床一张桌子那是少不了的东西。"

"旧家具在北京路是很多的，我们此刻就去买好吗？"

徐妈听了，连忙告诉了她。璞姑点头说好，遂和徐妈一同走到北京路去了。时间过得很快，一忽儿她们在西贵新里六号的亭子楼内已住有一星期光景了。这一间斗形似的房间内，真个是除了一床一桌一便桶之外，什么都空空似的。璞姑的初意，是想去考公司的女职员，然而粥少僧多，这一个希望是不能实现的。因此这一星期中，她是非常愁苦。这天晚上，徐妈见她愁眉不展，遂低低地道：

"二小姐，我倒有一个主意，保准你可以赚大钱的。"

"你有什么主意？为什么不早些跟我说呢？"

璞姑秋波斜乜了她一眼，急急地问。

"我在隔壁王家帮佣的时候，后楼住着母女两个人，她们天天睡到十二时起来，吃的鱼肉，穿的绸缎。我心中很奇怪，她们又没有男子在赚钱，如何生活这么舒服？后来日子久了，方才知道她女儿在做舞女。"

徐妈要璞姑也去做舞女，她不敢直接地说，所以先这么绕了一个圈子告诉她。

"做舞女？做舞女是怎的一回事？"

说也有趣，璞姑对于这个新鲜的名词，觉得十分陌生。她定住了乌圆的眸珠，有些不甚了解"舞女"这两个字的意思。徐妈见她

191

微蹙了眉尖，好像十分猜疑的样子，倒忍不住笑起来，遂在热水壶里先给她倒了一杯茶，然后方才低低地告诉道：

"起初我也不知道是怎么的一回事，后来她的妈告诉了我，这才明白。上海开设了许多跳舞厅，舞厅里需要许多的舞女，这是给一般男子来伴舞的。舞客跳舞要买舞票，舞女把舞票和舞厅里对拆。听说她的女儿生意好的时候，一个月可以拿舞票一千多元，这样也有五六百元的现钞可以收入，这不是比做什么买卖都好得多了吗？"

璞姑听了，方才明白上海地方女子的唯一出路，是只有牺牲色相而已，这就低了头，忍不住深深地叹了一口气，默不作答。徐妈见了，遂在一旁又低低地劝慰道：

"二小姐，其实一个女子给男子抱着跳舞，那也没有什么大不了的关系，只要你自己主意拿稳，还怕谁来吞吃你吗？因为你若不这么地做，你难道甘心情愿活活地饿死不成？"

"不过我又不会跳舞，叫我如何跟人家跳舞好呢？"

璞姑觉得为了要吃饭，为了要生存在这大地上做一个人，除了这么地做，还有什么办法好？她抬起惨淡的粉脸，逗了她一瞥哀怨的目光，低声儿回答。徐妈听她这么地说，显然是她表示情愿的意思，遂笑道：

"只要二小姐肯委屈一些，你可以到舞校里去学习的呀，不到半个月，你一定把探戈、华尔兹等的舞步全都学了。"

"徐妈，想不到你在上海住了只有三四个月的日子，竟成了'老门槛'了。"

璞姑听她这么地说，白了她一眼，也忍不住嫣然地笑起来了。徐妈听了，也微微地笑了。主仆两人又闲谈了一会儿，说起金宝投河自杀的事情，彼此又感叹不止。璞姑见时已不早，方才脱衣就寝。

从此以后，璞姑就由隔壁的王丽娜介绍，到舞校去学习跳舞。璞姑原是一个绝顶聪敏的姑娘，所以不到半个月的日子，把各种舞步已完全地学会了，于是再由王丽娜的介绍，到新乐宫舞厅去伴舞。

璞姑初次做舞女，若有舞客前来跳舞，她心头就会像小鹿地乱撞，同时两手也会瑟瑟地发抖。这样有了一星期之后，璞姑才算慢慢地老练起来，在舞客面前的谈吐也是相当流利。一个聪敏美丽而温和的女子，她在舞国里面当然会使人注目而发红起来了。

璞姑第一个月做了五百元的舞票，丽娜告诉她，一个舞女的红，全靠衣服的新颖漂亮，否则就会给人叫一声阿桂姊的。所以这些舞票，璞姑都添了衣服和鞋袜。一个容貌美丽还只十九岁的姑娘，再把上好的衣料丝袜皮鞋一打扮，这更不用说，自然越发红起来。那些舞女大班都是吃人不吐骨的，见璞姑有蹿红之势，这就大拍其马，立刻把她从末等舞星的座位给她调换到头等红星的宝座来。

这已经是秋凉的天气了，计算璞姑做舞女已有半年多的日子。在这半年中，确实她是挣了不少的钱，而且她的家，也由亭子间而迁居到客堂楼来。徐妈是非常得意，因为只服侍她一个人，平常又没有什么事情，所以她既得到很好的待遇，又可以不操劳辛苦的工作，当然是非常喜悦。这日四点半左右，璞姑坐在梳妆台前对镜化妆。徐妈站在她的身后，微笑道：

"二小姐，你这么一打扮，真是再美丽也没有的了。"

璞姑没有作答，却微微地叹了一口气。徐妈有些不解她的意思，遂奇怪地问道：

"二小姐，你好好儿的为什么要叹气不高兴了？"

"你知道什么？我真有些怕到舞厅里去的。"

璞姑微锁了翠眉，仿佛西子捧心的意态，大有哀怨的神情。

"二小姐，你这话又奇怪了，不到舞厅里去，你怎么能赚这许多的钱呢？"

徐妈听她这么地说，益发不明白起来了。璞姑叹道：

"你要知道，我赚这些钱也不是一件容易的事情，我是费了多少的精神和手腕，去对付他们这一班魔鬼样的舞客。他们捧我的目的是什么？天下没有这么的好人，岂有白白地把钞票送给人的吗？唉，我笑脸迎人地敷衍他们，其实我内心是多么痛苦呢！"

徐妈这才明白她所以叹气的原因，这就扑哧一声笑起来，说道：

"二小姐，你别闹孩子气了。话虽这么地说，不过你的年纪还很轻，将来少不得再要嫁一个丈夫的。那么你在这许多舞客中不是可以用足目光来选择一个了吗？"

"哼！老实地说，我就一个都瞧不中意！"

璞姑冷笑了一声，噘了噘小嘴儿，一面说，一面站起身子来。徐妈知道她已化妆完毕，遂在洋油炉子上炖着的莲子汤盛在碗内，一面叫她吃点心，一面笑道：

"二小姐，你不用性急的，我明白你一定嫌他们年纪太老了是不是？不过将来总会给你碰到一个年轻俊美的少爷。"

璞姑听了这话，红晕了两颊，啐了她一口，笑骂道：

"你别给我信着嘴胡说吧！我真不稀罕再嫁什么人，男子就没有一个靠得住的。"

"得啦得啦，我往后就瞧着你吧。二小姐，莲子汤盛出了，你快喝吧，别给它冷去了。"

徐妈听了，忍不住絮絮地笑，一面拉了她的手，一面逗给她一瞥神秘的目光。璞姑摇头道：

"我此刻很饱，吃不下，你给我藏着晚上回来吃吧。"

徐妈道：

"晚上还有百合红枣汤哩。此刻不吃些，回头茶舞散场要七点半，你能挨得了饿吗？明天再要闹起胃气痛来，我可不管你。"

璞姑听徐妈这么地说，也只好坐下吃了半碗。徐妈拧手巾又给她抹过了嘴，这时已五点多了。璞姑方才披上维也纳的夹大衣，坐车到舞厅里去。

璞姑到了舞厅，在衣帽间内脱了大衣，又涂上了一层唇膏之后，方才拿了皮包，坐到舞池里去。不料才一坐下，就有侍者走来叫道：

"盛爱妹小姐，客人请你坐台子。"

第十二回

偶随舞客去康乐　无心得悉泥美人

　　璞姑在舞厅里的名字叫爱妹，当时听了侍者的话，也只好站起身子，跟着他走到一张座桌的旁边。只见有个身穿西服的男子含笑起迎，拉开了旁边的沙发椅子，是请她坐下的意思。璞姑在骤睹之下，芳心倒是猛吃了一惊，因为这男子的脸太像张三爷了。假使不是为了他没有人中上的一撮小小的短胡须，璞姑几乎疑心张三爷的鬼魂出现了。在一度吃惊过后，她到底又平静了粉脸，掀着酒窝儿，嫣然地一笑。在这一笑之中，两人的身子也就在座桌旁坐下来了。

　　侍者问盛小姐喝什么茶，璞姑说淡的好了。她把纤手拢到脑后去理她卷曲而乌亮的长发，这姿态是更增了她一分的美妙。不多一会儿，淡茶送上。那男子也递过一支烟卷来，含了微笑，低低地道：

　　"盛小姐，吸支烟。"

　　"不，谢谢你，我不会抽烟。"

　　璞姑摇了摇头，微笑着回答。不过她的手已去拿火柴梗子，划了火，送到他的面前给他烟卷燃着了，接着又笑问道：

　　"你先生贵姓？我们还是初次见面呀。"

　　那少年见她虽然拒绝了自己给她的抽烟，不过凭她给自己燃火这一个举动瞧来，可见她是个很会交际的姑娘，遂道了一声谢，伸手在袋内摸出一张卡片，送了过来。璞姑见上面印的是"张达四吴县"五个字，这就横眸一笑，低低地道：

195

"张先生，我们还是同乡哩。"

张达四笑道：

"可不是？我一听你的口音，也知道我们是同乡。盛小姐在上海有了多少年了？"

璞姑道：

"也不久，一年还不到。"

达四道：

"那么你跳舞的日子也不多吧？"

璞姑点头道：

"计算起来，也有六个月的日子了。张先生，为了要生活，那当然是没有办法的事情，你大概还在念书吧？"

"我大学已经毕业多年，这次到上海，原在总厂里任经理职位。盛小姐，你别难受，伴舞也不是一件什么可耻的事情，我想像你那么好模样的人才，眼前环境虽然恶劣一些，不过将来总会有好日子过的。"

达四听她的话中至少包含了一些凄凉的成分，这就一面告诉她，一面又低声儿地安慰。璞姑听了他的话，瞧了他的容貌，心头益发猜疑不定起来，遂微笑道：

"张先生，你不知道，女孩儿家容貌愈好，她的命也愈苦，所以我相信像我这么的女子总是社会上最可怜的一个人。张先生，你在什么厂内任职呀？"

达四听她这些悲观的话，暗想：这姑娘年纪虽轻，但在过去生命中大概是曾经受过一些刺激的。否则，如何开口就有这么的论调呢？于是笑道：

"自古红颜多薄命，话虽这么地说，但究竟不可一概而论的。美丽的女子，福寿双全的也很多。盛小姐，你别这么地抱悲观呀！我是在新民纱厂内任职，在我们吴县原也有个分厂的。"

璞姑在听到后面这两句话的时候，她心中似乎有了一个恍然大悟，"哦"了一声之后，她的粉脸立刻会热辣辣地发红起来，暗想：这么说，他竟是三爷的弟弟了。虽然彼此原没有见过面，而且也不知他的名字叫什么，不过他叫达四，那还不是四爷吗？达四见她低了头并不作答，似乎在想什么心事般的，遂忍不住又低声问道：

"盛小姐，你想什么？你不以我的话为然吗？不过我可以举一个例子给你听，宋朝杨继业的夫人，她生得多么美丽，但她多子多福而且又多寿，可不是吗？"

璞姑这才抬头瞟了他一眼，笑出声音来了，说道：

"不过我们做舞女的姑娘怎么能够和这些人相提并论呢？张先生，那么你在上海就只有一个人吗？"

璞姑后面这两句话，是要向他探听一下，他究竟是否是三爷的弟弟？

"是的，我一个人住在克明安路的白雪公寓三十八号，盛小姐星期日早晨有空的话，可以到我寓所来吃饭，因为我星期日是不上厂内去的。"

达四含笑向她告诉，表示很热诚的样子。

"可是被人瞧见了怪不好意思的吧。"

璞姑把身子忸怩了一下，飞给他一个媚眼，这娇羞的神情至少会使每一个男子感到心醉的。达四摇了摇头，把烟卷搁到烟缸上去，笑道：

"我不是已告诉你公寓内只有我一个人住着吗？那又有什么不好意思？盛小姐，你的府上在哪里？也能告诉我吗？"

"我家地方又小又脏，见不得客人，所以暂时我不便告诉你。等我到你府上去玩过了，我再请你到舍间吃饭好不好？"

璞姑真是个会说话的姑娘，她虽然是拒绝了达四，因为她说得婉转，所以使达四心中不但没有一些生气，而且还非常欢喜，遂点头笑道：

"盛小姐，我觉得你真会说话，而且也真会闹客气的。那么我再问你一声，你府上爸妈健在吗？还有兄弟姊妹吗？"

"爸妈兄弟姊妹都没有的，只有一个……"

璞姑摇了摇头，说到这里，嫣然地一笑，却故意迟疑着不说下去。

"只有一个……什么人？"

达四有些焦急的神情，脸涨得红红地追问。

"你猜猜……"

璞姑倒也刁得可爱，抿嘴咮咮地笑。

"我猜是你的丈夫。"

达四口里虽然这么地问，但心中却祈祷着，但愿不是她的丈夫吧。璞姑啐了他一口，笑道：

"我告诉你，只有服侍我的一个老妈子，你又胡说白道地乱猜了，我可不依你！"

说到这里，把秋波又逗给他一个妩媚的娇嗔。

张达四觉得她嗲得令人魂销的，遂耸着肩膀，乐得笑出声音来，遂说道：

"那是你自己不好，为什么不干脆地告诉了我？我以为总是你的丈夫了。"

璞姑这回没有作答，却把明眸逗给他一个白眼，微微地笑。达四在笑过了一会儿之后，他又显出很表同情的样子，低低地道：

"盛小姐，我想不到你的身世竟会和我一样孤零可怜，所以我对你表示非常同情。"

璞姑听他这么地说，觉得这是一个好机会，遂忙低低地问道：

"张先生，那么你难道也没有一个兄弟姊妹的吗？"

"兄弟原有几个，不过两个姊姊出嫁了，一个哥哥又死了，所以还不是等于孤零零一样的吗？"

张达四很正经地告诉她。璞姑暗想：这样说来，他一定是三爷的弟弟了。于是又低低地探问道：

"哦，你哥哥已经死了？那么你嫂嫂不知可曾娶了吗？"

达四听她这么地问，蹙了眉毛，微微地叹了一口气，却默不作答。璞姑见他这么的神情，心中这就益发肯定他是三爷的弟弟了，遂故作不解似的问道：

"为什么叹气？你不肯告诉我知道吗？"

"告诉你原可以，但……是我觉得很不好意思，因为我哥哥死得很惨，而且也很不名誉……唉，这总是他平日太荒唐太刻薄的缘故。"

达四说到这里，大有黯然的样子。

"哦，那么到底是怎样的一回事？张先生，你放心，我一定会给你保守秘密的。"

璞姑愈听愈接近了，遂索性欲明白一个仔细，继续地又问。达四因为她很关切地追问，为了自己要爱上她的缘故，于是叹了一声，告诉道：

"我哥哥名叫省三，他是在故乡新民纱厂任经理之职，平日为人很节俭，所以结怨的人很多。他在十年前就和一个高姓的女子结了婚，不过并没有生育一男半女。为了这样，他明目张胆地在外面娶了两个姨太太，可是不上半年，两个姨太太却争风吃醋起来。原因是为了一个姨太太有了身孕，因此搬弄是非，家庭就多事了。结果一个姨太太被我哥哥虐待堕了胎，而一个却自己发疯了，哥哥自己也被人暗杀身死。其中的事情，大概还有许多的曲折，我也并不十分详细。因为我和哥哥感情素不融洽，所以他的事情，我绝对不加以注意的。最令人心痛的，就是我那嫂嫂在哥哥死后的两个月，她携带了丫头素梅，竟跟人卷逃了。唉，说起来这总是哥哥淫人妻女的下场……盛小姐，你听了心里不是也很有个感触吗？"

璞姑听完了他这几句话，她额角上已冒出汗水来了，于是忙拿手帕拭了一拭，也深深地叹了一口气，表示无限扼腕的神情，说道：

"这真是一件悲惨的事情，那么还有这两个姨太太，把她们怎么地安摆呢？"

达四道：

"我爸爸因为痛恨哥哥的死，至少是死在她们的身上，所以不承认她们是张家的人了。况且对于这两个女子，我们从来也没有见过她们一面。"

璞姑点了点头，她在无限痛伤之余，也感到无限的痛快，因为他的结发妻子竟也会跟人卷逃了，那不是一个报应吗？遂很叹息地道：

"照情理上说，他的结发妻子已有十年的历史，似乎也不应该再有此等的行为了。"

"可不是？我爸爸对于这件事也表示遗恨。不过我的心中倒也不以为然，因为嫂子也只有二十八九岁的年纪，丈夫生前对她既不忠，她对死后的丈夫何必又要忠心守节呢？所以我倒很同情她，因为女子到底是太可怜一些了。"

达四的思想倒也新颖，他觉得嫂子的卷逃，至少还是哥哥罪恶的造成。璞姑对于他这两句话，细细地回味，倒也表示同情起来了，遂微微地一笑，说道：

"你这话也说得是，这绝不是你嫂子的罪恶，这是你哥哥自己的罪恶。我想你对于你的夫人一定很忠心的吧？"

达四笑道：

"我将来结婚了后，对于妻子当然很忠心。因为我知道要妻子忠心对丈夫，必须丈夫先能够忠心对妻子，你说我这话对不对？"

璞姑点了点头，扑哧一笑，说道：

"那么张先生难道还没有结过婚吗？"

达四喝了一口茶，望着她红晕了粉脸，笑道：

"你相信我吗？"

"你说没有结过婚，这当然是没有结过婚，我为什么要不相信你？况且一个人结婚又何必要骗人？不过我很奇怪，你为什么还不结婚呢？因为你的年龄也不算小了吧。"

璞姑瞟了他一眼，也笑盈盈地说。

"因为找不到好的对象，我这人的眼界又高，又要模样儿好、性情好、口才好，对于贫富倒不成什么问题。可是单这些也很够困难的了。"

达四充满了热情的光芒，向她脉脉地凝望。璞姑觉得他这句贫富不成问题的话，至少是包含了一些神秘的作用，芳心别别地一跳，两颊浮现了一层玫瑰的色彩，笑道：

"的确，这样十全十美的人哪里去找？"

"不过现在我找是找到了一个。"

达四憨然地傻笑。

"是谁？"

璞姑情不自禁地问。

"今天我在新乐宫舞厅门口的走廊里，见有许多红星的小照，其中一个名叫盛爱妹的，这姑娘真够美丽，我想爱上了她，可是不知她心中也能爱上我？"

达四这几句话，真回答得很俏皮的，他已是笑了起来。璞姑秋波逗给他一个娇嗔，呸了他一声，也低头笑了，暗想：你可是我的小叔哩。这样想着，不免又微微地叹了一口气。

"盛小姐，你为什么给我白眼看呀？"

达四故作不了解的样子问。

"不过你爱她的无非是外表美，至于她的性情、她的口才、她的学识，你到底还没有完全地知道，你如何贸然地就要爱上她？那你的爱也太盲目的了。"

璞姑微抬了粉脸，秋波斜乜了他一眼，这几句话也责问得很有理由。达四觉得她回答得也真聪敏，笑了一笑，说道：

"不过我瞧了她的照相，就好像已经和她认识好久了的样子。在我的想象中，她是多么会说话，多么聪敏。虽然我不知道她的才学

201

是什么程度，但我想一个人最要紧的是外才，死读书没有什么用的，有了很好的学问，而没有灵活的手腕和口才，这无论是男是女，都做不来伟大的事情。”

璞姑听他这么地说，粉脸益发娇红起来，暗想：他求爱的手腕，倒也相当聪明。这就噘了噘小嘴儿，微微地笑了。

达四心里荡漾了下，乌圆眸珠一转，故意含笑问道：

“你瞧我这人好糊涂的，盛小姐的芳名叫什么呀？”

璞姑想不到他会问出这一句话来，一时感到他刁得顽皮，遂逗给他一个娇嗔，却并不作答。达四自己也笑了，又问道：

“盛小姐，你不肯告诉我吗？我委实不知道呀。”

“那么你如何知道我姓盛的呢？”

璞姑凝眸含颦地瞅住了他，低低地问。

“这是……仆欧告诉我，我才知道。”

达四在愕住了一会儿后，又低声答辩。

“仆欧只告诉我姓什么，难道没有告诉我的名字吗？”

璞姑绷住了粉脸，有些娇嗔的样子。

“可不是？他这人很糊涂。”

达四还是显出一本正经的神气说。

“不过你这人和他一样糊涂……”

璞姑再也忍熬不住把绷住了的粉脸浮现出笑容来。

“我糊涂什么？”

达四一味地装作木头人。

“你不知道，我也不知道。”

璞姑把手帕抿着殷红的小嘴回答。

“那么这些别谈，你应该告诉我，你叫什么芳名？”

达四继续地还要问她。

“我不知道……”

璞姑这四个字说得特别干脆。

"那可是你糊涂了。连自己的名字都会不知道。"

达四忍不住笑起来。

"我真不糊涂，你才是真糊涂。"

璞姑扑哧的一声，逗给他一个娇嗔，也妩媚地笑了。达四耸着肩胛，益发笑起来。两人笑了一会儿，达四站起身子，拉了她的手，方才低低地道：

"我们去舞一次吧。"

于是两人携手到舞池里去了。在舞池里舞了两圈之后，达四又轻轻地推开她的娇躯，向她粉脸脉脉含情地凝望了一会儿，笑道：

"身轻如燕，这句话形容女子的体态，到此我才相信并非过甚其辞了。"

"可是我并不懂这些话的意思。"

璞姑有些难为情，红晕了粉脸，一面说着话，一面把粉脸向左别转去了。达四笑了一笑，他继续目不转睛地向她凝望。璞姑偶然从左边把明眸斜掠了过来，见他兀是出神的样子，由不得嫣然地笑了，说道：

"张先生，你来跳舞，还是瞧人的？"

"当然是瞧人来的，盛小姐，并非我赞美你捧你，确实你太美丽了。"

达四很正经的样子回答，表示他有些痴骏的意思。

"不过你这几句话我已经听得耳熟了，我想你们这班男子都是一个教师门下出来的。"

璞姑扑哧的一声，哧哧地笑了起来。达四觉得她这次的笑，至少是包含了一些讽刺的成分，这就微红了两颊，支吾了一会儿，方才笑道：

"并不是那么地说，可见审美的观念总是一样，因为事实放在面前，这是有目共赏的事。"

"我可不是一样东西，你不应该说'有目共赏'这四个字。"

璞姑停止了笑，绷住了粉脸，有些生气的神情。

"那是我失言了，请你原谅我的粗心。"

达四忙赔了笑容，向她求恕。璞姑秋波斜也他一眼，忍不住又嫣然地笑了。这时音乐已停，两人遂携手回座。不料才一坐下，就有舞女大班走上来，向达四打招呼道：

"先生，对不起，你坐一会儿，盛小姐转一个台子。"

达四点头道：

"没有关系，盛小姐自便。"

璞姑于是站起身子，和达四一点头，跟着舞女大班到另一个客人的台子上去了。达四暗想：盛小姐真是个红星，居然有许多客人热烈地捧着她。那么我应该比他们这班舞客更阔绰一些，否则，我不是会落伍了吗？于是他先买了三百元舞票，叫仆欧拿到璞姑坐的那个客人的座桌上去。

达四这一下子举动，真是难为了另一个的舞客。原来这个舞客年纪四十左右，倒也是个银行的经理，平日好色如命，然而却也一钱如命，在马路上要给叫花人一角钱，那不是生意经，就是在女人身上花钱也要打个盘算的。此刻见仆欧送上舞票三百元，因为自己也在旁边，不免有些受窘。同时因为自己的台子，每次只有五十元钱，一百元还是千年难得的，于是他向璞姑笑道：

"那个舞客和盛小姐的交情很好吧？"

"说起来你不相信，我们还是今天第一次认识，根本说不到什么'交情'两个字的。"

璞姑觉得他这句话至少包含了一些神秘的意思，因为你不问，那倒没有什么关系，经他这一问，璞姑倒感他有些屈的意味，遂含笑抢白他。

银行经理听了这话，更感到窘了，遂笑着又道：

"那么他一定在转你的念头。"

璞姑有些不受用，正色地道：

204

"温先生，你这话是什么意思？那么你叫我坐台子，难道你也在转我的念头吗？"

"我并没有转你的念头。"

温经理在愣住了一会子之后，他又急急地辩解着。

"我问你，你何以知他在转我的念头？"

璞姑含笑要他说出一个理由来。

"你瞧他第一次坐台就买三百元舞票，这不是一个明显的表示？"

温经理毫不加以思索地回答了这一句话。

"这也许是人家的派头大。"

璞姑这句话是故意这么地说。

"那么你笑我派头小吗？"

温经理全身一阵子热燥，两颊是发烧得厉害。

"不，不，你别动气，温经理，我并没有这个意思。"

璞姑立刻把身子偎了上去，含笑向他辩解，拉了他的手，接着又笑道：

"因为你说他在转我的念头，我所以这么说的，假使三百元钱就可以买我这个身子的话，你也太瞧不起我的了。在他若果然有像你那么的存心，我不是骂他一句，他这人是屈死！"

温经理虽然不晓得她是否是没有注意到这许多，不过在自己心中已很理会到她简直放着和尚面前骂贼秃，一时又恨又气，不过璞姑表面上偏又和自己这么亲热，叫自己一些怨恨再也发作不出来了，遂只好说道：

"我也不过猜想一句，并非看轻你，我知道三十万三百万也不会摇动你的心。"

"对了，只要心中情愿，一个小铜钿都不要的。因为你该明白，爱情这件东西绝不是金钱所买得到的。"

璞姑点了点头，握着他的手，表示非常亲热的意思。温经理有些昏陶陶的感觉，把她白胖的手抚摸了一会儿，笑道：

"你这话很不错，无论什么事要出代价的话到底太勉强一些，所以'心愿'是最难得的一回事。不过盛小姐的心目中，是否也有这一个人了吗？"

"嗯！"

璞姑点了点头，表示已经有了的意思。

"是谁？你能宣布给我知道吗？"

温经理有些酸溜溜的意味，急急地问。

"是一个……我不好意思说出来。"

璞姑红晕了娇颜，这意态简直在吊他的胃口。

"当然是一个人，你总不会去爱一只……"

温经理吃她的豆腐。

"嗯，我不要，我不要，你难道喜欢做……"

璞姑拉了他的手，忸怩了腰肢，像孩子撒娇的神气，说到这里，逗给他一个娇笑，却故作羞涩的神情不说下去了。

温经理虽没有听她说下去，然而这是再明显也没有的事情了。他全身的骨头节节都松散开来了，心花也朵朵地开了，暗想：原来她"心愿"是在我的身上，啊！天哪！那我是多么幸福呀！温经理在这么感觉之下，他的神志完全模糊了，遂在皮匣内摸出六张一百元的大票子来，向侍者道：

"五百元舞票，一百元付账。"

这一下子举动是出乎璞姑的意料之外的，待侍者走后，她向他埋怨似的神气，说道：

"温经理，你这个做什么？不是疯了吗？就说钞票是偷来抢来的，也不该这么花费呀！"

璞姑这两句话也是出乎温经理意料之外的，望着她倒是愣住了一会子，笑道：

"算不了什么，反正我多囤一票货色就是了。你说他也许派头大，所以我要和他比较一下，看谁大得过谁。同时因为你刚才说得

206

太好，我们交谊也有三个月了，虽不能说时间长，但我已觉得日久见人心的了。"

璞姑知道这一半固然是要和张达四"别苗头"，而另一半也是为了我刚才灌了他一些迷汤，觉得这个温经理真是瘟得令人好气好笑，不过他的钱虽不是偷来抢来，然囤来的钱实在比偷抢更痛恶一些，无形中也不知杀害了多少的贫民。她有些愤怒，但她兀是含了妩媚的笑，讽刺地说道：

"温经理，并非我拿了你的舞票还埋怨你，为了我说一句他派头大，硬伤了你四百五十元钱，这叫我心中不是太过意不去了吗？其实到舞场跳舞，只要照规则买票就是。老实地说，我对他买三百元票子，已经觉得他有些瘟的了，谁知你比他还要瘟得厉害呢！所以我倒赞成你买五十元的票子。温经理，你以后千万不要这样地硬上，叫我心中给你代为肉痛。"

璞姑这几句话听到温经理的耳里，真弄得有些哭笑不得起来。因为她的话，又像讥笑，又像好意，又像亲热，自己弄不明白她心中到底存的是什么意思。所以心头是充满了甜酸苦辣的滋味，向她苦笑了一下，只好说道：

"你别这么地说，以后我就一定听从你的话。"

"哎，那我才欢喜你。"

璞姑把手拍了他一下肩胛，微微地笑。温经理这才又感到无限的甜蜜，觉得璞姑真的替自己"做人家"吧。不多一会儿，侍者拿上五百元舞票，并找还付茶账的钱。温经理对于小账地方倒又要打盘算了，因为找上的是有单票三元八角，照理舞票买五百元，小账起码十元钱要给吗？可是他老实不客气还把三元八角上拿回一元钱。侍者心中这一气，逗给他一个白眼，暗地里骂声"曲死""瘟生"，头也不回地走了。璞姑笑道：

"温经理，这一元钱也省下好了，在这里你的派头未免又奇小了。"

温经理两颊有些赤化，遂只好笑道：

"因为没有单票子，我回头还得取大衣去呢。"

璞姑遂也不再说什么，温经理虽然常跑舞场，不过舞是从来不跳的，他的跳舞无非应个景儿而已。这时他见表上的时针已七点十分了，遂向璞姑说道：

"盛小姐，今夜我请你吃饭好吗？"

"温经理的吩咐，理应奉陪。那么你现在独个坐一会儿，我拿了人家三百元舞票，也总该去回他一声。"

璞姑见张达四并没有离开舞厅，遂一面向他回头，一面低低地请求。温经理点头说是，璞姑拿了舞票先藏入皮包，然后姗姗地走到达四的桌旁边来坐下，含笑说道：

"张先生，叫你一个人冷静了好一会儿，对不起得很！"

"没有关系，盛小姐这么发红，我心里很代为你欢喜。"

达四摇了摇头，把身子向她坐正了，望着她粉脸微微地笑。

"我时常吃汤圆的，张先生有空还请常常来玩才好哩。"

盛璞姑秋波斜乜了他一下，很恳切的样子回答。其实璞姑回答得不免有些是虚伪，而达四说得也有些迷汤功夫，遂笑道：

"那当然，从今以后，我可以天天来望你一次。"

璞姑掀着笑窝儿，抿嘴说道：

"张先生，我很感激你！"

达四觉得她的神情太够人留恋了，遂道：

"盛小姐，今晚我请你吃饭，你能答应我吗？"

璞姑听了，不禁扑哧地一笑。达四奇怪道：

"为什么？你这么好笑？"

"因为那个温先生先和我约定了，而且我已答应了他。所以张先生今日的意思，我不能奉陪了。很抱歉你！"

璞姑这才低低地告诉了他。

"哦……"

达四这么响了一声，显然他不十分快乐。

"为什么？你生气吗？反正日子长哩，明天我可以伴你去吃饭。这样吧，晚上你再到这儿来跳舞好吗？我可以伴你吃咖啡去，算我请客。"

璞姑的手腕真灵活，她这两句话到底又把达四回过笑容来，说道：

"不，我为什么要生气？你别多心，因为我原谅你心头的苦衷。也好，我晚上一定来这儿拜望你，那么我此刻先走一步了。"

达四因为时已七点二十分了，舞客大半散去，所以他一面点头含笑地说，一面已站起身子来。

"你忙什么？我们再舞一次。"

璞姑却把他手拉住了，一同走到舞池里去。达四心头有些甜蜜，觉得她对自己的亲热可说是二十四分的了。两人在这一节音乐停止后，方才匆匆地握手分别。

这里璞姑走到衣帽间里去披上了大衣，然后拿了皮包。温经理也穿上了大衣，和她一同走出了舞厅的大门。在大门口停了一辆簇新的汽车，车夫慌忙拉开了车厢，给两人跳了上去。温经理问道：

"盛小姐，你喜欢到什么馆子去吃晚饭？"

"随便，经济一些好了，不能太花费。"

璞姑是竭力迎合他的个性回答。

"康乐酒家吧，那边有乐队，一面吃饭，一面听音乐，那是很舒服的。"

温经理怕她再说自己派头小，遂把最新开的一家大酒楼说了出来。璞姑并不作答，车夫知道这是决定的意思，遂把汽车直开康乐酒家的门口。温经理和璞姑在里面坐定之后，遂叫她点菜。璞姑道：

"你点好了，我随便什么都吃。"

温经理于是点了一只精选大拼盘，说这是下酒的菜。然后又点一只脆皮栗蓉鸭、炒麻花鲍肚、铁扒肥嫩鸡、百珍凤爪汤，说这是吃饭的菜。璞姑道：

"两个人何必要吃这许多的菜？"

"盛小姐，怎么你派头又小起来了？"

温经理望着她低低地笑。

"并不是这么说，常言道，爱惜食物有食物吃，爱惜衣服有衣服穿。因为我们来吃只有两个人，点了这许多菜，不是白白地浪费吗？比方说，那一只脆皮栗蓉鸭，你我就尽够地吃了。"

璞姑这回很正经地回答他。温经理点头道：

"你说的话，我认为总有个充分的理由。那么你把不要吃的菜，圈一只脱好了。"

璞姑接过铅笔，圈去了那只脆皮栗蓉鸭，说道：

"这只菜太呆笨，而且既有了鸡，也不用鸭了。"

"有道理，有道理，喂！"

温经理佩服得五体投地的，回头向侍者叫了一声，把点的菜纸交给他，并说拿两瓶啤酒。

不多一会儿，那只精选大拼盘和啤酒先拿上来。璞姑笑道：

"你瞧这只拼盘已够结实的了，有白鸡、烧肉，有熏鱼，有酱蛋，有……算不清楚，至少有十样的菜。"

温经理把倒满了的一杯啤酒送到她的面前去，笑了一笑，说道：

"且不管它，我们喝个痛快、吃个痛快是正经。"

随了这两句话，两人遂吃喝起来。

温经理有了一瓶啤酒下肚后，他的话就多了。璞姑见他比自己还不善饮，所以胆子反而大了许多。不过怕他闹出了事情，因为热菜也已上来了，于是叫侍者拿饭。温经理道：

"吃饭还太早，我们再喝一杯好吗？"

"不，晚上我还得跳舞哩。"

璞姑逗给他一个娇嗔，摇了摇头，表示不答应的意思。

"那要什么紧，我给你签票出来好了。"

这是温经理酒后的一种兴奋的谈吐。

"我不许你这样乱花，你不肉痛，我倒给你肉痛。"

璞姑把迷汤灌一个足，温经理笑了，璞姑也笑起来。两人静静地吃饭，温经理醉眼模糊地望着璞姑白里透红的粉脸，忽然扑哧一声笑起来。璞姑奇怪道：

"你笑什么？"

"我想起了一个泥美人，真有趣得很。"

温经理低低地告诉了她。

"什么泥美人？泥美人是谁？"

璞姑微蹙了翠眉，有些不了解的样子，向他追问。

"泥美人是个妓女的绰号。"

温经理把筷子挑着碗内的饭粒，笑着回答。

"妓女？你除了跳舞外，还逛窑子吗？"

璞姑虽不是醋意作用，却感到他的荒唐。

"这是上个月的事情，我朋友在会乐里做花头，叫我捧场。朋友间的应酬，这是没法推却的事情，所以我就答应了。不料他捧的那个妓女却是个神经病的姑娘，见了人只会痴痴地笑，呆呆地像个泥塑木雕的。不过脸蛋儿确实很美丽，所以'泥美人'三字就也红起来。但是吃酒的时候，却闹了一个笑话，原来大家正兴高采烈的当儿，她忽然叫着什么"三爷，你死了吗？妹妹，我和你梦中相逢过了吧"，接着号啕大哭，闹个不停。把我们弄得又好气又好笑，因此不欢而散。我刚才偶然想起了这一回事，所以不禁失声笑了。"

温经理这才详详细细地告诉了她，在他的话中，还向她辩明不是自己捧妓女的意思。

这几句话听到璞姑的耳中，真所谓不听犹可，她不禁"啊哟"了一声叫起来。温经理向她愕住了一会儿，奇怪地问道：

"干吗叫起来？"

"那个泥美人姓名叫什么？"

璞姑且不回答他，先向他急促地追问。

"我问过她，她说姓汤叫金宝，是吴县人。"

温经理沉吟了一会儿，告诉她说。

"汤金宝？什么？她难道没有投河死吗？温经理，你能不能伴我一同去瞧瞧她吗？"

璞姑暗想：天下难道有同名同姓同籍贯的人吗？这总不见得的，那么她一定是金宝姊了。一时感到了无限的惊喜，遂连忙向他低低地央求。

"那么你认识她吗？"

温经理凝望着她粉脸，似乎也感到十分惊异。

"嗯，我认识她的，因为我们是同乡，而且又是邻居。可怜她发了疯，那天失踪了，在小河的旁边发现她穿的一双皮鞋，所以我们只道她是投河死了。万不料她被人拐卖到窑子里去了，这到底是怎么的一回事？所以我得去瞧望她一次。"

璞姑听他这么地问，遂也约略地告诉了他。

"假使没有什么大交情的话，你就省省吧。一个疯子，你和她说什么好？"

温经理倒是一片好意，向她低声地劝告。璞姑生气地道：

"你不情愿陪我去，我就自己去好了，你只把几号门牌告诉了我，这一些总可以答应我的。"

"你又多心了，我就陪你去，陪你去。"

温经理这才含了满面的笑容，答应了她。两人匆匆吃完了饭，付去了账单。侍者服侍他们披上大衣，走出了康乐酒家的大门，跳上汽车，叫他开到会乐里去。汽车到会乐里，温经理陪着璞姑走进那个悬满灯罩的石库门内。早有鸨母阿金姊笑盈盈地招呼道：

"温老爷，你是长远勿来了，今天什么风吹来的呀？"

说到这里，忽然见到了身后的璞姑，她倒又怔怔地愣住了一会子。温经理道：

"我们今天特地来望望泥美人的，她此刻可会出差去吗?"

阿金姊听了这话，深深地叹了一口气，说道：

"温老爷，不要说起了。真是倒霉，她突然地生了病，这几天真厉害得十分呢!"

璞姑这就情不自禁地说道：

"她的人在哪儿? 她的人在哪儿? 对不起! 快伴我去瞧瞧她吧!"

第十三回

难收回春效魂断人间

　　原来金宝真的并没有投河自杀，那晚阿狗走后，不上一刻钟，张三爷的车夫阿三匆匆地到金宝家中来。他做什么来呢？当然在金宝身上想沾些光的。阿三平日好赌博，以致入不敷出。从前三爷在日，还可以想想办法，现在张老爷下面吃饭，汽车是不常坐了，除了死工钿之外，一些"外快"收入都没有，因此他弄得愁苦叫天，没有办法。忽然想到汤大彪已经死在狱中，金宝一个疯女人没有谁去照顾她，我何不如此如此，真可以人财两得呢！想定主意，便匆匆地到金宝家中，却静悄悄地一无人声。他走到房中，方见金宝躺在床上喃喃地说着疯话。阿三站在床边，自不免向她愕住了一会子，暗想：这么一个美丽的女子，竟会疯了起来，真是可惜得很，不知在疯的时期之中，她也需要性的安慰吗？阿三在灯光下瞧着金宝白里透红的粉脸，他又起了淫心。也不知打哪儿来的一股子勇气，他猛可伏下身子去，在金宝脸上吻了一阵。

　　金宝突然被人这么一吻，她似乎也感到吃了一惊，遂伸手在他脸颊上狠命地一抓。阿三负痛，"呀"了一声，慌忙离开了床边，把手摸着自己的脸部，似乎还感到有些隐隐作痛。这时金宝睁开眼睛来，向床前阿三望了一下。她既见到了阿三之后，便从床上坐起，很生气地说道：

　　"阿三，你……简直疯了吗？"

被发疯的人说你疯了吗，这在阿三可说是真正的疯了，一时倒忍不住笑出声音来，遂走上一步，大胆地在床边又坐下了，和颜悦色地叫道：

"太太，你一个人不是很冷静吗？我因为同情你的遭遇，所以我特地来跟你做伴，你难道不欢喜吗？"

金宝对于他这两句话，心头又伤心起来，叹了一口气说道：

"是的，我一个人太冷静了，三爷死了，妹妹完了，哥哥又不回家了，叫我一个人怎么地活下去？怎么地活下去？"

说到这里，把手捶着胸口，忍不住又放声大哭起来了。阿三见她的神情确实是疯了，于是他益发大了胆子，把她娇躯抱住了，笑道：

"好太太，你快不要哭了。我知道你的苦楚，现在不是有我陪伴着你吗？好太太，我们睡一会儿吧。"

阿三一面说，一面把身子也跳到床上去了。金宝见他欲实行非礼，她似乎还有些清楚，遂一面挣扎，一面伸手在他颊上啪的一声打了他一个耳刮子，带了泪水，怒气冲冲地骂道：

"阿三，你是个什么东西？没大没小的，胆敢调戏了太太了吗？回头三爷回来，不要你的狗命。"

阿三被金宝这一下子打，他心头也有些愤怒，意欲也把她打一顿，但瞥眼瞧见她手指上那一枚亮晶晶的钻戒，这好像发现了新大陆一样欢喜，立刻堆满了笑容，说道：

"太太，你不要误会了，我如何敢调戏你？我是来给你报告一个好消息的呀！"

"什么好消息？难道三爷来了吗？"

金宝拭了眼泪，她又痴痴地笑了。

"对啦，三爷没有死，原来他在别的女人那儿又在享快乐哩！"

阿三被她这么地一提，忽然触动了灵机，遂向她很认真地告诉。

"那么你快伴我去见他吧，我一定要跟他起个交涉，他没有良心，怎么就把我丢了？"

金宝一面说着话，一面她已跳下床来。阿三暗想：苏州老二听说从上海回来，原欲物色几个人才，我何不把心一横，将她卖去了，岂不爽快？不过金宝突然失踪，邻居们一定要起哄。有了，我可以这么地做，那么人家以为她投河死了。这样鬼不知神不觉的，还有什么问题了吗？阿三既有了这一个主意之后，金宝今日的陷身窑子，阅者们也就不想可知了。

且说温经理和璞姑听阿金姊告诉说金宝这几天正病得厉害，遂急急地要到她卧房中去瞧望。阿金姊瞧这情景有了蹊跷，遂先问璞姑是什么人，温经理忙向她解释道：

"你别害怕，这位盛小姐和泥美人是邻居小姊妹，今天来望望她，并没有什么其他的用意。"

阿金姊听了，方才把他们带到金宝的卧房。璞姑见金宝躺在一张半床上，头发蓬松，两眼深凹，脸颊瘦而又黄，正是三分像人、七分像骷髅的了。一时由不得一阵痛伤，走近床边，叫了一声姊姊，泪水先滚了下来。

金宝在昏迷中睁开眸珠，见了床边的璞姑，她凝望了良久之后，突然地从床上跳了起来，指着璞姑叫道：

"妹妹！妹妹！我和你在梦中又相逢了吗？"

璞姑见她居然还认得自己，遂情不自禁地坐到床边，把她抱住了。金宝病得原也坐不住，她颓然地倒入她的怀中，呜呜咽咽地哭泣不止。璞姑这时抱着她身子的手上感觉，真所谓骨瘦如柴、肌肉全消，因此泪更雨下，抽噎着叫道：

"姊姊，想不到你竟病得这一份样儿了，唉，你太可怜了。"

"是的，我太可怜了，妹妹，我时常想念你，可是你总没有到我梦中来望望我。今日好容易我们又在梦中相逢了，我们就永远不要离开吧！"

金宝说着话，把她身子抱得紧紧的，接着又哭道：

"妹妹，她们都骗我哄我，叫我接客人，我不懂什么客人，她们又打我，打得我全身都是伤痕，我痛死了。妹妹，我受不了这么的痛苦，我想死，但她们又不肯给我死，她们要我在活地狱中受苦。妹妹，我也许是太作孽，害死了妹妹，所以得到这么的悲惨结果。你可怜我，你就求她们饶了我，把我们仍旧在一块儿过活好吗？妹妹，你真好，我感激你！……啊！阿三这坏东西！他强奸我，我打他，他哄我，骗了我的钻戒，又把我身子卖了……我要跟他拼命……妹妹，你给我报仇，你把他活捉了去吧，代我出了一口怨气。"

璞姑听她疯疯癫癫地说着、哭着、闹着，虽然不知其中详细的情形，不过已经知道她是被阿三拐卖到窑子里来的。她所说的都是些心病话。因为我的命虽苦，到底还不至于苦到像她这么的地步。所以为她而伤心，为自己而可怜，抱了她的身子，忍不住也哭出声音来了。

温经理在旁边劝她说道：

"盛小姐，你别引逗她的伤心，你还是给她好好儿躺着吧。"

璞姑停止了哭泣，伸手把她的额角摸了一下，像火炭般的一团，再瞧她的胸口，都有斑斑的伤痕。她在无限伤心之余，又感到无限的愤怒，遂柳眉倒竖、杏眼圆睁地向阿金姊冷笑一声，说道：

"你们这班惨无人道吃人不吐骨的奴才，把我姊姊虐待得太可怜了！她本是一个神经有病的女子，你竟逼她为妓女去接客人，天哪！你们的心肝是到什么地方去了？现在她又病得这么厉害，你们还不把她送到医院里去医治吗？"

阿金姊后面也有靠山的，她如何会甘心受她的痛骂？遂冷笑了一声，说道：

"你这小妮子说话清楚一些，我是出了整千洋钿把她买了来的，不叫她接客赚钱，难道叫她做我的老太太来的不成？老实地说，我是上了大当，在她身上花了许多本钿，何尝收回一半的本钿呢？我

217

这几千元钱存在银行里也有利息呢，谁知做了买卖，反而大蚀本。我巴不得她早些死了，还给她瞧医生，你不要在做梦吧！"

璞姑听了她这些话，气得全身发抖，遂丢下金宝的身子，猛可走到阿金姊的身旁，很清脆地打了她两个耳光，骂道：

"你这丧失心肝的奴才！我打了你，还叫你好看！"

说着，又向温经理问道：

"这儿电话在哪里？逼良为妓，遍体受虐成伤，难道没有法律了吗？"

温经理虽然不知她有没有什么脚路，不过事情总不要扩展为妙，遂向璞姑说道：

"盛小姐，你且息怒，我们慢慢儿商量是了。"

这时阿金姊捧着脸颊，一叠连声地叫打得好。璞姑大怒道：

"打了你这个老王八！算得了什么？"

说着，又要赶上去打她。却被温经理拉住了手，连说别闹了，一面又向阿金姊丢个眼色。阿金姊的靠山无非是些白相人，她到底不知道璞姑是什么的路道，因为温经理向自己丢眼色，同时又见璞姑来势汹汹的神气，因此也只好自认晦气地不作声了。但床上的金宝却又哭闹着叫道：

"妹妹，你去不得，你去不得，我不能离开你呀！"

璞姑听了只得走到床边，抱住金宝的身子，安慰她说道：

"姊姊，你不要哭，妹妹在你的身旁，你病得很厉害，我送你上医院里去吧。"

"妹妹，你怎么送我上医院去？你……在阴间里也有医院的吗？"

金宝呆滞地望着璞姑的粉脸，似乎显出十二分惊异的样子，低低地问。璞姑听了这些话，心中又悲痛又难受，遂含悲淌泪道：

"姊姊，你想明白一些吧，妹妹并没有死呀，妹妹和你一样还活着做人哩！"

一面说，一面把衣服都给她穿上了。回头又向温经理说道：

218

"对不起，你给我一同把姊姊扶到大门口去吧。"

"盛小姐，你把她送到医院里去吗？"

温经理走上来扶着金宝的身子，望着金宝右边的扶着的璞姑低声儿问。璞姑道：

"是的，姊姊病好了，也就罢了。否则，我和这个老王八算总账！"

说到这里，又向阿金姊逗了一瞥怒意的目光。因为她似乎在想什么心事般的样子，遂又冷笑了一声，说道：

"没有三分三，不敢上梁山。我对你说，你不要以为我捉你的白老虎，回头立刻就给你颜色看。"

一面扶了金宝身子向房外走了。阿金姊虽然有些害怕，不过在没有瞧到颜色之前，她也是不肯甘心的，所以并不理睬她，先打电话给她的靠山去。在汽车里面，璞姑坐右边，金宝坐中间，不过她的身子完全靠在璞姑的怀里。左边坐的是温经理。他向璞姑低低地说道：

"盛小姐，你真的有什么脚路吗？否则，这种人也没有和她们多事的。"

"哼！我若怕她，我也不姓盛的了。"璞姑见温经理胆小，遂冷笑了一声，接着又道：

"高长根这个名字，你熟悉吗？"

"什么？你认识他吗？"

温经理感到惊异，想不到小姑娘脚路有这么粗。

"他跳过我几次舞，我拜他做过房爷。他的人很好，说我有什么为难的事，给他一个电话，总不会叫我吃一些亏的。我想今天是非他出来说一句话不可了。"

璞姑认真地告诉他。温经理听了，"哦哦"响了两声，遂笑道：

"原来你是他的过房女儿，他为什么要收你做过房女儿？我想他一定得着你好处的吧？"

璞姑听他这么说，遂绷住了粉脸，正色地道：

"温经理，你莫怪我出言不逊，人家是重义气的，他因为知道我的身世孤苦，所以很可怜我，说你吃这一碗饭，将来少不得有受人家委屈的地方，假使有人欺侮我，他总会帮我一个忙的。"

温经理被她说得两颊绯红，一时真有些不好意思，只好赔笑说道：

"盛小姐，我和你说句玩话，你怎么认真起来了？"

"可是我也和你说句玩话的，你不要生气。"

璞姑到底也是圆滑的人，她含了妩媚的微笑，伸过手来，在他肩上拍了一拍，低低地说。这时候金宝睁开眼睛，向温经理望了一眼，蹙了眉尖，在经过一阵子发怔之后，呆呆地道：

"我认识你，你是温经理呀！"

"对了，你瞧瞧她是你的什么人呀？"

温经理想不到已经隔别了一个月的日子，她还会认识自己，可见她人并不十分糊涂，遂笑了一笑，指着璞姑，低低地说。金宝回过头去，向璞姑出了一会子神后，忽然亲着她粉脸，惊喜地叫道：

"妹妹！妹妹！你真的没有死吗？那么我们还都活着在做人吗？"

"当然，我们还都活着在做人。姊姊，我们环境虽然恶劣，但我们是需要活下去的。"

璞姑见她似乎清楚过来的样子，她欢喜得眼泪也淌下来了，遂抚摸着她的粉脸，微笑着回答。就在这个时候，汽车已经在卡隆医院门口停下，于是扶着金宝走进医院门口去了。经过医生的诊视之后，送到头等病房。看护小姐给她换上了医院里白色的衣服，给她躺在病床上。璞姑这时也已打了电话回房，温经理问道：

"高长根怎么地说？"

"干爹说这是小事情，他立刻打电话去警告她，叫她们负完全的责任。"

璞姑一面回答，一面走近床边去，把手按着金宝的额角，低低地问道：

"姊姊，你别胡思乱想，静静地养息着吧。"

金宝颤抖地伸出手来，和璞姑的纤手握住了，淌泪说道：

"妹妹，我这次的病若会好，固然恩同再造。即使不治而死，使我心中也感激涕零。我觉得妹妹待我之情，真是生生世世都难以报答……"

璞姑听她说着话，泪如泉涌。因为她说的已并没有一些疯癫的成分，心中欢喜和悲伤错综在一处，泪水也盈盈地流到颊上来，低低地安慰她道：

"姊姊，只要你一切都已想明白过来了，那么这些的小病，医生自然把你会医愈的。你不要伤心，因为伤心会增加病体。我此刻不能多伴你，明天再来瞧望你吧。"

金宝频频地点了一下头，她拭了拭颊上的泪水，说道：

"好的，妹妹，你有事情只管自便。"

璞姑听她回答得益发正常了，所以心里倒暗暗地欢喜，遂又安慰了她几句，和温经理一同走出医院的大门。在大门口，璞姑向温经理望了一眼，很感激地道：

"为了我的事情，费了你许多的时候，我心里真觉得对不住你。此刻已十时多了，你家中也许会记挂你，所以你请自便好了。"

温经理的心中确实不敢太晚回家，因为他十足道地还是一个怕老婆，今听璞姑这么地说，遂忙道：

"那么我送你到舞厅后再回家也不迟。"

璞姑因为盛情难却，遂跳上汽车，只好由他。汽车到了新乐宫舞厅门口停下，璞姑向他道了一声谢，匆匆跳下，遂走进舞厅内去了。不料刚巧一脚跨进门口，就和里面出来的一个西服青年撞了一个满怀。两人见了面，都扑哧的一声笑了。璞姑因为见他身上穿着大衣，遂瞟了他一眼，问道：

"为什么走了？"

"问你呀，你的架子太大了。我八点半等起，一直到此刻十时半。我怕你被那个客人约到别个舞厅玩去了，所以我只好失望地预备回去了。"

张达四虽然还含了微微的笑容，不过凭他这两句话，显然心中有些怨恨的成分。璞姑听他说"失望"两个字，倒由不得嫣然地一笑，遂伸手把他臂弯里一勾，身子往外就走，笑道：

"你别生气，我此刻伴你吃咖啡去，那总可以消你心中的怨恨了。"

张达四想不到她放交情放到这个地步，心里立刻又欢喜得了不得，遂一面和她走出舞厅去，一面笑道：

"其实我也不敢有怨恨你的意思，因为我早跟你说过，我是十分同情你的环境。"

璞姑听了他这几句话，心头不免震动了一下，遂柔情脉脉地望了他一眼，点头含笑道：

"你能够同情我，我当然很感激你。张先生，我们近一些，就这儿南京咖啡室坐一会儿好吗？"

说到这里，两人已行到南京咖啡室门口，遂又向他征求同意问。达四点头说好，遂和她一同步入里面。侍者招待入座，给他们脱去了大衣，问喝什么，达四道：

"两杯咖啡，一盘西点。"

侍者答应，遂匆匆地下去。

咖啡室内的灯光，是用一种淡蓝色的日光灯，所以整个室中都是清阴阴的。在这一种柔美的光芒笼映下，瞧到璞姑的粉脸，自然分外美丽一些。不过她的眼皮似乎有些虚肿，和刚才跳茶舞的时候不免有些异样的感觉。达四心中这才感到有些奇怪，遂把身子俯了过去，低低地道：

"盛小姐，本来我也不敢过问，因为你的眼皮红红的，好像哭过了的样子，所以我忍不住问一声。他把你带到什么地方去过了？因为吃一餐晚饭当然不要这许多时候，莫非你受了他的委屈了吗?"

璞姑在他这两句话中觉得至少是包含了一些神秘的成分，这就在粉颊上飞过了一阵红，忍不住笑出声音来了，说道:

"不，你不要误会，我和温先生在康乐酒家吃好饭原很早的。后来在路上遇到一个朋友，她告诉我，我一个结义姊姊病得非常厉害，如今卡隆医院医治，所以我去望了她的病，就晚了。本来我不预备再上舞厅来，就是因为我曾经约过你，叫你晚上再来这儿玩，并且我还要请你喝咖啡，所以我不肯在一个初次认识的朋友面前就失信用的。"

达四听了这些话，方才明白她眼皮红肿的缘由，当然是为了她义姊病重哭过的缘故，因此心中的疑窦也就涣然冰释，微笑道:

"盛小姐，你真是一个言而有信的姑娘，那么你把我承认是你朋友了吗?"

"我们既然认识了，坐在一块儿喝咖啡，这还不是朋友吗? 根本用不到'承认'两个字的呀!"

璞姑觉得他话中有骨子，遂很坦白地回答。这时侍者把咖啡和西点拿上，达四拿了铜钳子夹着方糖放到她的咖啡杯子内去，然后再给她倒了半罐子牛奶，点头笑道:

"你这话也不错，不过有许多舞女，她们只承认是客人，不肯承认是朋友，这是一件很难为情的事情。因为她们把一个'朋友'两字，大概当作'情人'解释的了。"

璞姑把铜匙掏着咖啡内的方糖，笑了一笑，说道:

"这是因为她们没有知识的缘故，所以才有这么的见解，喜欢把自己身份降低到妓女一个阶段里去。我以为朋友是个很普通的名词，山东人有句话，在家靠父母，出门靠朋友。从可知一个人的朋友愈多愈好，因为朋友愈多，力量也愈大。无论一件什么事情，都需要朋友的帮助。假使说客人吧，我以为这两字简直有些刺耳，最低的限度，认为自己是个卖青春的姑娘。唉，虽然事实上原是这样，不过我绝对不爱说跳我舞的男子都是我的客人，应该说都是我的朋友。不过你们把'朋友'两字，是要看得纯洁一些才好。"

达四听了她这一番话，心头不禁为之肃然起敬，遂伸过手去，把她紧紧地握住了一会儿，说道：

"盛小姐，你真是一个思想不平凡的姑娘，绝非和一个普通的舞女可同日而语的。我心里真有说不出的敬佩你，若把你也认为舞女中佼佼者，这实在是太冤枉的了。"

璞姑忍不住笑道：

"不过这也是你过分的褒奖，未免使我感到惭愧。"

"不，你根本用不到'惭愧'两字的。"

达四说着，把手又缩了回来。他喝了一口咖啡，又拿铜叉子在西点上一指，是叫璞姑吃些西点的意思，接着又道：

"但是我又很为你担忧，因为你固然有莲花那么纯洁而清高的意志，可是你四周的环境确实是太恶劣一些了。况且伴舞也绝不是一个女子根本的解决，假使你需要我帮助的话，我可以尽个朋友互助的义务，至少把你环境可以改变得好一些过来。"

璞姑听他很诚恳地说，心头倒是怦然地一动，暗想：兄弟俩的思想优劣的程度，相差竟这么远呢，不过他为什么要帮助我呢？换句话说，那当然因为是爱上我的缘故。一时望着他俊美的脸庞，芳心也荡漾起来。不过她的耳边仿佛有人这么地说：

"受恩于人，理应报答。那么你受了他的帮助，你将拿什么报答他？你难道忘记了为我家而流亡的金大哥了吗？那你似乎太没有心肝了。"

璞姑有了这一个感觉之下，她全身热辣辣地只觉得无限的羞惭，通红了两颊，不禁垂了粉脸，默然了一会子。达四以为她害羞的缘故，遂用了真挚的口吻，接着又道：

"盛小姐，为什么不回答我？因为你家中既没有什么负担，而且你的年纪又这么轻，实在可以继续求学呀。倘然你有这个意思，我可以负完全的责任。"

"张先生，你这一份美意，确实使我太感激你了。不过在我的心头，也有许多的困难，所以这一个问题，我们且过了今年再谈。反正这学期要读书，时间上也是来不及的了。"

璞姑方才抬起红晕的粉脸，秋波逗了他一瞥感激的目光，低低地回答。达四听她虽没有答应，但也没有完全地拒绝，因为在时间上说，确实也来不及。暗想：在她的心中，当然还有一层我们是初交的意思。于是点头说道：

"也好，我们到了明年再谈这个问题吧。"

两人吃毕咖啡，时已十一点半。璞姑开了皮包付账，达四待欲拦住，已经来不及，这就笑道：

"如何好意思真的叫你请客？"

"在舞厅里我是舞女，出了舞厅之后，我们便是朋友。既然是朋友，我当然也有请你的资格。况且我早已说过，我要请你喝咖啡，所以你别客气。"

璞姑乌圆眸珠一转，逗给他一个妩媚的娇笑，低低地说。达四有些心醉，遂点头连连称是，忍不住也微微地笑起来。在咖啡室的门口，达四的意思要送她回家，璞姑不肯，婉言谢绝了。达四不便强送，遂给她讨好街车，匆匆地分手回家。璞姑到了家里，徐妈给她开门进内，服侍她脱了大衣和皮鞋。因为平日她回来总要一点钟左右，这就低低地问道：

"二小姐，今天好像早一些了。"

"是的，今天我早走一步。"

璞姑一面披上睡衣，一面回答。

"二小姐，百合红枣汤已滚热了，我盛给你吃好吗？"

徐妈走到洋油炉子旁去，含笑向她低声地问。

"不，我在外面已吃过点心，留着明天早晨吃吧。"

璞姑把身子已歪到床栏上去，好像在想什么心事的样子。

"二小姐，你有些不舒服吗？为什么今夜回来的神情好像很不快乐的样子？"

徐妈悄悄地挨近到床边，皱了眉毛，有些猜疑的神气。忽然她又惊讶地道：

"二小姐，你为什么事情哭过了吗？"

"徐妈，我告诉你，金宝姊没有投河死呀。她被阿三拐卖到窑子里，可怜她受不了苦楚，病得十分厉害，现在我把她已送到医院里去了。"

璞姑告诉到这里，她深深地叹了一口气，泪水忍不住又滚了下来。

"真的吗？二小姐，你怎么知道的？"

徐妈听了这话，脸上也显出惊喜的神情，忙急急地问她。璞姑遂详细地告诉了她，徐妈叹了一声，赞叹道：

"二小姐不记前怨，反而这么好心地对待她，我觉得你真仁爱极了。所以我相信，二小姐将来一定有好日子过的。"

主仆两人谈了一会儿，也就各自地睡去了。

次日璞姑起床，吃过早点，遂匆匆地到医院里先去瞧望金宝的病。她一脚跨进病房，只见阿金姊比自己还早地坐在床边了。她见了璞姑，红着脸，含笑迎上来，叫道：

"盛小姐，对于汤小姐的住院一切医药费用，我都会负完全的责任。但愿老天爷保佑她好起来，那真叫我们欢喜十分的了。"

璞姑明白那是干爹一个电话的效力，遂冷笑了一声，连正眼也不去望她一望。自管走到床边，把手按了她一下额角，觉得热度并未稍减，心头有些焦急，遂低低地唤了一声姊姊。金宝睁眼望了璞姑一眼，她把头微微地一点，叫声好妹妹，泪水已从眼角旁直淌到颊上来了。璞姑被她一哭，也觉悲酸万分，眼皮一红，安慰她说道：

"姊姊，你快不要伤心呀，你的病会好起来的。"

金宝摇了摇头，她那骨瘦如柴的手颤抖地抚摸着璞姑的纤手，垂泪道：

"妹妹，我的病怕不中用的了。昨天晚上，我瞧见许多的人，三爷、哥哥、你的爸、你的妈，他们都向我笑，我觉得自己是朝不保夕的了。不过我很奇怪，我的哥哥难道也已经死了吗？"

璞姑听她这么地说，觉得她的神志是完全清醒过来了，不过她的病也已经到不可救的地步了。一时痛到心头，遂俯下身子去，失声哭泣起来，叫道：

"姊姊，想不到我们的命竟有这样悲苦啊！唉，你死之后，叫我到哪里再去找一个知音……"

"妹妹，你还认我是你的知音吗？我的心是太疼痛一些了。"

金宝听璞姑这么地说，她抱着璞姑也大哭起来。两人泣了一会儿，金宝先收束了泪痕，反而安慰地道：

"妹妹，你别为我而太伤心，我想一个人总要死的，我今日能够碰到了妹妹而死，我觉得虽死犹快。所以我并不伤心我的死，你也别伤心，我们在这生离死别的一刹那，我们更应该多谈几句话。妹妹，你能告诉我对于你的近况吗？"

璞姑拭着泪水，正欲告诉她的时候，不料金宝哇的一声，把口一张，吐出一大堆碧绿绿的胆汁来，经此一吐，神情顿时惨变。璞姑又急又怕，遂向旁边阿金姊恨恨地道：

"姊姊若不幸而死的话，我只向你算账。"

阿金姊听了这话，急得满头大汗，遂飞步奔出房外去报告医生了。这里金宝似乎还很清楚，她拉了璞姑的手，断断续续地道：

"妹妹，为了我……的名誉……你就饶……她……这是我的命……在她不过是促成我命运的一个帮凶罢了。"

璞姑明白她是不愿在死后再抛头露脸的意思，一时望着她惨白的脸，除了沉痛地哭泣之外，却再也说不出一句话来。这时阿金姊把值班的医生请来，他一按金宝的脉息，也吃了一惊，遂忙给她注射了两枚强心针，向璞姑说道：

227

"你们把她送院得太迟了，因为她的心脏也已经坏了。"

说时，叹息了两声，便走出房外去。阿金姊听了这话，比任何人心中更害怕焦急一些，遂拉了璞姑，走到外面，向她跪倒在地，哀求道：

"盛小姐，你千万饶了我，其实她的病也是自己生起来的，我并没有十分地虐待她呀！"

璞姑因为金宝曾经这样叮嘱她过，所以在她心中也不愿多事，不过表面上还冷笑道：

"饶你也不难，只是我姊姊的后事，你得好好儿地料理。一切衣衾棺椁，都非上好的不可。"

阿金姊方才站起身子，连连地点头答应，她先匆匆地回家去筹备款子了。这里璞姑又走到病房里来，她见金宝直挺挺地躺在床上，连声地吁气。璞姑知道她的生命已像将残似的烛火，慢慢地熄灭下去了，她坐在床边，也只是暗暗地淌泪。

因了这两枚的强心针，使金宝的生命延长到晚上十二时半，方才咽了最后的一口气。璞姑这天原没有上舞厅去伴舞，而且她早就打电话叫徐妈也来陪伴。待金宝合上了眼皮，璞姑叫阿金姊把她遗体车送安全殡仪馆。这天晚上，她们三个人都在殡仪馆内伴了一夜的尸体。

第二天，把金宝好好儿地入殓。璞姑见衣衾棺椁都在七分以上，因此也就罢了，并且叫阿金姊负责，把金宝将来下葬万国公墓。阿金姊自认晦气，只好连声答应。这天璞姑和徐妈回家，时候也已四时三刻了。

为了金宝的事情，使璞姑有三天不到舞场里去。这天下午五时敲过，璞姑化妆完毕，遂匆匆地出了家门。不料这时里外有个邮差骑了一辆自由车进来，他见了璞姑，遂拉了几下车铃，是叫她避开一些的意思。璞姑抬头望去，自由车已很快地驶进里面去了。璞姑觉得这个邮差的个子儿很高大，心中有些面熟的感觉，这就回身赶了两步上去叫道：

"喂，六号里有信吗？"

璞姑这句话就是要他回过头来瞧仔细的意思。那邮差听了，遂真的回过头来向她望了一眼。两人在四目相接的时候，这就"啊哟"了一声都叫起来了。

第十四回

曾做金屋娇空余泪痕

原来这个骑脚踏车的邮差不是别人，正是自己日夜思念的金大哥，芳心这里一欢喜，不禁"啊哟"了一声，立刻奔了上去，拉住他的衣袖，叫道：

"金大哥，你找得我好苦啊！"

志毅似乎也感到意外的惊喜，不过他也有些羞惭的神色，笑道：

"妹妹，日子过得真快，计算着去年冬天分别到现在，也有一年光景了吧？我很惭愧，今日见面，还是这么没有什么多大的出息。"

"嗯，大哥，你为什么要说这样客气的话？"

璞姑嗯了一声，秋波逗给他一个娇嗔，这表情是包含了孩子撒娇的成分，接着又道：

"大哥，你什么时候下班？此刻能不能就到我家中去坐一坐？我的家就在这儿六号内的客堂楼，因为我要跟你谈的话实在太多了。"

志毅见她这么地说，可见她心中并没有忘记自己这个人。他心中又感激又欢喜，不禁把她纤手紧紧地握了一阵，说道：

"六点钟就可以下班的，此刻怕不能到你家中去坐了，况且穿了这一身衣服到你家中去也很难为情。我的意思，晚上来你家谈谈好吗？"

璞姑忙道：

"这样衣服难道就会坍了我的台不成？大哥这话叫人听了难受。

不过既然六点钟可以下班，也只不过三刻钟的距离了。所以不能误了公事，这倒是正经。我想这样吧，我此刻到金都饭店去等着你，你一下班后就快些到来，我们一面吃饭，一面谈话，不是很好吗？"

"也好，准定这样吧，那么我此刻走了。"

志毅点了点头，他跨上自由车，便骑出弄口去了。璞姑心头是说不出的欢喜和高兴，她抱着自己的胸怀，望着志毅消失了的身影，也不知为什么缘故，她的眼角旁会展现了晶莹莹的一颗。

在金都饭店的一个简单的食间内，坐着一个女子，手托了香腮，呆呆地想着心事。桌子上泡了两壶龙井，两双杯筷，不过人是只有一个，那当然就是盛璞姑的了。璞姑在愕住了一会儿后，瞧了瞧手表，已经六点半了。她心中有些焦急，难道失约了吗？就在这个当儿，听侍者在门外说道：

"盛小姐在二十四号房间内。"

璞姑听了，慌忙站起，早见门帘掀处，走进一个身穿西服的男子，外披花呢的大衣。啊，那还不是金大哥吗？这就笑盈盈地迎上去，把他大衣亲自脱去了，笑道：

"好大的架子，把我真等急了。"

志毅从她倾人的表情上瞧来，知道她这句话至少是包含了开玩笑的成分，遂笑了一笑，只说了一句劳驾。侍者从璞姑手中接过了大衣，去挂在衣钩上，这里璞姑和志毅在桌子旁坐了下来。侍者问：

"冷盘和酒就送上来吧？"

璞姑点头，遂拿茶壶先在志毅杯中斟满了。志毅笑道：

"妹妹原来连菜先已点好了。"

"我五点三刻到这里，坐着没有事，所以把菜都点了，因为这不用担忧，你当然是必定到的。可是我等到此刻，心中真急了，还以为你失了我的约。"

璞姑握了白瓷的茶杯，凑在殷红的嘴唇皮子上微微地呷着，于后面这两句话，似乎还有些哀怨的意思。志毅笑道：

"可是你也太性急，我六点钟下班，总不好意思穿了邮差的制服就上这儿来。回家换了衣服，洗了一个脸，到这里还只六点半多一些，其实还快的哩。"

"大概还刮了胡须，那你又不是相亲来。"

璞姑扑哧地一笑，但既说出了口，她粉颊上飞过了一阵红，倒又难为情起来了。志毅见她娇羞万状的意态，觉得真是妩媚到了极点，这就凝望着她的粉脸，也憨然地微笑。璞姑却又逗了他一个娇嗔，问道：

"干吗？我脸上雕了花不成？"

"是的，玫瑰花。"

志毅怪俏皮地回答。

"呸！"

璞姑啐了他一口后，又赧赧然地笑了，接着问道：

"大哥，你把到上海后的经过，告诉我一些听听，我瞧你的气色倒好了许多，大概身心很快乐吧？"

志毅微微地叹了一口气，摇了摇头，说道：

"我到上海后的经过，觉得没有什么得意的事情可以报告你。因为初到上海，曾以擦皮鞋为生，总算春天里给我考进了邮局做邮差。妹妹，你听了不要笑话。"

"大哥，你这是哪儿话？"

璞姑鼓着小腮子，有些生气的样子，接着把秋波脉脉含情地凝望着他英俊的脸庞，用了柔和的口吻，说道：

"我觉得大哥有这一种奋斗的精神，我心中感到十分敬佩。不过……"

说到这里，又显出娇嗔的神情，说道：

"你为什么连一封信也不给我？我心有些恨……"

璞姑又觉难为情，把这个你字就没有说下去。志毅见她说这几句话中的脸部表情就变换了好多种，而每一种表情都有一副倾人的

232

风韵，他忍不住笑道：

"这当然是我的错，不过你似乎也早已在夏天里到上海来的呀，所以我也不写信给你了。"

"什么？你如何知道的？我确实还是春天里来上海，因为你没有信息给我，我到上海原是来找你的呀！"

璞姑听他这么说，心中虽然有些明白他一定曾经在什么地方瞧见过我，不过她还显出十分奇怪的神情，向他急急地追问。志毅被她这么地一问，也觉自己是失言了，遂只好从实告诉道：

"那天我在大西洋西茶社门口经过，见停下一辆汽车，车中跳下一男一女，女的好像是你，所以我不敢上前来招呼，恐怕认错了人。"

璞姑细细想起来，确实有过这一回事，因为一个客人曾经请自己到大西洋吃过饭。想不到志毅早已发觉过自己的人，在他所以这么声明一句恐怕认错人的话，当然是一个推托之辞。璞姑心头有些怨恨的意思，她没有说话，眼角旁却已涌上一颗晶莹莹的泪水来了。志毅对于她忽然淌泪了，心头实在有些不明白，正欲动问，侍者已把酒菜拿上，璞姑慌忙也别过脸去了。

志毅待侍者退出之后，他握了酒壶，在璞姑杯中筛满了，低低地叫道：

"妹妹，喝酒吧，为什么好好儿的又伤心了？"

璞姑被他一问，因为房中已没有第三个人，她的眼泪因此愈加扑簌簌地滚了下来，说道：

"我到上海来，是为了找你的人。想不到你既然瞧见了我的人，还忍心不招呼我，我觉得是太难受一些了。"

说到这里，几乎欲塞塞窣窣地哭泣起来。志毅听她这么地说，虽然是感动到了极点，不过一时倒也回答不出一句什么话才好。良久，方悄声儿地说道：

"不过在我当然也有说不出的苦衷……妹妹，你应该原谅我才好，怎么你以为我遗忘了你吗?"

璞姑听他这么地说，遂细细地想了一会儿，觉得在他"苦衷"这两个字中当然也包含了许多说不出的种种原因，在他当初的心中也许是比我此刻更难过的，所以收束了眼泪，抬头脉脉地斜瞟了他一下，说道:

"大哥，我确实是错怪了你，不过你还没有知道我在上海做些什么事情吧，现在我要详详细细地告诉你。"

说到这里，遂把春天里只身来上海的经过，向他诉说了一遍，并且说道:

"你想，上海地方，一个没有高深学问的弱女子，除了牺牲色相之外，还有什么第二条出路呢? 不过大哥应该相信我，我绝不会像妓女一样地出卖我的灵和肉的。"

志毅见她说到这里，泪水已淌了下来，遂把手帕递过去，点了点头，说道:

"我知道，妹妹不用和我声辩，我相信妹妹绝不是那一种人。你别伤心，今天我们无意中相逢了，我们应该欢喜才是。来，来，我们喝酒吧!"

璞姑这才拭去了泪水，握了酒杯，向他举了一举。两人在叮的一声碰过杯之后，璞姑倒忍不住又嫣然地笑起来。志毅觉得泣了良久后这一个媚笑，自然是分外好看了，遂情不自禁地说道:

"妹妹，你好像也白胖得多了。"

璞姑并不作答，却逗给他一个嗔恨的白眼。两人喝了一会儿，璞姑又把金宝发疯被拐死在医院内的话，向他告诉。志毅听了，颇为感触，也不禁叹息了一会儿。

在经过这一阵谈话之后，彼此又默默的了。璞姑心中的意思，今日大家在上海相逢了，那么我们也可以月圆了。不过虽有这个心，而羞答答地却说不出口。因为志毅也只管地沉默着，使她心中未免有些怨恨，遂探听他的口气问道:

"大哥，你瞧我这人糊涂吗？你如今住在什么地方呢？"

"我住在五马路西安坊十号的阁楼上，不能算家，只能说是床铺。"

志毅在拼盘内夹了一块烧肉吃，微笑着回答。

"你一个人住着吗？"

璞姑凝眸含警地问。

"当然一个人，难道还有两个人的不成？"

志毅感到她问得神秘，遂含笑着说。

"我以为这一年来，你娶了大嫂哩。"

璞姑红晕了粉脸，哧哧地笑。

"这个年头儿，还谈得到大嫂？"

志毅微红了两颊，也微微地笑了。

"那么你预备什么时候才谈得到？今年你不是也二十六岁了吗？"

璞姑听他这么地说，遂把秋波斜乜了他一眼，向他继续地问。

"嗯……"

志毅沉吟了一会儿，却没有作答，忽然笑道：

"妹妹，你今年几岁了？我倒忘记了。"

"我十九岁，你为什么把我的年纪都忘了？可见你把我的人也忘记了。"

璞姑见他不作答，却问自己的年岁，心中当然也明白他是为了怕羞的缘故，所以故意这么地逗了他两句说。噘了噘小嘴儿，有些不乐意的神气。

"我倒没有忘记你的人，我想我们的年纪竟差了七年。"

志毅摇了摇头，他回答的话也包含了一些深刻的作用。

"你以为相差得远吗？"

璞姑秋波瞅住了他，怔怔地问。

"那么你的感觉怎么样？"

志毅还是俏皮地回答。

"哦……"

璞姑摇了摇头，忽然涨红了脸，她鼓足了勇气，说道：

"大哥，我遇到了你之后，我想从今不再伴舞了。"

这句话是再明显也没有的了，志毅真感到了说不出的惊喜。因为是兴奋过了度，所以倒是怔怔地愣住了一会子。可是瞧到璞姑的眼里，心头倒又误会了他的意思，遂淌泪问道：

"大哥，我太妄想了是不是?"

"不，妹妹，你别这么地说，我太不好意思了。"

志毅慌忙凑过身子去，把手去扪住她的嘴，但既扪到了，他立刻又缩了回来，低低地说。

"那么你为什么不回答我? 我明白你的意思，因为我已凋零了。"

璞姑的泪水只管淌了下来，她的话声是包含了一些颤抖的成分。

"不! 不! 妹妹，我并不是这个缘故，因为这是我心中欢喜过分的缘故。我很明白你的心是一向对着我的，虽然你的身子是被张三爷占了去，可是我知道这是强迫的。在这强迫势力之下，我觉得妹妹依然是清白的……不过……"

志毅解释到这里，他顿了一顿，却没有立刻地再说下去。

"不过怎么样? 你快说下去呀!"

璞姑方才破涕嫣然地笑了，她觉得志毅了解她心中的苦衷，她在万分悲哀之余，又感到无上的安慰。

"我说的是我太贫穷，因为我怕养不活妹妹。为了爱你，而使你将来受苦，这是我心中一个最担心的问题。"

志毅方才明白地告诉了她。

"是的，我知道了。你以为我在这一年中已养成吃惯用惯穿惯的习性了吗?"

璞姑点了点头，用了沉寂的态度，向他说出了这两句话。接着她又微微地笑了，说道：

"大哥，你也应该给我回想起过去在故乡喝粥汤时的生活呀。我是绝对不会忘记过去的生活，你难道都给我忘记了吗？"

志毅听她这么地说，一时把她真敬爱到了心头，遂情不自禁说道：

"妹妹，我觉得你太不平凡了。想不到你会痴心地留恋着我一个贫穷的青年，因为我知道在这一年中，那些坐汽车的人们要娶你的恐怕也不在少数吧？为什么你不爱做太太，却爱……"

"大哥，你别给我说下去，我感到心头有些作痛，因为我觉得你似乎不应该这样问我的。"

璞姑因为他还不明白自己对他的一片痴心，所以她忍不住伤心地又哭泣起来。志毅这就急了，站起身子，走到她的身旁，把手帕扪住她的嘴，不让她哭出声音来，说道：

"妹妹，你误会我的意思了，我这些话无非表示太感激你的意思，并不会带有些别的作用。你快不要伤心，我给你赔个不是吧！"

璞姑见他打躬作揖的神情，这才逗给他一个白眼，不再哭了，哀怨地说道：

"大哥，我老实地告诉你，要娶我的人确实太多了。他们坐汽车住洋房，而且年轻的也不少，但是爱情这件东西，绝非金钱能够买得到的，这些话我早已跟他们说过。我觉得大哥不但是我的爱人，而且还是我的恩人，所以我现在非嫁给你不可。纵然贫穷得饿死了，我也甘心情愿的。假使你不肯爱我的话，那我也只有一死，以了我的残生。"

志毅见她说到这里，已是站起身子来了，一时再也忍耐不住，猛可地把她身子抱住了，叫道：

"妹妹，你太好了，我虽粉骨碎身，不足以报知己于万一的。妹妹！妹妹！你叫我怎么地报答你呢？"

璞姑心里是欢喜极了，她微微地推开他的身子，仰起了红晕的娇颜。她挂着泪水笑了，忽然抵起了脚尖，捧着志毅的脸，喷喷地吻了两下，笑道：

"好哥哥，你现在可是我亲爱的丈夫了，那你还用得到什么'报答'两个字吗?"

志毅对于她这一个冷不防的举动，倒是出乎意料之外的，觉得她到底还带有几分孩子顽皮的成分，遂望着她得意地笑起来。

正在这个时候，侍者把热菜送进来。两人微红了脸，遂重新在桌旁坐下。璞姑见侍者放下热菜之后，向志毅微微地一笑，身子又退了出去，这就向志毅也望了一眼。经此一望，她扑哧了一声，却笑倒了腰肢直不起来。

"妹妹，为什么这样好笑?"

"你照着镜子瞧瞧。"

璞姑打开皮包，取了一面小圆镜，交到他的手里。志毅对镜一照，自己也笑了。原来脸颊上有两个小小的嘴印，回眸瞧璞姑却别转了身子，两肩微微地耸动，从可知她是笑得这份有劲的了，遂拿帕擦揩了，笑道:

"怪不得侍者对我一笑，我以为他笑的什么哩!"

璞姑听了，益发笑出声音来了。两人笑了一会儿，方才又喝酒吃菜了。喝完酒后，璞姑叫侍者盛饭，那只汤也搬上。璞姑悄悄地道:

"大哥，我从今天起，就不再上舞厅。那么你也该计划下，别叫我一个人着急呀，难道你就不负一些责任吗?"

"我如何敢不负责任?"

志毅笑着道:

"不但要负责任，而且更要努力奋斗才好哩!妹妹，我的意思，我们今夜就去拍一张小照，算我们的结婚照。至于新房……我想另外再找一个地方好不好?"

"我赞成你这个意思，反正我们又没有什么亲戚朋友，至于结婚也无非是个形式，所以也不必再举行。待我们新婚那夜，点一对花烛也就是了。"

璞姑掀着酒窝儿，笑盈盈地回答。两人商量既定，在饭后当然是拍小照去的。拍好小照后，而且还去瞧了一场电影。

璞姑和志毅终于月圆了，新房是在克德路的新安邨四号客堂楼。

从此以后，璞姑在家里是个主妇的职务了。

光阴过得很快，又是雨雪纷飞的寒冬季节。

这是一个冬至夜，璞姑亲自烧了几样可口的小菜，等待志毅回家一同吃饭。徐妈悄悄地走上来，说道：

"小姐，有信来了。"

璞姑忙接过一瞧，见是哥哥阿狗的笔迹，原来璞姑和志毅结婚，早已写信去告诉过他了。璞姑拆开一瞧，见写着短短几行字道：

> 璞姑妹妹，我报告你一个消息，就是你哥哥也讨嫂嫂了。她的名字叫作王杏英，也在厂内做女工的，因为她是个孤苦无依的女子，所以她很同情我的可怜，我们现在结婚已一星期了，将来我们见面的时候再给你喝喜酒吧。给我代为望望金大哥，祝你们快乐！
>
> 你的哥哥阿狗手上
> 十二月二十日

璞姑瞧毕这封信，心里快乐得什么似的，忍不住笑叫道：

"啊，我哥哥居然也讨了嫂子了！"

就在这时，志毅匆匆地回家了。他见璞姑惊喜的神情，遂忙问道：

"妹妹，什么事情这样高兴？"

"你瞧吧，我哥哥也结婚了。"

璞姑忙把信笺交给他手里去，笑盈盈地说。

"妹妹，可见你哥哥近年来是并不傻呆了，所以也有姑娘同情他而嫁给他。这真是叫人感到一件欢喜的事，愿天下有情人都成

239

眷属。"

志毅瞧了这封信后，他也含了欣慰的微笑，环住了璞姑的肩胛，低低地说。璞姑偎在他的怀内，柔顺地给他温存了一会儿。徐妈把小菜端上，志毅遂拉了她的手，一同在桌旁坐下。他拿了筷子，先挟了一筷子炒肉丝吃，笑道：

"妹妹，今晚的菜特别地道，都是你亲手制的吗？"

"哎，你尝了滋味，咸淡怎么样？哥哥，今天是冬至夜，我给你喝杯酒。"

璞姑握了酒壶，一面给他筛酒，一面笑盈盈地告诉他。志毅"哦"了一声，笑道：

"是了，今天是冬至夜。妹妹，你也喝一杯吧。"

璞姑点了点头，遂在自己杯中也倒了酒。夫妇两人大家一面喝酒吃菜，一面谈话，各人的脸上含了得意的笑容。虽然窗外的风声是那么紧，但室中是暖和和的，两人心头的感觉，也是像春天里一样。忽然璞姑一阵恶心，似乎要呕吐的样子。志毅倒吃了一惊，忙问妹妹怎么了。璞姑摇摇头，红晕了两颊，说没有什么。徐妈倒上一杯开水，又拧了手巾给她抿嘴，在旁边向志毅含笑告诉道：

"少爷，你不知道吗？奶奶是有了喜哩！"

这消息听到志毅的耳里，他不禁乐得笑出声音来，忙问道：

"妹妹，这可是真的吗？你为什么早些不告诉我呀？"

璞姑拿手巾抿了一下嘴，两颊上浮现了一层桃花的色彩，笑道：

"我也不能肯定，也许是，也许不是。"

说完了这两句话，不免又显出赧赧然的样子。

"奶奶，你也有趣，难道还怕难为情不成？当然是有喜的了。"

徐妈在旁边偏这么追一句说，同时笑了起来。志毅也笑得嘴拉开了，望着璞姑的娇颜，说道：

"妹妹，以后你可要千万小心一些，粗重的事情别做啦，想什么吃，只管对我说，明天我可以给你去带了来。"

璞姑听了，又喜又羞，说道：

"我只想吃酸甜的东西，你明天给我买几只糖梅子来了。"

志毅连连地点头，一面又向她再三地叮嘱保重身子。璞姑想到自己得了这么一个多情的夫婿，她乐得颊上的笑窝儿也就没有平复的时候了。

第二天下午三点钟光景，璞姑坐在房中正干着活针。那是一件绒线背心，因为怕志毅身上不够热，所以璞姑这几天是给他赶制着。正在静悄悄的当儿，忽然徐妈气急败坏地奔上来，叫道：

"奶奶，不好了，克伦医院来了电话，说我家少爷被汽车撞倒受伤了，如今在医院里医治，叫奶奶快些去呀！"

"徐妈，你……说的什么话呀！"

这消息不啻是晴天中起了一个霹雳，璞姑芳心一阵剧痛，只觉两眼昏花，身子已向后跌倒地下去。徐妈连忙把她抱住了，一面伸手揉摸她的胸部，一面叫道：

"奶奶！奶奶！你别这么呀！快醒醒吧！"

璞姑在经过她一阵子揉搓后，遂哇的一声哭了出来，叫道：

"天哪！这……是哪儿说起的事？唉！叫我怎么好？"

徐妈忙道：

"奶奶，这可不是哭的时候，也许是些轻微的伤，你快到克伦医院去瞧望方是正经。"

一面说，一面拿了大衣，急急地把她披上了。璞姑也来不及说什么，她三脚两步地走出大门，坐车到克伦医院去了。

璞姑到了医院一问，知道是在三等病房里，于是匆匆进内，只见第十三号那个病床上躺着一个青年，头上包裹着白布，手臂上也包扎着白布，这还不是志毅吗？璞姑还没有走到床边，她先哭出声音来。志毅似乎也发现了她到来，心头尚感到十分安慰，浮现了一丝微笑，叫道：

"妹妹，你不要哭，我的伤势是很轻微的。"

璞姑到了床边，摸着他的手，眼泪像雨点一般落了下来，说道：

"哥哥，你怎么会被汽车撞倒的？医生说要紧吗？……唉！天哪！为什么要给我们遭到这样的不幸呢？"

"大概不要紧的，你别伤心，这是我太大意，而且也是开车的太不小心……妹妹，这个世界是永远黑暗的，大概车内坐的是特殊势力的人吧，所以巡捕没有办法跟他们交涉，竟眼瞧着他们逍遥法外而去……其实在这一个环境，根本谈不到'法'之一字了。"

志毅把她的手拉到自己脸部上去亲着，一面安慰她，一面愤激地告诉。璞姑愤怒地道：

"那么我们就这样自认晦气吗？唉！这世界太黑暗了，哥哥，但愿天爷保佑，这伤是不要紧的吧，我想这里太不舒服了，我叫他们把你换到头等病房去好吗？"

"不用吧，头等病房费用太大了。"

志毅虽然感激她的多情，但摇了摇头，因为他是肉疼着钱。

"大不了多少的，哥哥，你别肉疼着钱，妹妹一切都会设法的。只要哥哥好得快，我手上还有一枚钻戒，也可以变钱的呢。钱是身外之物，那算得了什么稀奇。"

璞姑一面安慰他，一面站起身子，向看护低低地说明主意。看护道：

"你要住到头等病房当然可以，不过，这儿规矩，请你先到账房间去付五百元钱好不好？"

"好的，好的，我马上回家去拿取，不过请你们也立刻给他调换吧。"

璞姑虽然有些生气，不过也只好连声地说是。这儿看护拿软床把志毅换到头等病房，璞姑向他说道：

"哥哥，你静静地睡一会儿，我回家去拿钱吧。"

志毅点头答应，璞姑遂匆匆地走出了病房，向医院大门口走了。

在医院大门口停下一辆自备汽车，车中跳下一个身穿海木龙大衣的西服少年。他似乎也正欲走进医院里去，突然见了璞姑满颊是泪地奔出来，这就"啊哟"了一声，抢步迎了上去，拉住璞姑的手，急急地问道：

"盛小姐，你太捉弄我了，那夜和你一同吃了咖啡到现在，这将近半年来的日子你到底在什么地方啊？可怜我为你在上海每个舞厅里都跑遍了，却找不到你的人。想不到今天有这么地凑巧，被我遇到了。"

璞姑泪眼模糊地向他凝望了一下，方才认出他是张达四，一时也回答不出什么话来才好，眼泪益发滚滚地落了下来。达四奇怪道：

"盛小姐，为什么这样伤心？是谁病了吗？"

璞姑这才收束了眼泪，向他正经地告诉道：

"张先生，我不是早对你说过吗？我心中原有说不出的苦衷，因为我是个已经有夫之妇了。"

"哦！"

达四应了一声，这才有个恍然大悟，遂忙问道：

"那么是你的丈夫病了吗？他病几天了？"

璞姑的泪又像雨点似的落下，说道：

"他不是生病，还只有刚才被汽车撞伤的，因为他是邮局内做事情的。张先生，我不能和你多谈话，我们再见！"

她说完了这两句话，身子又向人行道上走了。达四见她这样急促的样子，遂把她拉住了，说道：

"盛小姐，你别忙，你此刻到什么地方去呀？"

"我到家里拿钱去，因为医院里要先付五百元钱的。"

璞姑被他拉住了手，遂只好又回过身子来，向他告诉着。

"那么你别回家去拿了，我和院长去说一声，一切费用凭我就是。因为你丈夫既然受了伤，你如何还能够离开他吗？"

达四听了，遂很真挚的情意向她诚恳地说。璞姑听他这么说，也觉很不错，遂点了点头，说道：

243

"张先生，承蒙你这么热心关怀，我非常感激，那么改天我还给你好了。"

她说着话，两人已向里面走。璞姑又道：

"张先生到医院是做什么来的呀？"

"这几天我时常咳嗽，我怕患了肺病，所以叫院长给我照照爱克司光，因为我和这儿院长是很知己的朋友。盛小姐，你们几号病房？回头我来瞧瞧你们。"

达四告诉了她之后，因为已步进了走廊，遂又向她这么问了一句。

"在头等五号病房里，那么再见。"

璞姑说着，和他一点头，遂急匆匆地走到头等五号病房内去。只见床前围了许多的医生，都在用英语交谈着。璞姑见这情势十分严重，知道他的伤势一定十分危险了，心头这一疼痛，犹若刀割，遂分开众人，走到床边伏下身子，叫了一声哥哥，泪水又纷纷地滚落了两颊。志毅见了璞姑，虽然泪水也掉了下来，但他脸上还含了微笑，把手抬到她的颊上，去抹她的泪水，说道：

"妹妹，你来了吗？"

许多医生摇了摇头，他们都悄悄地退了出去。璞姑心中明白志毅的生命是完了，她捧着志毅的手，已是哭出声音来了。但志毅并不肯引她的伤心，他依然含了微笑，说道：

"妹妹，你为什么哭呀？我这个伤是不要紧的，明天就好了，你别难受呀！"

璞姑听他还这么地安慰自己，因此也只好忍熬了无限的悲痛，收束了泪痕，把粉脸偎在他的颊上，默默地温存。志毅似乎很喜悦的样子，他把手摸着璞姑的粉脸，低低地道：

"妹妹，你是有身孕的人，你别伤心，我还没有给你买糖梅子呢，但我明天一定去买来给你吃好吗？"

"好的……哥哥……"

璞姑的心是寸寸地碎了，她只觉得空洞洞的，疼痛得厉害，在她喉间是完全地哽住了，泪水像蛇行似的盘踞了她整个的面庞。志毅的手似乎摸着她的泪水，遂又微笑着道：

"妹妹，你又淌泪了，别淌泪，明天我的伤就好了。我觉得上海是太暗无天日了，太万恶了。我想我伤痊愈后，我和妹妹就一同离开这恶浊的上海吧。我们到青山绿水的乡村里去过悠闲的生活。那边有自由的天地，那边有新鲜的空气。我们在山上去造一间木屋子，屋前种一块园地，植些蔬菜，再种些美丽的花卉。屋后造一个木栅子，里面养些牛猪羊鸡等的家畜，我和妹妹大家在这大自然的境地工作着。到了明年，我们又可以抱了孩子游玩了，我逗他笑，我说这孩子像他的娘……妹妹，你想，这是叫人多么快乐啊……你也欢喜吗？"

"是的，哥哥，我们太欢喜了……啊呀！哥哥！哥哥！你……"

璞姑听他絮絮地说了这么一大套的话，说到后面，声音又有些断续而且低沉。她含了悲痛的热泪，只好低声地回答他。不料她脸部的感觉，已经是凉的了。她叫了一声"啊呀"，突然地离开了他的身子，连叫了两声哥哥。只见志毅的眼皮已经合上了，他脸上还是含了微微的笑容，和他过去一样刚毅果决的笑容。

正在这时，张达四匆匆地进来。他见璞姑摇撼着志毅的身子，似乎有些神志失常的情景，这就连声地问道：

"盛小姐，怎么啦？怎么……"

他的话声未完，只见璞姑身子已经仰天跌倒去了。达四奔上去，望着床上已咽气的志毅，把璞姑抱住了，含泪叫着盛小姐。

是寒冬的季节，没有阳光，窗外的风吹刮得很紧。

天空老是这么暗沉沉的，此刻是越发地黑暗下来了。

《金屋泪痕》到此做一个小小的结束，欲知璞姑以后之结局，且待他日在续集中再行奉告诸君吧。

附　　录

从鸳鸯蝴蝶派谈到冯玉奇小说

裴效维

　　《民国通俗小说典藏文库·冯玉奇卷》将收录冯玉奇的百余种小说作品，此举极其不易。现在，我愿以这篇文章给出版者呐喊助威。尽管我人微言轻，但我毕竟是一个中国文学的研究者，为鸳鸯蝴蝶派说些公道话是我的责任。

　　冯玉奇是一位鸳鸯蝴蝶派作家，因此我们要想了解冯玉奇，必须首先厘清有关鸳鸯蝴蝶派的一些问题。

一、何谓鸳鸯蝴蝶派

　　鸳鸯蝴蝶派作家平襟亚在《关于鸳鸯蝴蝶派》（署名宁远）一文中对鸳鸯蝴蝶派的来历说得很清楚：

　　　　鸳鸯蝴蝶派的名称是由群众起出来的，因为那些作品中常写爱情故事，离不开"卅六鸳鸯同命鸟，一双蝴蝶可怜虫"的范围，因而公赠了这个佳名。

　　　　　　　　　　——载香港《大公报》1960 年 7 月 20 日

　　可见鸳鸯蝴蝶派并不是一个有组织有宗旨的小说流派，而是因为当时流行的言情小说多写一对对恋人或夫妻如同鸳鸯蝴蝶般相亲相爱，形影不离，因而民间用鸳鸯蝴蝶小说来比喻这种言情小说，那么这种言情小说的作家群当然也就是鸳鸯蝴蝶派了。这种说法应该是可信的，因为民间常用鸳鸯和蝴蝶来比喻恋人或夫妻，很多民间文学作品中不乏其例。这一比喻非常形象生动，但并无褒贬之意，因此不胫而走。

传到新文学家那里，便加以利用，并赋予贬义，作为贬低对手的武器。但新文学家对鸳鸯蝴蝶派的界定并不一致，大致有两种看法。

一种看法认同民间的比喻说法，即将鸳鸯蝴蝶派小说局限为通俗小说中的言情小说，将鸳鸯蝴蝶派局限为言情小说作家群。鲁迅是这种看法的代表，他在1922年所写的《所谓"国学"》一文中说："洋场上的文豪又作了几篇鸳鸯蝴蝶派体小说出版"，其内容无非是"'卿卿我我''蝴蝶鸳鸯'"（载《晨报副刊》1922年10月4日）。又于1931年8月12日在社会科学研究会做了《上海文艺之一瞥》的长篇演讲，其中对鸳鸯蝴蝶派小说更做了形象而精辟的概括：

> 这时新的才子＋佳人小说便又流行起来，但佳人已是良家女子了，和才子相悦相恋，分拆不开，柳阴花下，像一对蝴蝶、一双鸳鸯一样。

——连载于《文艺新闻》第20、21期

此外，周作人、钱玄同也持这种看法。周作人于1918年4月19日在北京大学文科研究所小说研究会做《日本近三十年小说之发达》的演讲中，就说现代中国小说"还有《玉梨魂》派的鸳鸯蝴蝶体"（载《新青年》第5卷第1号）。次年2月，周作人又发表《中国小说里的男女问题》（署名仲密）一文，认为"近时流行的《玉梨魂》，虽文章很是肉麻，（却）为鸳鸯蝴蝶派小说的鼻祖"（载《每周评论》第5卷第7号）。与周作人差不多同时，钱玄同在1919年1月9日所写的《"黑幕"书》一文中也说："人人皆知'黑幕'书为一种不正当之书籍，其实与'黑幕'同类之书籍正复不少，如《艳情尺牍》《香闺韵语》及'鸳鸯蝴蝶派小说'等等皆是。"（载《新青年》第6卷第1号）这种看法后来被人称之为"狭义的鸳鸯蝴蝶派"看法。

另一种看法却将鸳鸯蝴蝶派无限扩大，认为民国年间新文学派之外的所有通俗小说作家都是鸳鸯蝴蝶派，他们的所有通俗小说都是鸳鸯蝴蝶派小说。这种看法的代表人物是瞿秋白和茅盾。瞿秋白从小说的内容方面来扩大鸳鸯蝴蝶派小说的范围，他在《财神还是反财神》一文中说，"什么武侠，什么神怪，什么侦探，什么言情，什么历史，什么家庭"小说，都是鸳鸯蝴蝶派小说（见人民文学出版社1953年10月版《瞿秋白文集》）。茅盾则从小说的形式方面来扩大鸳鸯蝴蝶派小说的范围，他在《自然主义与中国现代小说》一文中认定鸳鸯蝴蝶派小说包括"旧式章回体的长篇小说""不分章回的旧式小说""中西合璧的旧式小说""文言白话都有"的短篇小说（载1922年7月《小说月报》第13卷第7号）。这种看法后来被人称之为"广义的鸳鸯蝴蝶派"看法，而且逐渐成为主流看法，以致后来的文学研究者都接受了这种看法。

新文学家不仅在鸳鸯蝴蝶派的界定问题上分成了两派，而且在鸳鸯蝴蝶派的名称上也花样百出。如罗家伦因为徐枕亚等人好用四六句的文言写小说，便称其为"滥调四六派"（见署名志希的《今日中国之小说界》，载1919年《新潮》第1卷第1号），但无人响应。郑振铎因为《礼拜六》杂志为鸳鸯蝴蝶派的主要刊物之一，便称其为"礼拜六派"（见署名西谛的《新文学观的建设》一文，载1922年5月21日《文学旬刊》第38号）。这一说法得到了周作人、茅盾、瞿秋白、朱自清、阿英、冯至、楼适夷等人的响应，纷纷采用，以致使用频率越来越高，知名度越来越大，终于成为鸳鸯蝴蝶派的别称了。于是"鸳鸯蝴蝶派"和"礼拜六派"两个名称便被新文学家所滥用。如郑振铎在《新文学观的建设》一文中称"礼拜六派"，而在《〈文学论争集〉导言》一文中却称"鸳鸯蝴蝶派"（见上海良友图书公司1935年10月出版的《新文学大系·文学论争集》卷首）。还有人在同一篇文章里既称鸳鸯蝴蝶派，又称礼拜六派。如阿英在1932年所写的《上海事变与鸳鸯蝴蝶派文艺》一文中说：张恨水的所谓"国难小说"，与"礼拜六派的作品一样，是鸳鸯蝴蝶派的一体"，"充分地说明了鸳鸯蝴蝶派的作家的本色而已"（见上海合众书店1933年6月出版的《现代中国文学论》）。

茅盾在20世纪70年代觉得统称鸳鸯蝴蝶派或礼拜六派都不合适，于是提出了一个折中的看法，他在《紧张而复杂的生活、学习与斗争（上）——回忆录（四）》中说：

> 我以为在"五四"以前，"鸳鸯蝴蝶派"这名称对这一派人是适用的。……但在"五四"以后，这一派中有不少人也来"赶潮流"了，他们不再老是某生某女，而居然写家庭冲突，甚至写劳动人民的悲惨生活了，因此，如果用他们那一派最老的刊物《礼拜六》来称呼他们，较为合式。

——载1979年8月《新文学史料》第4辑

事实是该派在"五四"前后没有根本变化，都是既写言情小说，又写其他小说，将其人为地腰斩为两段，既显得武断，又无法掩盖当时的混乱看法。

这些混乱的看法导致后来的文学研究者无所适从：或沿用"鸳鸯蝴蝶派"的说法（如北大本《中国文学史》和《中国小说史稿》、

复旦本《中国文学史》和《中国近代文学史稿》等）；或沿用"礼拜六派"的说法（如山东师院本《中国现代文学史》等）；或干脆别出心裁地称之为"鸳鸯蝴蝶—礼拜六派"（见汤哲声《鸳鸯蝴蝶—礼拜六小说观念的价值取向及其评价》，载《苏州大学学报》1992年第2期）。这可真算是中国小说史上的一出有趣的滑稽戏了。

二、如何评价鸳鸯蝴蝶派

鸳鸯蝴蝶派的开山作品是1900年陈蝶仙的言情小说《泪珠缘》，因此鸳鸯蝴蝶派应该是指言情小说派，这也就是后来的所谓"狭义的鸳鸯蝴蝶派"，但被新文学家扩大为"广义的鸳鸯蝴蝶派"，实际上也就是民国通俗小说派。

鸳鸯蝴蝶派与同时期的"南社"不同，既没有组织，也没有纲领，而是一个在思想倾向和艺术风格上大体相同或相近的小说流派，连"鸳鸯蝴蝶派"这一招牌也是别人强加给它的。然而客观地说，鸳鸯蝴蝶派确实是一个产生过巨大影响的小说流派。在"五四"以前的近二十年间，它几乎独占了中国文坛；在"五四"以后的三十年间，虽然产生了新文学，但新文学只是表面上风光，而鸳鸯蝴蝶派却一派兴旺发达景象。我对"广义的鸳鸯蝴蝶派"做过不完全的统计：该派作家达数百人，较著名者有一百余人，所办刊物、小报和大报副刊仅在上海就有三百四十种，所著中长篇小说两千多种，至于短篇小说、笔记等更难以计数。在此前的中国文学史上，还没有哪个文学流派有过如此宏大的规模，产生过如此巨大的影响。

鸳鸯蝴蝶派由于规模宏大，又处在历史的一个巨变时期，其成员的确鱼龙混杂，其作品也良莠不齐，但总体来说，它形象地记录了中国二十世纪前五十年的历史，为中国读者提供了丰富的精神食粮，对中国小说的传承起过积极作用，因此应该给予充分的肯定。

鸳鸯蝴蝶派小说已经不是中国传统通俗小说的复制，而是一种改良的通俗小说。在形式方面，它既采用章回体，也采用非章回体，甚至采用了西洋小说的日记体、书信体等，至于侦探小说则更是完全模仿自西洋小说。在艺术手法方面，受西洋小说的影响非常明显，如增加了人物形象和景物描写，结构与叙事方式也趋于多样化，单线和复线结构并用，第三人称和第一人称叙述法兼施，还采用了倒叙法和补叙法。在内容方面，鸳鸯蝴蝶派小说已经扩大了描写范围，反映了当时社会生活的各个方面，甚至已经紧跟时事，及时反映当前的社会现实，被称为"时事小说"。如李涵秋的《广陵潮》描写辛亥革命，而他的《战地莺花录》则描写五四运动，这种及时反映当时发生的重大政治事件的小说，与多写历史故事的古代小说完全不同，显然是一大进步。鸳鸯蝴蝶派的言情小说，也不同于古代的才子佳人小说，而是一种新才子佳人小说。古代的才子佳人小说因面对森严的封建礼教，只能写才子与佳人偶尔一见钟情，以眉目传情或诗书传情的方式进行交流，最后皆是有情人终成眷属的大团圆结局。而这种大团圆结局完全是人为的：或出于巧合，或由于才子金榜题名，皇帝御赐完婚，这就完全回避了封建包办婚姻的问题。而民国年间的封建礼教已经在一定程度上松绑，尤其像上海、北京等大城市得风气之先，恋爱自由和婚姻自主思想已经渐入人心。因此有些鸳鸯蝴蝶派的言情小说也突破了古代才子佳人小说的窠臼，才子佳人已经敢于"相悦相恋，分拆不开，柳阴花下，像一对蝴蝶、一双鸳鸯一样"。其结局也不再全是有情人终成眷属的大团圆，而是"有时因为严亲，或者因为薄命，也竟至于偶见悲剧的结局……这实在不能不说是一个大进步"（鲁迅《上海文艺之一瞥》，连载于1931年7月27日、8月3日《文艺新闻》第20、21期）。言情小说由大团圆结局到悲剧结局的确是一个大进步，因为前者是回避封建包办婚姻礼制，而后者是控诉封建包办婚姻礼制。而这一进步的开创者是曹雪芹和高鹗，他们在《红楼梦》里所写的婚姻差不多都是悲剧。因此胡适称赞《红楼梦》不仅把一个个人物"都写作悲剧的下场"，而且最后"作一个大悲剧的结束，打破了中国小说的团圆迷信"（《〈红楼梦〉考证》，见1923年亚东图书馆版《胡适文存》）。可见鸳鸯蝴蝶派的言情小说在一定程度上继承了《红楼梦》开创的爱情婚姻悲剧模式，因而具有相当的反封建意义。我们可以徐枕亚的《玉梨魂》为例加以说明，因为该小说被新文学家指为鸳鸯蝴蝶派的代表性作品。

《玉梨魂》的故事很简单——清末宣统年间，小学教员何梦霞与年轻寡妇白梨影相爱，但两人均认为他们的这种行为是不道德的。为了得到感情的解脱，白梨影想出个"移花接木"的办法，即撮合何梦霞与自己的小姑崔筠倩订了婚。然而何梦霞既不能移情于崔筠倩，白梨影也无法忘情于何梦霞，结果造成了一连串的悲剧——白梨影在爱情与道德的激烈冲突下郁郁而死；崔筠倩因得不到何梦霞之爱而离开了人世；白梨影的公公因感伤女儿、儿媳之死而一病身亡；白梨影的十岁儿子鹏郎成了孤儿。何梦霞为排遣苦闷，先赴日本留学，继又回国参加了辛亥武昌起义（即辛亥革命），壮烈牺牲。

《玉梨魂》不仅描写了一个爱情婚姻悲剧，而且不同于一般的爱情婚姻悲剧。一般的爱情婚姻悲剧都是由封建势力造成的，即由包办婚姻造成的；而《玉梨魂》所写的爱情婚姻悲剧，其原因却是何梦霞和白梨影自身的封建道德。他们既渴望获得恋爱自由和婚姻自主的权利，又不能摆脱封建道德和封建礼教的束缚，两者激烈冲突，造成三死一孤的惨剧。从而揭露了封建道德和封建礼教的影响力是多么巨大，它已深入人们的骨髓，使其不能自拔。因此，它的反封建意义比一般的爱情婚姻悲剧更为深刻。

其实，新文学阵营也不是铁板一块，虽然大多数新文学家对鸳鸯蝴蝶派全盘否定，但也有少数新文学家态度比较客观，他们对鸳鸯蝴蝶派也给予一定的肯定。鲁迅是其中最突出的一位，他不仅认为某些鸳鸯蝴蝶派的悲剧言情小说是"一大进步"，而且不同意某些新文学家对鸳鸯蝴蝶派消极影响的夸大其词。他说：

至于说他流毒中国的青年，那似乎是过虑。倘有人能为这类小说所害，则即使没有这类东西也还是废物，无从挽救的。与社会，尤其不相干，气类相同的鼓词和唱本，国内非常多，品格也相像，所以这些作品也再不能"火上添油"，使中国人堕落得更厉害了。

——《关于〈小说世界〉》，载《晨报副刊》

1923 年 1 月 15 日

这种客观的观点与前述周作人无限夸大鸳鸯蝴蝶派作品能使国民生活陷入"完全动物的状态"乃至"非动物的状态"的观点形成了鲜明对比。当抗日战争爆发后，鲁迅更提倡文学界的抗日统一战线，主张团结鸳鸯蝴蝶派一起抗日。他说：

我以为文艺家在抗日问题上的联合是无条件的，只要他不是汉奸，愿意或赞成抗日，则不论叫哥哥妹妹，之乎者也，或鸳鸯蝴蝶都无妨。但在文学问题上我们仍可以互相批判。

——《答徐懋庸并关于抗日统一战线问题》，

载《作家》月刊第 1 卷第 5 期

鲁迅不仅提倡团结鸳鸯蝴蝶派一起抗日，而且主张新文学派与鸳鸯蝴蝶派在文学问题上"互相批判"，这种平等对待鸳鸯蝴蝶派的度量，也与那些视鸳鸯蝴蝶派如寇仇，必欲置诸死地而后快的新文学家形成了鲜明对比。

对鸳鸯蝴蝶派给予肯定的不只鲁迅，还有朱自清和茅盾。朱自清认为供人娱乐是中国传统小说的特点，因此不赞成将"消遣"作为罪状来批判鸳鸯蝴蝶派小说。他说：

> 在中国文学的传统里，小说……更是小道中的小道，就因为是消遣的，不严肃。不严肃也就是不正经，小说通常称为"闲书"，不是正经书。……鸳鸯蝴蝶派的小说意在供人们茶余酒后的消遣，倒是中国小说的正宗。

——《论严肃》，载《中国作家》创刊号

茅盾也承认鸳鸯蝴蝶派小说也"写家庭冲突，甚至写劳动人民的悲惨生活"。他还从艺术性方面对鸳鸯蝴蝶派小说给予一定肯定。他认为鸳鸯蝴蝶派的有些长篇小说"采用西洋小说的布局法"，如倒叙法、补叙法，以及人物出场免去套语、故事叙述"戛然收住"等等，这一切是对"旧章回体小说布局法的革命"。还认为鸳鸯蝴蝶派的有些短篇小说学习了西洋短篇小说"截取一段人生来描写，而人生的全体因之以见"的方法："叙述一段人事，可以无头无尾；出场一个人物，可以不细叙家世；书中人物可以只有一人；书中情节可以简至只是一段回忆。……能够学到这一层的，比起一头死钻在旧章回体小说的圈子里的人，自然要高出几倍。"（《自然主义与中国现代小说》，载1922年7月10日《小说月报》第13卷第7号）

鲁迅、朱自清、茅盾毕竟属于新文学派，因此他们对鸳鸯蝴蝶派的肯定是有限的。我们应该摆脱成见与束缚，从中国文学史的角度，对鸳鸯蝴蝶派做出客观公正的评价。

三、如何看待冯玉奇的小说

我们澄清了以上有关鸳鸯蝴蝶派的三个问题，等于为介绍冯玉奇的小说提供了一个坐标，也等于为读者提供了一把参照标尺。读者用这把标尺，就可自行评判冯玉奇的小说了。

　　冯玉奇于 1918 年左右生于浙江慈溪，笔名左明生、海上先觉楼、先觉楼，曾署名慈水冯玉奇、四明冯玉奇、海上冯玉奇。据说他毕业于浙江大学（一说复旦大学）。1937 年九一八事变后寄居上海，感山河破碎，国事蜩螗，开始写作小说以抒怀。其处女作为《解语花》，由上海春明书店出版。出版后旋即由东方书场改编为同名话剧，演出后轰动一时。那时他才十九岁。由此一发而不可收，至 1949 年 7 月《花落谁家》出版，在短短十来年时间里，他创作的小说竟达一百九十多种，平均每年近二十种，总篇幅应该不少于三千万字，只能用"神速"来形容。这时他只有三十一岁。近现代文学史料专家魏绍昌先生（已去世）所编《鸳鸯蝴蝶派研究资料（史料部分)》（上海文艺出版社 1962 年 10 月出版）开列的《冯玉奇作品》目录只有一百七十二种，也有遗珠之憾。不过我们从这一目录中仍可确定冯玉奇是一位以写言情小说为主的通俗小说作家，因为在一百七十二种小说中，言情小说占有一百二十二种，其他小说只有五十种：社会小说三十四种、武侠小说十四种、侦探小说两种。

　　冯玉奇不仅是一位写作神速且极为多产的通俗小说作家，还是一位热心的剧作家和剧务工作者。早在他二十六岁（1944 年）时，就担任了越剧名伶袁雪芬的雪声剧团的剧务，并为之创作了《雁南归》《红粉金戈》《太平天国》《有情人》《孝女复仇》五大剧本，演出效果全都甚佳。在他二十七到二十八岁（1945～1946）时，又与他人合作，前后为全香剧团和天红剧团编导了《小妹妹》《遗产恨》《飘零泪》《义薄云天》《流亡曲》等二十多个剧本，演出效果同样甚佳。可见冯玉奇至少写过十几个剧本。

　　冯玉奇一生所写的小说和剧本总计不下两百五十种，总篇幅可能达到四千万字以上，是名副其实的"著作等身"，是当之无愧的中国最多产的作家，号称多产的同派小说家张恨水也难望其项背。当时的文学作品已是一种特殊商品，冯玉奇的小说如此畅销，其剧本演出又如此轰动，这足可以证明其受人欢迎，这就是读者和观众对冯玉奇的评价，它比专家的评价更为准确，也更为重要。遗憾的是，我们无法看到他的剧作和三十岁以后的作品，也不知其晚景如何，卒于何年。

从冯玉奇的生活年代和创作时段来看，他显然是鸳鸯蝴蝶派的后起之秀，所以尽管他作品如此之多，影响如此之大，而同派的老前辈却很少提到他，这也是"文人相轻"的表现之一。

按说要介绍冯玉奇的小说，应该将其全部小说阅读一遍，但我没有这么多时间，也没有这么大精力，因而只向中国文史出版社借阅了《舞宫春艳》《小红楼》《百合花开》三种，全都是言情小说。因此我只能以这三种言情小说为例加以介绍，这可能会犯以偏概全的错误，因此只能供读者参考。

《舞宫春艳》写了两个纠缠在一起的爱情婚姻悲剧故事：苏州富家子秦可玉自幼与邻居豆腐坊之女李慧娟相恋，由于门第悬殊，秦可玉被其父禁锢，二人难圆成婚之梦。不幸李慧娟生下了一个私生女鹃儿，只好遗弃，自己则郁郁而死。鹃儿被无赖李三子收养，长大后卖到上海做伴舞女郎，改名卷耳。中学生唐小棣先是爱上了姑夫秦可玉家的婢女叶小红，不料叶小红失踪，于是移情于卷耳，但无钱为卷耳赎身，两人感到婚姻无望，于是双双吞鸦片自尽。

《小红楼》的故事紧接《舞宫春艳》：曾经被唐小棣爱过的叶小红的失踪，原来也是被无赖李三子拐卖为伴舞女郎，小棣、卷耳自杀后，小红才被救了回来，并被秦可玉认为义女。经苏雨田介绍，与辛石秋相识相恋而订婚。同时石秋的姨表妹巢爱吾也爱石秋，但石秋既与小红订婚在先，便毅然与小红结婚。爱吾为了摆脱难堪的地位，离家出走，下落不明。石秋奉父命赴北平探望二哥雁秋，在火车站被人诬陷私带军火，被军人押到司令部。可巧爱吾此时已成为张司令的干女儿兼秘书，便设法救了石秋一命。但张司令强迫石秋与爱吾结婚，二人既不敢违命，又固守道德，便以假夫妻应付。后来石秋回到家里，终于与小红团聚。

《百合花开》写了两个紧密相关的爱情婚姻故事：二十岁的寡妇花如兰同时被四十二岁的教育家盖季常和十八岁的革命青年盖雨龙叔侄俩所爱，而盖季常的十六岁侄女盖云仙又同时被三十六岁的银行家杨如仁和十九岁的革命青年杨梦花父子俩所爱。经过许多曲折后，终于两位长辈让步，盖雨龙与花如兰、杨梦花与盖云仙同场结婚。

由以上简单介绍可知，冯玉奇的这三种小说共写了五个爱情婚姻故事，其中两个是悲剧结局，三个是有情人终成眷属。这正如鲁迅所说："有时因为严亲，或者因为薄命，也竟至于偶见悲剧的结局……这实在不能不说是一个大进步。"其次，这三种小说的五个爱情婚姻故事，倒有四个是三角爱情婚姻故事，但它们的情况并不雷同。唐小棣、叶小红、卷耳的三角恋是一男爱二女，辛石秋、叶小红、巢爱吾的三角恋是两女爱一男，而盖季常、盖雨龙、花如兰和杨如仁、杨梦花、盖云仙的三角恋更为异想天开，竟然都是两辈嫡亲男人（叔侄、父子）同爱一个女子。可见冯玉奇极有编故事的才能，从而使作品更具吸引力和娱乐性。又次，这三种言情小说的描写极为干净，没有任何色情描写。除了秦可玉与李慧娟有私生女外，其他人都非礼勿言，非礼勿行。如辛石秋与叶小红因婚礼当天石秋之母去世，为了守孝，新婚夫妻在百日之内没有圆房。而辛石秋与姨表妹巢爱吾为了对得起叶小红，虽被张司令强迫成亲，却只做了几天假夫妻。

从表现形式和艺术手法来看，我觉得冯玉奇的小说与当时新文学的新小说都受了西洋小说的影响，基本相同。譬如：两者都突破了传统小说书名的套路，不拘一格，尤其采用了一字书名和二字书名，如冯玉奇有《罪》《孽》《恨》《血》和《歧途》《逃婚》《情奔》等；而巴金有《家》《春》《秋》，茅盾有《幻灭》《动摇》《追求》。两者的对话方式也突破了传统小说的套路，灵活自如：对话既可置于说话者之后，也可置于说话者之前，还可将说话者夹在两句或两段话之间。至于小说的结构法、叙述法与描写法，更是差不多的。譬如人物描写不再是"沉鱼落雁""闭月羞花""倾国倾城"之类的千人一面，景物描写也不再是"落红满地""绿柳成荫""玉兔东升"之类的千篇一律，而加以具体描绘。这里随便举一个例子：

> 小红坐在窗旁，手托香腮，望着窗外院子里放有一缸残荷，风吹枯叶，瑟瑟作响。墙角旁几株梧桐，巍然而立。下面花坞上满种着秋海棠，正在发花，绿叶红筋，临风生姿，可惜艳而无香，但点缀秋色，也颇令人爱而忘倦。

这是《小红楼》对莲花庵一角的景物描绘，虽然算不上十分精彩，但作者通过小红的眼睛描绘了院中的三样东西——风吹作响的"枯荷"、巍然挺立的"梧桐"、正在开花的"海棠"，从而衬托出莲花庵幽静的环境，曲折地表明了时在秋季。频繁使用巧合手法是冯玉奇小说的显著特点，可以说把所谓"无巧不成书"用到了极致。巧合手法有助于编织故事，缩短篇幅，增加作品的吸引力等，但使用过多则时有破绽，有损于作品的真实性。冯玉奇的某些小说也采用了章回体，但只是标题用"第×回"和对偶句，"却说""且听下回分解"之类的套语已不再经常出现，因此并非章回体的完全照搬。况且章回体并非劣等小说的标志，它在我国小说史上发挥过巨大作用，产生过杰出的四大古典小说。因此用章回体来贬低冯玉奇的小说，也是毫无道理的。

冯玉奇的小说也有明显的缺点。它们与其他鸳鸯蝴蝶派小说一样，主要注重小说的娱乐性，而忽视小说的社会性和艺术性，因此没有产生杰出的作品。他是南方人而小说采用北方话，加之写作速度太快，无暇深思熟虑，导致语言不够流畅，用词不够准确，还有许多错别字和语病。还有使用"巧合"法太多，有时破绽明显，这里不再举例。

总而言之，冯玉奇既不是"黄色"和"反动"小说家，也不是杰出小说家，而是一位勤奋多产、有益无害的通俗小说家，他应在中国小说史尤其是中国现代小说中占有一席之地。

2017 年 6 月 4 日于北京蜗居

图书在版编目（CIP）数据

金屋泪痕／冯玉奇著. — 北京：中国文史出版社，
2018.3

（民国通俗小说典藏文库·冯玉奇卷）

ISBN 978 - 7 - 5034 - 9813 - 8

Ⅰ. ①金… Ⅱ. ①冯… Ⅲ. ①长篇小说 - 中国 - 现代

Ⅳ. ①I246.5

中国版本图书馆 CIP 数据核字（2017）第 289665 号

点　　校：清寒树　旷　野
责任编辑：牟国煜

出版发行：**中国文史出版社**
网　　址：http://www.chinawenshi.net
社　　址：北京市西城区太平桥大街 23 号　邮编：100811
电　　话：010 - 66173572　66168268　66192736（发行部）
传　　真：010 - 66192703
印　　装：北京盛彩捷印刷有限公司
经　　销：全国新华书店
开　　本：720×1020　1/16
印　　张：17　　　　字数：216 千字
版　　次：2018 年 3 月第 1 版
印　　次：2018 年 3 月第 1 次印刷
定　　价：49.80 元